# 서유기

이원호
기업소설

# 徐遊記
# 서유기

1

한국인

황금물고기

■ 저자의 말

『서유기(徐遊記)』는 주인공 서동수(徐東秀)의 인생 개척사입니다. 손오공, 삼장법사가 나오는 『서유기(西遊記)』의 현대판으로 보셔도 될 것 같습니다.

세상을 살면서 완전한 선인(善人), 또는 악인(惡人)은 거의 없다는 생각을 합니다. 각자의 주관과 이해 당사자의 관점이 다르며 법과 도리의 범주도 모호하기 때문일 것입니다. 제가 서동수의 세상살이를 내놓으면서 시간이 지날수록 그렇게 느끼게 되었습니다.

서동수는 사원으로부터 시작하여 갖은 곡절 끝에 대기업을 세우게 됩니다. 서동수의 파란만장한 일대기를 전개하면서 저는 항상 '가능성' 을 염두에 두었습니다. 그것이 출세, 또는 섹스에 대한 기대감, 대리만족이 될 수도 있겠지요.

실제로 제 주변의 성공한 사업가들은 항상 차선, 차차선의 대비책을 염두에 두고 가능성을 전개해 나가고 있습니다. 적극적이며 긍정적인 자세가 그렇게 만들어준 것입니다. 우연히 얻어지는 것은 없습니다. 잘 살펴보면 한두 곳에 그 자세의 끈이 걸려져 있습니다.

저는 『서유기』에서 여러분께 '가능성'을 제시해 드립니다. 그것으로 일시적 대리만족을 얻으시고 잊혀질 수도 있겠지만 그 가능성이 침전물처럼 가슴에 차츰 쌓여졌을 때 여러분께서는 대리만족의 지경을 넘어 현실을 움켜쥐게 되실 것임을 확신합니다.

세상에 믿음만큼 강한 자산은 없으니까요.

『서유기』를 읽으시고 재미와 대리만족, 가능성에 이어서 믿음을 갖게 되시기를 바랍니다.

내가 내 자신을 믿을 때 나는 다 이룬 것이나 마찬가지가 될 테니까요.

2014년 8월

이원호

차례

## 1장
# 좌천(左遷)

사고(事故)다. 당당하게 맞겠다. 일주일 전부터 그렇게 마음먹고 있었으면서도 막상 본부장 김대영 앞에 선 서동수(徐東秀)의 머릿속에 만감이 교차하고 있다. 입사 경력 8년. 그 동안 갖은 풍상을 겪으면서 팀장 직위에 오른 지 1년 반. 동양전자의 3부 3팀장 서동수가 이제 그야말로 인생의 기로에 섰다. 터닝포인트(turning point)라고 하는가? 오늘이 바로 그날이다.

"어, 거기 앉아."

김대영이 소파의 앞쪽 자리를 가리키며 말했으므로 서동수가 조심스럽게 앉는다. 45세, 경력 18년. 영업본부장 겸 상무이사. 항상 서동수에게 호의적이었던 김대영의 얼굴도 오늘은 굳어져 있다. 김대영이 입을 열었다.

"마지막으로 다시 한 번 묻겠다. 너를 위해서나 회사를 위해서나 털어

놓는 것이 도리라고 생각해서 그러는 거다."

서동수는 시선만 주었고 김대영의 가라앉은 목소리가 이어졌다.

"영일전자 최영일이도 너한테 간 돈이 위아래로 뿌려졌다고 증언을 했어. 너만 입을 열면 돼."

"……."

"그럼 넌 12개월 감봉에 현직이 유지된다. 네 경력이 아깝지 않으냐?"

"……."

"그리고 네가 분 위아래 놈들도 비슷한 처벌을 받고 끝나는 거다. 그게 서로 좋다는 거다. 윈윈이지."

그러나 서동수는 김대영의 입술 끝이 조금 비틀리는 것을 보았다. 금방 원상으로 회복되어서 놓칠 뻔했던 장면이다. 김대영이 똑바로 서동수를 보았다.

"자, 말해라. 내가 부탁한다. 그리고 같이 다시 일하자."

서동수는 소리 죽여 숨을 뱉는다. 일주일 전, 서동수의 3팀이 관리하던 하청공장 영일전자가 본사 기조실 감사팀에 걸렸다. 14개월 동안 1억 3,000만 원이 리베이트로 송금되었는데 그 계좌를 추궁한 결과 팀장 서동수의 차명계좌라고 자백을 했다. 현재 계좌의 잔액은 없다. 그런데 영일전자의 사장 최영일이 그것으로 끝내지 않았다. 자백하게 된 것이 분했던지 그 돈은 서동수 혼자만 먹은 것이 아니라 위아래 골고루 뿌려졌다고 폭로한 것이다. 서동수에 대한 미안함 반, 자폭하는 심정이 반쯤 섞인 소행이었는데 이젠 공이 서동수에게로 넘어왔다. 나눠 먹은 위아래 인간을 대라는 것이다. 이제 서동수는 입을 꾹 다물고 혼자 책임을 뒤집어쓴 채 김대영 앞에 앉아 있다.

"어떠냐?"

다시 김대영이 물었을 때 서동수는 쓴웃음을 지었다.

"제가 책임지겠습니다. 예, 저 혼자 다 먹었습니다."

"병신 같은 자식."

눈을 치켜뜬 김대영이 이 사이로 자근자근 말한다.

"그런 관행이 있다는 건 모두가 알아. 나쁜 관행이었기 때문에 이 기회에 척결하려는 회사의 의도였어."

김대영의 말이 이어졌다.

"시범 케이스로 말이다. 하지만 네가 이러니 다음 기회로 미뤄야 할 것 같다."

"죄송합니다."

"그 대신 너는 회사를 떠나야 된다."

이제는 외면한 채 김대영이 말을 잇는다.

"전자에는 있을 수가 없어."

"……."

"그룹 계열사도 마찬가지."

길게 숨을 뱉은 김대영이 머리를 들고 똑바로 서동수를 보았다.

"곧 인사명령이 날 거야. 돌아가."

그러자 자리에서 일어선 서동수가 머리를 숙이고는 몸을 돌렸다. 좋다. 끝냈다.

포장마차에 둘러앉은 팀원은 셋. 이찬홍, 조민수, 양선아다. 팀원 6명 중 절반만 나왔다. 그것도 군번이 낮은 셋만. 소주잔을 쥔 서동수가 셋을 둘러보면서 빙그레 웃었다. 이찬홍, 조민수는 제각기 시선을 내렸지만 양선아가 묻는다.

"왜요?"

"너희들이 귀여워서."

"억울해요."

마침내 양선아의 눈에서 주르르 눈물이 떨어졌다. 입맛을 다신 서동수가 옆에 놓인 휴지통에서 휴지를 뽑아 건네주면서 말했다.

"열심히 해. 데이비스 오더 마무리 잘 하고."

"팀장은 어떻게 될까요?"

휴지로 눈물을 닦은 양선아가 묻자 서동수는 술부터 한 모금에 삼켰다.

"한국에는 있지 못할 거야."

양선아의 시선을 받은 서동수가 말을 잇는다.

"아마 방글라데시나 과테말라, 또는 중국 공장으로 보내질 것 같다."

그때 양선아가 휴지로 커다랗게 코를 풀었고 서동수는 쓴웃음을 짓는다.

"뭐, 가라는 대로 가는 거지."

그때 옆에 놓인 핸드폰이 진동을 했으므로 서동수가 발신자부터 보았다. 최영일이다. 모두의 시선이 핸드폰에 모아졌다. 서동수가 핸드폰을 귀에 붙이면서 말했다.

"예, 최 사장. 납니다."

"팀장, 지금 어디 계십니까?"

최영일이 묻자 서동수는 다시 술잔을 들었다.

"예, 포장마차에서 술 마시고 있는데요."

"제가 지금 서울 와 있습니다. 오늘 만납시다."

"아니, 그러지 마시고."

서동수가 빈 잔을 내밀자 이찬홍이 소주를 채운다. 한 모금 소주를 삼킨 서동수가 말을 이었다.

"최 사장, 미안해 하실 것 없습니다. 다 끝난 일이니까 이젠 신경 쓰지 마세요."

"팀장, 저는……."

"그 동안 신세 많이 졌습니다, 그럼."

그러고는 귀에서 핸드폰을 뗀 서동수가 얼굴을 펴고 웃었다.

"최 사장이 서울에 와 있구만."

"박 부장은 내일 파리 출장을 가던데요."

불쑥 조민수가 말했으므로 모두 입을 다물고 긴장했다. 조민수가 눈을 치켜뜨고 서동수를 보았다.

"그 동안 눈치만 살피다가 사건이 이렇게 종결되니까 마음 놓고 떠나는 겁니다."

그러자 이찬홍이 말을 받는다.

"박 부장이 대놓고 상납 받은 건 3부 팀원은 다 압니다. 이번에 팀장이 박 부장을 물고 들어가야 했습니다."

"놔둬라."

머리를 저은 서동수가 말을 잇는다.

"영일전자는 내 책임이야. 부장까지 끌고 들어가면 안 돼."

정색한 서동수가 셋을 둘러보았다.

"본부장은 다 밝히는 것이 회사를 위한 도리라고 했지만 난 그렇게 생각 안 한다."

심호흡을 한 서동수가 얼굴을 일그러뜨리며 웃었다.

"나 혼자 죽고 내 팀을, 내 부까지 살리련다. 난 그것으로 족해."

그때 다시 핸드폰이 진동을 했다. 옆에 앉은 양선아가 집더니 서동수를 보았다.

"문자가 왔어요."

서동수의 시선을 받은 양선아가 핸드폰을 보면서 말을 잇는다.

"박 부장인데 읽어 드릴까요?"

술잔을 쥔 서동수가 대답하지 않았는데도 양선아가 읽는다.

"서 과장, 미안하다. 넌 나보다 나은 놈이다. 고맙다."

오피스텔 앞에 선 서동수가 12층을 올려다보았다. 왼쪽에서 두 번째 창문의 불이 환했다. 1202호실이다. 한동안 창문을 올려다보던 서동수가 핸드폰을 꺼내 버튼을 누른다. 핸드폰을 귀에 붙이자 신호음이 세 번 울리고 나서 정은지가 응답했다.

"으응, 자기야?"

"응, 나야."

심호흡을 한 서동수가 대리석 기둥에 등을 붙였다. 이곳은 오피스텔 현관 앞쪽의 휴게실이다. 벤치만 여러 개 놓인 휴게실은 텅 비었고 지붕이 없는 터라 위쪽 오피스텔의 불빛이 내려 비치고 있다.

"너 지금 어디야?"

서동수가 그렇게 물은 이유가 있다. 지난달 연락도 없이 1202호실 앞까지 왔다가 안에서 남자 목소리가 들려 놀라 돌아갔기 때문이다. 정은지한테 월세 보증금을 내주고 매월 200만 원씩 용돈을 주는 터라 서동수도 오피스텔 열쇠를 갖고 있는 것이다. 그날 밤 불쑥 열쇠로 문을 열고 들어갔을 경우를 생각하면 지금도 등이 으스스하다. 그래서 이렇게 먼저 전화로 묻는 것이다.

"으응. 나 지금 친구 집에 와 있어."

하고 정은지의 목소리가 수화구에서 울린 순간 서동수의 얼굴에 쓴웃음이 번졌다. 머리를 든 서동수가 1202호실을 보았다. 아직도 불은 환하다.

"으응, 그래? 그럼 집에는 언제 들어갈 건데?"

창문을 올려다보면서 물었더니 정은지가 대답했다.

"아마 오늘은 집에 못 들어갈 것 같아."

"그래?"

"자긴 어디야?"

"나 술 마시고 있어."

"오늘은 집에 일찍 들어간다며?"

"뭐, 그냥."

"지금 12시가 다 되었어. 집에 가 자."

"그래야겠다."

그때 1202호실의 불이 꺼졌으므로 서동수는 영화가 끝난 느낌이 든다. 핸드폰을 접은 서동수가 기둥에 붙였던 몸을 떼면서 말했다.

"씨발년, 바쁘구만."

정은지를 만난 곳은 룸살롱이다. 룸살롱에 나온 지 며칠 되지 않은 정은지에게 월세방을 얻어주고 한 달 생활비 200만 원을 주기로 했지만 한 달 30일을 찾아가 연속 방아를 찧는다면 그야말로 도둑놈이다. 정은지만 한 미모에 대학 휴학생인 22세짜리 영계를 온전한 제 것으로 하려면 최소한 30평 전셋집에 월 1,000만 원은 줘야 마땅하다. 그래서 한 달에 서너 번 찾아가겠다고 미리 구두계약을 해놓았던 것이다. 그래서 서동수는 12시 반이 되어서야 제 집으로 돌아왔다.

"자?"

응접실에서 TV를 보고 있던 박서현에게 물었지만 대답이 없다. 딸 미혜가 자느냐고 물은 것이다.

"3차 하자는 거 몸이 안 좋아서 그냥 온 거야."

정은지한테 가려고 미리 박서현한테 바이어하고 3차를 가게 되었다고 연락을 했던 것이다. 옷을 벗기 전에 안방에 들어가 보았더니 미혜는 침대에 누워 깊게 잠이 들었다. 볼에 입술을 붙였다 뗀 서동수가 물끄러미 미혜를 내려다보았다. 여섯 살이지만 다섯 살 때부터 읽고 쓰기를 배워 지금은 동화책도 읽는다.

"미혜야, 아빠 짤렸다."

서동수가 입술만 달싹이며 말하고는 심호흡을 했다. 그러고는 미혜의 볼에 다시 한 번 입을 붙였다가 떼고 나서 방을 나왔다. 그러자 서동수와 엇갈려서 박서현이 방으로 들어가더니 곧 열쇠 채우는 소리가 났다. 그러고 보니 박서현은 한마디도 말을 하지 않았다.

중국 산둥(山東)성 칭다오(青島)에 위치한 동양상사 현지법인 소속의 의류 제2공장으로 발령이 난 것은 다음날 오전이다. 그야말로 전광석화와 같은 인사조치였는데 경영진의 심중(心中)을 그것으로도 읽을 수가 있었다. 단 하루라도 본사에 놔둘 수가 없다는 의지일 것이다. 그렇다고 치더라도 서동수에게는 칭다오에 의류 제2공장이란 부서가 있는지도 몰랐던 터라 컴퓨터 인사란에 뜬 전출 내용을 읽고 실실 웃음부터 나왔다. 인사발령일은 오늘자인 11월 3일. 칭다오 근무는 외국인 것을 감안하여 10일 여유를 준 11월 13일이다. 열흘 동안의 준비기간이 주어진 셈이다. 기타 자세한 내용은 총무부에 문의하라고 쓰여 있었으므로 구내전화로 물었다.

"나, 이번에 칭다오로 발령받은 서동수인데요. 거기 주택 문제는 어떻게 됩니까?"

"아, 그거."

담당자인 대리가 당황한 듯 말을 더듬었다.

"현지 총무부에 가시면 사원 임대주택을 드릴 겁니다."

"아, 그거 돈 내야 되는 겁니까?"

"아닙니다. 한국에서 파견근무 형식이기 때문에 그냥……."

"공짜란 말이죠?"

"예에."

"집이 몇 평짜린데요?"

"저기 과장 직책으로 가시니깐 30평형으로다가……."

"아, 그거 괜찮네."

주위의 시선을 의식한 서동수가 목소리를 낮췄다. 사무실 안이었는데 주위가 갑자기 조용해진 느낌이 든 것이다.

"차는 안 줍니까? 승용차 말요."

"저기, 차는 아직."

"월급은 여기 수준으로 주는가요?"

"예에, 저기. 의류사업부 기준으로. 거기에다 현지 수당이 붙습니다."

"아, 그래요? 고맙습니다."

그러고는 전화기를 내려놓았을 때 앞쪽에서 한준규 대리가 일어나 다가왔다.

"영업본부장이 오시랍니다."

한준규는 오늘자로 서동수 대신 3팀장 직무대행이 되었다. 앞에 선 한준규의 시선이 비껴나 있었으므로 서동수가 쓴웃음을 짓고 말했다.

"얀마, 너하고도 같이 나눠 먹었다고 영업본부장한테 말해줄까?"

"정말 저도 분합니다."

"그럼 어저께 술 마실 때 나왔어야지."

"갑자기 시골에서 친척이 오시는 바람에."

자리에서 일어선 서동수에게 주위의 시선이 모여졌다가 금방 비껴갔다. 6층 전체가 칸막이가 없는 채로 160여 명이 퍼져 앉은 터라 보려고 작정을 하면 30미터나 떨어진 1부에서도 다 이쪽이 보인다. 주위를 둘러본 서동수가 혼잣소리처럼 말했다.

"씨발놈들이 에이즈 환자를 보는 듯하는구먼 그래."

맨 왼쪽의 영업본부장실로 다가갔더니 문 옆쪽에 앉은 미스 권이 말했다.

"기다리고 계세요."

노크를 하고 방으로 들어선 서동수는 소파에 앉아 있는 김대영을 보았다. 김대영의 표정은 가라앉아 있다. 시선도 마주치지 않는다.

"거기 앉아."

턱으로 앞쪽 자리를 가리킨 김대영이 서동수가 앉기를 기다렸다가 말을 잇는다.

"그래. 칭다오로 가서 열심히 해. 내가 주시하겠다."

"열심히 하겠습니다."

서동수가 대답하자 김대영이 퍼뜩 시선을 들었다. 눈빛이 차갑다. 서동수는 이것이 김대영과의 마지막 만남이라는 생각을 한다. 심호흡을 한 서동수가 정색하고 말했다.

"그 동안 배려해주셔서 감사합니다."

"네 와이프는 뭐래?"

하고 강정만이 물었으므로 서동수는 쓴웃음을 지었다.

"아직 말 안 했어."

"못했겠지."

입맛을 다신 강정만이 양주를 유리컵에 붓는다. 언더록스로 마시고 있었지만 얼음이 다 녹았는데도 놔두었다.

"어떻게 할래?"

술잔을 들면서 강정만이 묻자 서동수는 주위를 둘러보는 시늉을 했다. 소공동의 작고 아담한 바 안이다. 안쪽에서 칵테일을 만들던 문영은이 서동수의 시선을 잡고 눈웃음을 쳤지만 스쳐지나갔다. 서동수가 혼잣소리처럼 대답했다.

"같이 갈 수는 없어. 미혜 교육 문제도 있고 말이야."

"네가 돈 먹고 좌천당했다는 걸 알면 어떻게 될까?"

강정만의 시선을 왼쪽 볼에 받으면서 서동수가 한 모금에 양주를 삼켰다. 강정만은 고등학교 동창으로 대기업인 고려건설 과장이다. 퇴근

무렵이 되자 입사 동기들이 한잔하자면서 연락해 왔지만 사양하고 강정만을 불러낸 것이다. 다시 강정만이 물었다.

"너 그냥 거기 있을 거냐?"

"그럼. 왜?"

"장래 생각을 해, 인마. 장래를."

술잔을 내려놓은 강정만이 눈을 부릅떴다.

"전자 영업을 하던 놈이 뜬금없이 해외 현지법인 의류 공장의, 뭐 관리과장? 가서 어떻게 할 건데? 거기서 부장 되고 공장장 될 것 같으냐?"

"그 새끼, 말 많네."

"네 딸, 네 와이프는 놔두고?"

그때 서동수가 손짓을 하자 옆쪽을 보는 것 같던 문영은이 다가왔다. 작고 아담한 체격에 웃음 띤 얼굴이 귀여운 아가씨다. 서동수가 옆에 앉은 문영은을 지그시 보았다.

"오늘밤 어때? 네 아파트에서 재워줄래?"

"오빠 정말요?"

놀란 듯 문영은이 눈을 둥그렇게 떴다.

"외박하실 거예요?"

"오늘 바이어하고 철야 상담을 한다고 했거든."

"아, 씨발놈."

하고 강정만이 입맛을 다셨지만 서동수가 손을 뻗어 문영은의 허리를 당겨 안았다.

"나 진급했어. 그래서 너하고 첫 외박으로 파티를 하고 싶어서 그래."

"좋아요."

손목시계를 보는 시늉을 한 문영은이 눈웃음을 쳤다.

"한 시간만 기다려요, 오빠. 손님도 없으니깐 일찍 문 닫고 같이 가요."

이 바의 주인이 문영은인 것이다. 문영은이 안쪽의 일본인 손님에게로 돌아갔을 때 강정만이 길게 숨부터 뱉었다.

"너 정은지는 어떻게 할 건데?"

"너한테 넘기고 갈까?"

"이 새끼가."

"전별금으로 월세 보증금 500은 넘기고 가면 되겠지, 뭐."

"진짜 갈 거냐?"

다시 강정만이 물었으므로 서동수가 이를 드러내고 웃었다.

"이 새끼는 마치 제가 떠나는 것처럼 안절부절못하는군 그래."

"아이구, 모르겠다."

강정만이 물잔에 양주를 붓더니 얼음이 없는데도 들고 흔들었다.

"중국에 가서 또 현지처를 만들어놓고 살든지 말든지 알아서 해라."

"야 인마, 갈 데까지 가보는 거다."

어깨를 부풀렸다가 내린 서동수가 문득 정색을 하고 말을 잇는다.

"여기서 기 죽으면 안 돼. 그럼 져."

침대에 누운 서동수는 들뜬 분위기가 되어 욕실에서 들리는 물소리를 듣는다. 벽시계가 밤 11시 반을 가리키고 있다. 이곳은 사당동의 원룸 빌라, 문영은의 집이다. 요즘은 오피스텔보다 원룸 빌라가 대세(大勢)여서 넓은 방 좌우로 욕실과 주방이 배치되었고 위쪽 유리문 밖은 베란다였다. 팔베개를 하고 반듯이 누운 서동수의 눈앞에 문득 아내 박서현의 얼굴이 떠올랐다. 오늘은 집에 못 들어간다는 전화도 하지 않았다. 바이어 접대를 하느라 호텔에 같이 있다느니, 출장 또는 상가(喪家)에서의 밤샘 따위 핑계는 믿는 것 같지 않았지만 최소한의 예의 형식은 되었다. 그런데 이제는 그것마저 버린 것이다. 그러고 보니 박서현과 섹스를 안 한 지도 석 달이 넘은 것 같다. 여름이 시작되던 7월 중순쯤이던가? 술김에 덮쳤는데 박서현의 반응이 그날따라 괜찮았던 것 같다. 그러나 다음 날 아침에는 언제 그랬느냐는 듯이 멀쩡한 태도였고 그것이 애정 결핍 때문이든 성격 때문이든 이젠 따지기도 지친다. 그때 욕실 문이 열리더니 문영은이 나왔다. 벌떡 상반신을 일으킨 서동수가 문영은을 보았다. 방안의 불을 켜놓아서 타월로 가슴과 음부만 가린 문영은의 전신이 다 드러났다.

"아유, 오빠. 불 꺼."

서동수의 시선을 받은 문영은이 눈을 흘기며 말했다. 서동수는 손을 뻗어 전등 스위치를 껐다. 곧 부스럭거리는 기척이 들리더니 옆으로 문영은이 몸을 붙였다. 알몸의 물기가 식으면서 피부에 찬 기운이 느껴졌다. 서동수는 문영은의 어깨를 감아 안았다.

"오빠, 무슨 일 있어?"

가슴에 볼을 붙인 문영은이 물었으므로 서동수가 긴장했다.

"아니, 왜?"

"좀 어두워 보여서."

"그럴 리가."

이미 준비가 다 되어 있는 터라 서동수는 서둘러 문영은의 몸 위로 오른다.

"아유, 오빠. 서둘지 마."

했지만 문영은이 팔을 들어 서동수의 어깨를 움켜쥐었다. 준비가 된 셈이다. 곧 둘의 몸이 합쳐지면서 쾌락의 탄성이 일어났다. 오늘 밤 서동수의 섹스는 잊기 위한 것이다. 이렇게 탐닉하는 순간에는 모든 것을 잊게 되는 것이다. 외로움을 벗어나기 위한 섹스도 있다. 정복감을 맛보려는 섹스도 있으며 좌절감을 극복하려는 섹스도 있다. 불같이 일어난 성욕의 바탕에 그렇게 수많은 이유가 깔린 동물은 인간뿐이다.

"아아, 오빠."

문영은이 달아오르고 있다. 서동수는 몰두하면서 이렇게 뜨거워지는 상대에 대한 동질감을 느낀다. 우리는 함께 달아오르고 있는 것이다. 이윽고 문영은이 두 다리로 서동수의 몸을 감으면서 폭발했다. 서동수도 함께 터졌고 둘은 뜨거운 열기가 가라앉을 때까지 엉킨 채 움직이지 않았다.

"좋았어. 오빠."

문영은이 서동수의 볼에 입술을 붙이면서 말했다. 더운 숨결 속에 사과향 냄새가 배어 있다. 서동수가 문영은의 땀에 젖은 머리칼을 이마 옆으로 쓸었다.

"잘 지내."

"으응?"

몸을 꿈틀거리던 문영은이 서동수를 올려다보았다. 어둠 속에서 검은 눈동자가 반들거리고 있다.

"오빠, 무슨 말야?"

"나 장기 출장을 가거든."

문득 좌천 이야기를 하고 싶은 충동이 일어났지만 서동수는 억눌러 참았다.

"출장 다녀와서 다시 만나자."

"아이구, 어서 오너라."

마당에서 고추를 널고 있던 어머니가 반색을 하면서 달려왔다. 온다고 연락을 했으므로 형 서민수와 형수 박애영도 집에 와 있다. 어머니한테는 홍삼 엑기스를, 형과 형수한테는 양주와 화장품 세트, 초등학생인 조카한테 장난감 박스까지 가져왔기 때문에 식구들은 인사하랴 선물 치하하랴 한바탕 떠들썩했다. 마루에 앉은 서동수가 마당을 둘러보며 묻는다.

"메리가 안 보이네?"

"개 도망간 지 두 달이 넘었다."

마당에 선 형이 대답했고 옆에 앉은 어머니가 거들었다.

"개장수가 데리고 간 모양여. 도망갈 놈이 아녀."

메리는 잡종개로 집에서 5년 넘게 키웠는데 1년에 서너 번씩만 찾아오는 서동수를 알아보고 길길이 뛰며 반기던 놈이다. 서동수가 길게 숨을 뱉었다. 이곳은 유성 근처의 시골이었지만 서울에서 차든 열차든 두 시간 반이면 닿는다. 오늘은 차로 왔는데 평일이어서 두 시간밖에 걸리지 않았다.

"휴가 받았다고?"

어머니가 물었으므로 서동수가 머리를 끄덕였다. 맑은 가을 날씨여서 마당에 널린 붉은색 고추가 햇살을 받아 반들거리고 있다.

"응. 내가 인사발령을 받았기 때문에."

서동수가 대학생 때 아버지는 암으로 돌아가셨다. 벌써 12년 전이다. 막 대학을 졸업했던 형은 취직을 하지 않고 어머니 옆에 남아 아버지 대신으로 농사를 시작했다. 효자다. 부엌으로 들어가던 형수도 멈춰 서서 이쪽을 본다. 세 쌍의 시선을 받은 서동수가 빙그레 웃었다.

"영전이야. 중국 칭다오에 있는 공장 부장으로 가는 거야."

"뭐? 중국?"

어머니가 눈을 크게 뜨고 물었고 형은 다른 것을 묻는다.

"부장으로?"

"응. 현장을 익혀야 돼. 간부가 되려면 말야. 거기 가면 주택도 공짜고 수당도 더 받거든. 거기 가려고 경쟁이 치열해."

"칭다오가 어디에 있냐?"

어머니는 중국에 집착하고 있다. 외국인 것이다. 서동수가 웃음 띤 얼굴로 말했다.

"한국에서 가장 가까운 중국 도시야. 비행기로 1시간밖에 안 걸려. 서울에서 여기 오는 것보다 절반 시간밖에 안 걸린다고."

두 손을 편 서동수는 열변을 토했다.

"더구나 시차가 1시간이라 여기서 8시 비행기를 타면 칭다오에 같은 시간인 8시에 도착한다고. 시간으로 따지고 보면 한 발짝도 안 되는 거리야."

그게 무슨 말인지 이해도 안 가고 관심도 없는 어머니가 다시 묻는다. 어쨌든 칭다오는 외국인 것이다.

"가면 언제 오냐?"

"일요일마다 올 수도 있어."

그때 형이 말했다.

"어쨌든 영전했다니까 축하한다."

"그러면 미혜하고 미혜 엄마도 같이 가는 거냐?"

마침내 어머니가 찜찜했던 부분을 물었으므로 서동수는 헛기침을 했다.

"미혜 학교 문제도 있고 해서 나만 가야 할 것 같아."

"미혜 엄마도 그래요?"

어느새 옆으로 다가온 형수가 물었다. 서동수는 세 쌍의 시선을 받고는 심호흡을 했다. 어머니 모시고 시골에서 비닐하우스 농사를 짓는 형수지만 서동수 부부간의 분위기를 가장 잘 안다. 가족 중에서 박서현에게 연락하는 역할을 맡고 있기 때문일 것이다. 서동수가 입을 열었다.

"아, 그럼요. 한 시간 거린데요, 뭘."

자, 이젠 박서현이다. 오후에 텅 빈 고속도로를 달려 올라오면서 서동수의 머릿속에 울린 말이다. 같이 중국으로 갈 수는 없다. 어머니한테 말했던 것처럼 박서현과 미혜는 서울에 남는다. 갑자기 준비도 없이 중국으로 떠날 수는 없는 것이다. 미리 예행연습을 한 셈이 되었으므로 서동수의 가슴은 조금 가벼워졌다. 그렇다. 전자에서 섬유 공장으로 옮긴 이유는 중간 간부급 이상에게 타 사업장도 경험토록 하라는 최고 경영진의 특별지시라고 하면 되겠다. 회사 내부일은 말해주지도 않았고 궁금해 하지도 않았던 박서현이었으니 그러려니 할 것이다. 그리고 실제로 비행기를 타면 한 시간 거리 아닌가? 물론 공항에 가고, 입출국 심사, 비행기 기다리는 시간까지 합하면 대여섯 시간은 걸리지만 그쯤은 넘어가자. 미혜 보려고 일주일에 한 번 날아오면 될 것이다. 비행기 요금이 좀 나오겠지만 당분간은 감수해야지. 그때 핸드폰의 벨이 울렸으므로 서동수는 집어 들고 발신자를 보았다. 그렇지. 정은지다. 그젯밤 이후로 전화를 하지 않았고 오지도 않았다. 섹스 파트너 삼은 지 4개월, 어느 정도 성향(性向) 파악이 된 상태라 어제 전화가 안 올지 알았다. 뒤가 구리면 오히려 세게 나가는 스타일이다. 그런데 그것이 오래 못 간다. 지금처럼. 벨이 여섯 번 울리고 났을 때 서동수는 핸드폰을 귀에 붙였다.

"어, 너냐?"

"자기야, 오늘 시간 있어?"

정은지가 나긋나긋한 목소리로 물었으므로 서동수는 소리 죽여 숨을 뱉는다.

"오늘은 안 돼."

침묵. 아직 어려서 그렇다. 조금 나이가 들면 이럴 경우에 대비해서 차분하고 조금 냉정하게 묻겠지. 그래. 너도 나를 스파링 파트너로 삼아 경륜을 쌓으려무나. 서동수가 침묵을 깨뜨렸다.

"지금 시골 어머니한테 내려와 있어."

"시골?"

"응, 그래서 그런다."

"오늘 회사 안 나갔어?"

정은지의 목소리에 생기가 살아나고 있다. 그젯밤, 오피스텔에 같이 있던 놈이 누구일까? 또 다른 스폰서일까? 아니면 돈 안 내고 엉키는 애인일까? 머릿속 생각과 따로 대답이 나간다.

"응, 휴가 내고 갔어."

했다가 창밖을 스쳐 지나는 풍경을 보고는 말을 바꿨다.

"왔어."

"그럼 언제 올라와?"

"내일."

"내일 밤 올 거야?"

"그래."

"자기야, 사랑해."

문득 머리끝이 서는 느낌이 든 서동수가 심호흡을 하고 나서 대답했다.

"전화 끊는다."

핸드폰의 덮개를 닫은 서동수가 얼굴을 일그러뜨리며 웃었다. 문득 어수선한 사생활이 이번 사건으로 정리가 될 것 같다는 생각이 든다.

"그렇지. 전화위복이다."

칭다오에 가면 새 생활이 시작될 수 있겠다. 새옹지마라는 말도 있지 않은가? 그때 갑자기 정은지의 알몸이 떠올랐다. 정은지는 아직 어리다. 그리고 요즘 그만 한 가격에 그런 상대를 만나기 어렵지 않았던가? 이제 서동수의 머릿속은 정은지의 정리 문제로 어수선해졌다. 강정만에게는 오피스텔 월세 보증금이나 넘겨주고 손을 뗀다고 했지만 아깝다. 문득 꼭 정리하고 자시고 할 필요가 있느냐는 생각이 떠올랐으므로 서동수의 눈에 생기가 띠어졌다. 맞다. 당분간은 해외 출장으로 해 놓는 것이 낫겠다. 한 달 용돈을 준 지 10일밖에 안 되었으니 유용기간이 20일이나 남았다.

"아빠, 회사 끝났어?"

집안으로 들어선 서동수에게 미혜가 달려와 안기면서 물었다.

"어, 그래."

번쩍 안아든 서동수가 미혜에게 곰인형을 안겨주었다. 오후 5시 반, 박서현은 주방에서 이쪽에 등을 보인 채로 저녁 준비를 하고 있다.

"야, 이뻐. 너무 좋아."

곰인형을 안은 미혜가 얼굴을 활짝 펴며 웃는다. 이만하면 괜찮은 가정이다. 문득 가슴이 메면서 코끝이 시큰거렸으므로 서동수는 미혜를 내려놓고 박서현에게 다가가 섰다. 뒤쪽의 기척을 들었을 텐데도 박서현은 개수대에서 그릇을 씻으며 몸을 돌리지 않는다.

"저기, 나 중국 칭다오로 발령이 났어."

박서현이 잠깐 움직임을 멈췄다가 다시 씻는다. 두 걸음쯤 앞에 선 박서현의 등을 향해 서동수가 말을 이었다.

"중간 간부들의 순환 근무라는 최고 경영진의 지시가 떨어져서 말야. 난 거기 공장 관리 총책임자가 되었는데, 아무래도 혼자 가야겠지?"

"……."

"사택도 무상으로 제공되고 해외 근무 수당도 더 붙지만 말야."

"……."

"열흘 후에 떠나야 되기 때문에 시간도 촉박하고. 물론 11월 13일까지는 휴가야. 정말 난데없는 인사 발령이었지만 나 같은 경우가 많더라고. 그룹 전체로 100명도 넘는 것 같아."

등만 바라보고 말하는 것에 지친 서동수가 막 몸을 돌리려는 순간이다. 박서현이 몸을 돌려 서동수를 보았다. 차분한 표정이다.

"우리 헤어져."

말투가 나가서 밥 먹자는 것과 비슷해서 충격은 3초쯤이나 지나서야 왔다. 그러나 눈만 껌벅이고 선 채로 박서현을 보았다. 그때 박서현이 똑바로 서동수를 보았다.

“난 그냥 미혜하고 여기 살게. 위자료로 이 집 명의는 내 앞으로 해주면 좋겠어. 해주겠지?”

“…….”

“거기 마포 스타 오피스텔 1202호 정은지를 중국으로 데려가든지. 어쨌든 당신은 외롭지는 않을 테니까.”

그러더니 박서현이 입술 끝을 비틀면서 웃었다.

“나 치사한 여자 아닌 줄 알지? 영호 친구가 그 오피스텔 13층에 살아. 그래서 알아봐 준 거야.”

영호란 박서현의 남동생 박영호를 말한다. 맨날 스포츠카를 개조해서 타고 다니는 병신. 그 친구 되는 놈도 오피스텔에다 애인을 심어놓은 모양이다. 다시 박서현의 말이 이어졌다.

“소송으로 가기 전에 해결했으면 좋겠어. 미혜를 보고 싶으면 언제든지 만나게 해줄 테니까. 미혜한테는 당분간 아빠가 중국 회사에서 근무하는 것으로 해놓는 게 낫겠지?”

박서현의 시선을 받은 서동수가 마침내 웃었다. 그러나 얼굴이 굳어져 있는 터라 일그러진 웃음이 되었다.

“아주 그냥 카운터펀치를 날려버리는군. 역시 싸가지는 없는 여자야. 넌.”

“여유 부리고 체면 차릴 상황이 아니지 지금. 안 그래?”

한마디씩 박서현이 또박또박 묻자 서동수가 시선을 준 채로 머리를 끄덕였다.

"좋다. 내 스타일대로 결말을 내게 해준다면 도장을 찍지. 네 말대로 하고."

그러고는 지그시 박서현을 보았다.

"오늘밤 나하고 마지막 섹스를 하자. 다 잊고 한판 뛰는 거다. 그럼 내일 아침에 다 해줄게."

밤 10시 반, 서동수는 문간방의 침대에 누워 박서현을 기다리고 있다. 미혜가 지쳐 잠들 때까지 놀아주고 났더니 온몸이 나른하고 입까지 아프다. 집 안은 조용하다. 박서현은 서동수가 미혜하고 노는 동안 방에 틀어박혀서 나오지 않았다. 그러나 박서현은 올 것이다. 섹스를 밝혀서 오는 것이 아니다. 연애기간 1년, 결혼생활 7년이니 8년을 겪은 터라 성격은 다 안다. 좋다. 좋게 끝내자 하는 의미로 서동수가 한판 뛰자고 한 것을 알 것이다. 만일 거부한다면 일이 어렵게 된다는 것도 안다. 더러워서 구역질이 나더라도 박서현이 에라, 한 번 먹어라 하고 드러누울 여자라는 것도 서동수는 아는 것이다. 오늘 밤의 섹스는 이혼파티나 같다. 몸으로 즐길 뿐이다. 좋아야 몸을 합치는 것이 아니라는 것을 둘 다 알고 있는 것이다. 거기에다 무엇보다도 서동수는 물론이고 박서현도 위선은 떨지 않는다. 그때 방문이 열리더니 박서현이 들어섰다. 진주색 나이트가운을 입었고 맨발이다. 가운 밑에는 팬티와 브래지어만 걸쳤을 것이다. 시선을 마주치지 않은 채 들어온 박서현이 침대 위에 오르더니 시트를 들치고 반듯이 눕는다. 그러나 천장을 향한 눈은 똑바로 뜨고 있다. 서동수는 이미 벌거벗고 있었으므로 상반신을 일으켜 박서현을 내려다보았다.

"불은 켜놓고 하지."

"맘대로."

즉각 대답이 나왔다. 시선이 마주쳤고 박서현이 말을 잇는다.

"그까짓 것 상관 안 해."

쓴웃음을 지은 서동수가 가운을 젖히자 예상했던 대로 브래지어와 팬티만 걸쳤다. 서동수는 브래지어를 풀어 던지고 팬티를 끌어내렸다. 박서현이 다리를 들어 팬티가 벗겨지는 것을 돕는다. 서동수는 무겁게 발기한 남성을 의식하고는 쓴웃음을 짓는다. 이번에는 무엇인가? 박서현의 몸 위로 오르면서 문득 서동수의 머릿속에 떠오른 생각이다. 내일이면 떠나보낼 여자에게 마지막으로 정복감을 느껴보겠다는 것인가? 미련 때문인가? 그 순간 서동수의 생각이 산산이 부서졌다. 그것은 박서현이 서동수의 물건을 손으로 쥐더니 제 동굴에 붙였기 때문이다. 서동수는 머릿속이 불덩이가 된 느낌을 받는다. 그러고는 정신없이 한몸이 되었다. 방 안은 눅눅하며 뜨거운 열기가 덮여지기 시작한다. 가쁜 숨소리와 함께 뱉어지는 탄성은 음악소리나 같다. 두 쌍의 팔다리가 엉켰다가 풀어졌고 두 몸이 부딪쳤다가 떨어진다. 비틀고 튕겨지고 꼬여졌다가 풀려나간다. 서동수는 저도 모르게 어금니를 물고 있는 자신을 발견한다. 그 순간 밑에서 마음껏 탄성을 뱉은 박서현을 의식하고는 가슴이 미어지는 것 같은 감동을 받는다. 그렇구나. 이런 일체감, 이런 조화, 이런 화합이 그리워서 마지막 밤을 제의했구나. 그렇게 느낀 순간 서동수의 움직임이 더욱 거칠어졌다. 온몸은 땀에 배어 끈적였고 치켜뜬 두 눈은 번들거리고 있다. 이윽고 밝은 불빛을 받으며 박서현이 폭발했다. 동시에 서동수도 터지면서 박서현의 젖가슴에 얼굴을 묻는다. 박서현이 두 팔로 서동수의 머리를 감싸 안더니 마음껏 탄성을 뱉는다. 심장박동이 크게 울리고 있다. 박서현의 젖가슴이 이렇게 부드러운 줄은 오늘 처음 알았다. 서동수는 박서현의 젖가슴에 얼굴을 묻은 채 낮게 신음했다. 이 냄새, 이 감촉은 평생 잊지 못할 것이다. 이윽고 머리를 든 서동수가 박서현을 내려다보았다. 이제 박서현의 눈동자는 초점이 잡혀져 있다. 서동수가 가쁜 숨을 억누르며 말했다.

"고맙다. 그리고 미안하다."

사흘 후의 오전 7시, 서동수는 인천공항의 출국장에 서 있다. 짐은 먼저 실렸고 손가방 하나만 든 차림이었는데 배웅을 나온 것은 강정만 혼자다.

"야, 그나저나 너무하네."

주위를 둘러보는 시늉을 하면서 강정만이 말했다.

"나 혼자 나왔단 말이냐? 네가 먹여 살렸던 팀원은 다 어디 갔고 그 많던 계집애들은 또 어디 있어?"

"야 인마, 시끄러워."

"합의는 끝냈단 말이지?"

"뭐, 그럭저럭."

강정만은 박서현과 갈라선 것이 가장 궁금한 것 같았다. 바짝 다가서서 다시 묻는다.

"법원에 가서 수속 밟은 건 아니지?"

"다 도장 찍었으니까 제출하면 될 거야."

"집은 넘겨주고?"

"명의이전 끝냈어."

"미혜는 알고 있어?"

"걘 내가 중국으로 출장 가는 줄만 알아. 그래서 당분간은 1주일이나 열흘에 한 번쯤 와서 걜 보고 가야 되겠어."

"……."

"그러다가 기간을 한 달, 두 달 이렇게 늘리는 거지."

"그렇게 간단한 일이 아녀, 인마."

"안다."

하면서 서동수가 발을 떼었다.

"하지만 이렇게 확실히 해놓는 게 낫지. 정 떨어져 있는데 억지로 잡고 있는 건 피차 안 좋아."

"이 자식."

머리를 저은 강정만이 옆을 따르면서 말을 이었다.

"너야 생존력이 강한 놈이라 내가 믿지만 기죽지 마라. 견디면 꼭 오더라. 이건 형님의 경험담이다."

"시간 나면 놀러 와라."

세관 출입구 앞에 선 서동수가 손을 내밀어 둘은 악수를 했다. 손을 흔들면서 강정만이 말했다.

"야 인마, 힘들면 그냥 돌아와. 여기도 얼마든지 밥 먹을 데 있어."

"고맙다."

강정만의 눈이 번들거렸으므로 서동수는 쓴웃음을 지었다. 몸을 돌린 서동수가 세관 앞을 지났고 곧 문이 닫혔지만 뒤를 돌아보지 않았다. 그것이 뒷모습을 보고 있을 강정만에게 부담이 덜 되었을 것이다. 서동수가 게이트 앞쪽 대기실에 도착했을 때는 출발 40분 전이다. 아직 탑승이 시작되지 않았으므로 서동수는 핸드폰을 보았다. 단축 버튼 리스트를 켜자 번호가 주르륵 떴다. 서동수는 번호를 보면서 가장 듣고 싶은 목소리 순서를 정했다. 1번은 딸 미혜다. 2번은 어머니. 3번은 형. 4번은 형수. 5번은 박서현. 박서현은 듣고 싶고 보고 싶어서가 아니라 미혜를 부탁한다는 말을 전하려는 것이다. 한동안 번호를 내려다보던 서동수가 버튼을 눌렀다. 오전 8시가 되어 가고 있다. 신호음이 세 번 울렸을 때 응답소리가 들렸다.

"자기야?"

정은지다. 그날 이후로 연락만 했지 만나지 않았다. 박서현한테 방 번호까지 들통 난 상황에 찾아갈 수도 없는 노릇이다. 그것을 정은지한테 말해줄 수도 없지 않은가? 그러나 서동수는 '자기야' 하고 부르는 정은지의 목소리를 듣는 순간 눈물이 고였다. 목이 메었으므로 침을 삼키고 심호흡을 하는 사이에 정은지가 두 차례나 연거푸 묻는다.

"자기 어디야?"

"출근하는 길이야?"

그때 쓴웃음을 지은 서동수가 대답했다.

"응, 지금 출장 가는 길이야. 중국으로."

칭다오(青島)는 산둥(山東)성에서 서해로 뻗어 나온 반도 남쪽 도시로 인천에서 비행기로 1시간 거리다. 중국과의 시차가 1시간이어서 오전 8시 반에 출발한 비행기는 같은 시간에 착륙한다. 공항에는 마중 나온 사람도 없었으므로 서동수는 짐을 끌고 밖으로 나와 택시를 탔다. 동양상사 제2의류공장은 공항에서 가까운 청양(城陽)이라는 소도시에 위치하고 있었다. 청양은 칭다오의 외곽도시로 공단지대나 같다. 택시를 공장 경비실 앞에 세우고 총무과에 전화를 했더니 여직원이 받았다. 말투가 조선족 동포다.

"나 총무과장으로 발령받은 서동수인데."

했더니 놀란 듯 우물쭈물했다. 그래서 서동수가 말을 이었다.

"지금 경비실에 와 있으니까 누가 나와서 내 숙소 좀 안내해줘요. 지금 택시에 짐까지 싣고 있어서 회사에 들어갈 형편이 안 되니깐 말요."

그러고는 전화를 끊었다. 경비실 안이어서 옆에 우두커니 서 있던 경비원 둘 중 하나가 그때서야 의자를 권했다.

"여기 앉으시지요. 총무과장님이신 줄 몰라 뵈었습니다."

그도 조선족 동포였다. 기다린 지 5분쯤 되었을 때 차 한 대가 달려와 경비실 앞에서 멈추더니 두 남녀가 내렸다. 그중 남자가 경비실로 들어서면서 서동수에게 묻는다.

"서 과장님이십니까?"

"예, 내가."

"전 총무과 대리 이인섭입니다."

사내가 따라 들어선 여자도 소개했다.

"여긴 같은 과 사원 화란(花蘭)입니다."

"안녕하세요."

여자가 머리를 숙이며 한국어로 인사를 했는데 발음이 어색했다. 중국인이다.

"저희들이 모셔다 드리겠습니다. 가시죠."

이인섭이 앞장서 경비실을 나서며 말했다. 30대 중반쯤의 이인섭은 제2의류공장의 터줏대감일 것이었다. 조선족으로 대리 진급을 하려면 최소한 6년 경력은 쌓아야 되기 때문이었다. 이인섭이 기다리고 있는 택시로 다가가면서 서동수에게 말했다.

"과장님은 화란이 운전하는 차에 타고 가시지요. 저는 택시를 타고 뒤를 따르겠습니다."

"아이구, 그렇게까지."

했지만 서동수는 시치미를 뚝 떼고 회사 차 앞자리에 올랐다. 화란이 운전석에 앉더니 익숙하게 차를 몰아 회사를 빠져나간다. 서동수가 머리를 돌려 화란을 보았다. 옆얼굴의 윤곽이 뚜렷하다. 총무과는 업무부 소속으로 차량, 창고, 건물 관리를 맡는다. 잠깐 총무부 업무내용을 훑어보았다가 사원 기숙사 운영 지침까지 책 한 권 분량으로 적혀 있어서 질색을 하고 그만두었다.

"한국말 하나?"

서동수가 묻자 화란이 힐끗 시선을 주었다. 눈동자가 검었고 입술은 굳게 닫혀 있다.

"영어를 합니다."

화란이 영어로 대답했으므로 서동수는 빙긋 웃었다. 그러고는 이제 영어로 물었다.

"그럼 한국어 지시나 결재 서류는 듣지도 읽지도 못할 것 아냐? 그땐 어떻게 하지?"

"중국어로 번역되어 나옵니다. 여긴 중국 공장이거든요."

"그렇군."

"부서장급 대부분은 중국어를 합니다."

"난 못하는데."

"알고 있습니다."

순간 화란의 옆얼굴이 굳어진 것 같았으므로 서동수가 놓치지 않고 물었다.

"그럼 내가 왜 여기로 전출되었는지도 알아?"

"모릅니다."

화란이 짧게 영어로 대답했다. 시선은 앞쪽을 향한 채로 무표정한 얼굴이다. 그 순간 서동수의 심장이 세차게 뛰었다. 그야말로 만리타향으로 유배된 것 같은 자신의 처지를 그때서야 느낀 것이다.

"난 좌천되었어."

좌천이란 영어가 생각나지 않았으므로 그레이드 다운(grade down)이라고 했다. 화란은 잠자코 앞만 보았고 서동수는 갑자기 쏟아져 나오는 제 말을 멈추지 못했다.

"하청공장에서 리베이트를 먹은 것이 발각되었기 때문이지. 그래서 전자 영업 팀장이었다가 난데없는 의류사업부 중국 공장 총무과장이 된 거야."

"……."

"회사에서는 그렇게 발령을 내면 내가 사표를 낼 줄로 예상했던 것 같아. 하지만 난 받아들였지."

서동수가 머리를 돌려 화란을 보았다.

"왜 받아들였는지 알고 싶지 않아?"

"아뇨."

화란이 짧게 대답했으므로 서동수는 잠깐 헷갈렸다. 자신이 부정형으로 물었을 때 아니라고 했다면 '예스' 다. 그런데 부정형으로 묻지 않았다. 그렇게 생각하는 사이에 서동수의 울컥해졌던 가슴이 진정된 것 같다. 화란이 한 번도 이쪽으로 시선을 주지 않았던 것도 영향이 있었을 것이다. 의자에 등을 붙인 서동수는 눈을 감았다. 그리고 10분쯤 후에 차가 멈출 때까지 서동수는 입을 열지 않았다. 차가 멈춘 곳은 고층 아파트 앞이었다. 뒤따라온 택시에서 내린 이인섭이 다가서며 말했다.

"과장님은 마침 전망 좋은 15층에 입주하시게 되었습니다."

아파트는 지은 지 얼마 되지 않은 것 같았고 시설도 훌륭했다. 현관에 선 경비에게 중국어로 말한 이인섭이 짐가방을 내리면서 말했다.

"여기선 호텔처럼 임대비를 내고 삽니다. 한국에선 전세비라면서 나갈 때 돈을 찾아간다면서요? 그건 공짜로 쓰는 것이나 마찬가지 아닙니까?"

"그렇군."

"공장장님은 80평형, 부장급은 60평형, 그리고 과장급은 40평형입니다."

"난 30평형인 줄 알았는데 좋군."

경비까지 나서서 짐을 날라 주었는데 아파트는 방 3개에 거실도 컸다. 이인섭 말대로 베란다에서는 앞쪽 평야도 보인다. 짐은 옷가지가 담긴 트렁크 4개뿐이어서 이인섭이 두리번거리는 시늉을 하며 묻는다.

"짐이 또 옵니까?"

"아니, 이것뿐이야."

"그럼……."

"와이프는 서울에 있기로 해서."

"아, 예."

아파트 안에는 TV는 물론이고 호텔처럼 침대 시트도 다 덮여져 있는데다 전기 밥통에다 주방기구까지 다 갖춰져 있는 것이다. 주방을 마른 걸레로 닦고 난 화란이 중국어로 이인섭에게 말했다. 그러자 머리를 끄덕인 이인섭이 서동수를 보았다.

"오늘 저녁부터 식사를 해 드시겠다면 화란이 쌀하고 찬거리를 사오겠다는데요."

"아니, 됐어."

쓴웃음을 지은 서동수가 말을 이었다.

"나가서 사먹겠어. 그럼 회사로 돌아가지. 나는 내일 아침부터 출근을 할 테니까."

"제가 모시러 오죠."

자리에서 일어선 이인섭이 말했다.

"8시 출근이니까 7시 반에 모시러 오겠습니다."

"아, 고마워. 둘 다."

이렇게 칭다오의 첫날이 시작되었다.

공장장 윤명기는 이사급으로 경력 16년, 42세다. 의류사업부에만 근무해서 이사급에 오른 이른바 원조(元祖) 걸레였으므로 낙하산으로 내려온 서동수가 마음에 들 리가 없다. 더구나 공장장쯤 되면 서동수가 발령받은 이유를 알고 있을 테니 이곳이 쓰레기장이냐고 화를 냈을지도 모른다. 그러나 다음 날 아침, 서동수의 인사를 받은 윤명기는 무표정한 얼굴로 말했다.

"잘해 보라고."

"예, 열심히 하겠습니다."

"총무과가 제법 일이 많아."

"알겠습니다."

그러자 윤명기가 머리를 끄덕였으므로 서동수는 방을 나왔다. 그다음에 인사를 간 직속상관 안명규 업무부장은 표정 관리가 잘 안 되는 인격이었다. 안명규가 책상 앞에 선 서동수를 똑바로 보았다.

"뭐, 딴말 않겠어. 업무 파악을 빨리해야 될 거야. 안 되면 피차 곤란해."

"저도 그렇게 생각합니다."

서동수가 안명규의 찌푸린 얼굴을 마주 보았다. 40세, 경력 18년. 고졸 사원으로 입사해서 군대도 가지 않고 생산파트에서만 근무해 왔다. 칭다오 의류공장 설립 시부터 근무한 터줏대감. 이곳에서는 공장장보다 원조(元祖)다. 영업부 팀장이었을 때에는 공장장급과 맞먹었는데 이제 부장급에게 시달리게 되었다. 서동수가 말을 이었다.

"의류사업본부장께 반년 안에 업무 파악을 못하면 그만둔다고 했습니다."

그 순간 안명규의 얼굴이 굳어졌다. 의류사업본부장이 누군가? 의류사업의 최고위층이다. 허정식 부사장. 바로 허정식 부사장을 만나고 왔다는 말이었다. 허정식은 세계 7개 국가에 흩어진 19개 공장을 관리하고 있다. 안명규 따위는 지금까지 얼굴도 본 적이 없을 것이다. 그때 안명규가 말했다.

"알았어. 가봐."

그러더니 덧붙였다.

"내가 도와줄 일 있으면 말하고."

"감사합니다."

몸을 돌린 서동수가 어금니를 물었다. 안명규에게 거짓말을 한 것이다. 서동수는 5년쯤 전에 한 번 허정식을 만난 적이 있다. 그것은 고등학교 동문 모임에서다. 지방 고등학교 출신인 서동수는 그때 처음으로 허정식을 만났다. 동양그룹에 고등학교 동문이 14명뿐이었는데 허정식이 그중 가장 기수도 빠르고 고위층이었던 것이다. 그러나 그뿐이다. 고위층이 될수록 학맥이 노출되는 것을 꺼리는 터라 허정식은 그후로 일절 동문 모임에 참석하지 않았던 것이다. 하지만 안명규는 곧 허정식의 뒷조사를 할 것이고 자신과 고등학교 동문이라는 사실을 밝혀낼 것이다. 그리고 안명규가 허정식에게 자신을 만났느냐고 확인을 하겠는가? 천만의 말씀이다. 안명규가 도와줄 일 있으면 말하라고 한 것은 대번에 기가 꺾였다는 증거다. 총무과로 돌아왔더니 이인섭이 직원들을 소개했다. 사무실 직원이 8명, 경비실 10명, 전기 · 기계 · 설비실이 11명, 식당요원 12명, 청소원 8명인 대식구다. 총무과 각 파트를 돌면서 인사를 하는 데에 오전 반나절이 걸렸고 다른 부서장한테 인사를 다니다 보니까 퇴근시간이 되었다. 공장 근로자가 4800명인 것이다.

"과장님, 오늘 회식 장소를 잡았습니다."

이인섭이 다가와 말했을 때 서동수는 한숨부터 쉬었다.

"아이구, 죽겠네. 이 사람아."

"각 파트 주임과 부주임만 참석하기로 했고 사무실에서는 저하고 주임급 넷입니다. 그래서 총원이 14명입니다."

정색한 이인섭이 말을 잇는다.

"미리 화란 씨를 보냈습니다."

화란도 주임급이다.

회식은 청양 중심부의 해산물 식당에서 열렸는데 14명이 커다란 원탁에 둘러앉았다. 앞에 놓인 요리 접시가 회전할 수 있게 만들어서 엉덩이를 들지 않아도 되었다. 60도가 넘는 화주(火酒)로 건배를 다섯 번쯤 하고 났더니 얼굴에서 불이 나는 것 같았지만 긴장은 풀렸다. 14명 중 조선족은 이인섭을 포함해서 셋뿐이었고 나머지는 한족이다. 그중 화란만 빼고 중국어밖에 몰랐으므로 그들에게는 통역이 필요했다.

"전(前) 과장님은 업무부장님 심복이었지요. 그래서 과장 자리가 한 달 반 동안 공석이 되어 있었을 때 업무1과의 유성호 대리를 업무부장이 총무과장으로 민다는 소문이 났습니다."

옆에 앉은 이인섭이 말했다. 전(前) 총무과장 백동기는 대장암 수술을 받고 지금 일산 암센터에 입원하고 있다. 이인섭이 말을 이었다.

"그런데 갑자기 과장님이 본사에서 날아오니까 유성호 대리는 무안했을 겁니다. 업무부장도 기분이 좋지 않았겠지요."

"부장한테 상납하는 게 있어?"

목소리를 낮춘 서동수가 묻자 이인섭이 주위를 둘러보는 시늉을 했다. 서동수 왼쪽에는 화란이, 오른쪽에는 이인섭이 앉았는데 원탁은 이미 떠들썩했다. 이쪽 이야기는 들리지도 않을 것이다. 이인섭이 말했다.

"예, 있을 겁니다."

"있을 것이라니? 그런 대답이 어디 있어?"

쓴웃음을 지은 서동수가 이인섭을 보았다. 이인섭의 신상명세를 보았더니 32세, 하얼빈에서 대학을 졸업하고 은행에서 근무하다가 제2의류공장이 설립된 7년 전부터 근무한 터줏대감이다. 서동수가 말을 잇는다.

"앞으로 나하고 손발을 맞춰야 할 것 아닌가? 말해봐."

"백 과장님이 입원하기 전에 업무부장한테 소스를 전부 인계인수한 것 같습니다."

이인섭이 서동수 쪽으로 몸을 기울였다.

"리베이트는 과장이 직접 챙겼거든요."

"소스라면 리베이트 나오는 소스 말야?"

"예."

"어딘데? 대충 알고는 있을 거 아냐?"

"다 걸려있지요. 다."

쓴웃음을 지은 이인섭이 어깨를 움츠렸다가 폈다.

"식당 주부식 구입, 시설물 공사, 청소원 근무수당, 경비원 채용, 접대비, 관리비, 사원 숙소 보수비, 임대 아파트 관리비, 교통비, 출장비……."

말을 그친 이인섭이 서동수를 보았다.

"백 과장이 2년 동안 총무과장으로 있으면서 칭다오 시내에 아파트 두 채, 별장 하나를 사놓았습니다. 업무부장은 아파트 세 채를 사놓았다는 소문이 났습니다."

"개새끼들이로군."

침을 삼킨 서동수가 묻는다.

"자네한테는 얼마나 나눠주었어?"

"가끔 술값을 던져주었을 뿐입니다. 과장이 직접 챙겼기 때문에 우린 눈치만 채고 있었을 뿐이지요."

"우리라니?"

"총무과 직원들 말입니다. 대부분이 알고 있지요."

알아도 증거가 없는 이상 어쩔 수 없다. 또 누구한테 고발하겠는가? 더구나 이곳은 외국 공장이다. 대부분이 중국인 근로자인 것이다. 심호흡을 한 서동수가 쓴웃음을 지었다.

"이 대리, 알고 있지?"

"뭐 말씀입니까?"

"내가 본사 영업팀장이었다가 리베이트 먹은 것이 발각되어서 이곳으로 좌천된 것 말야."

이인섭은 눈만 끔벅였고 서동수가 말을 이었다.

"내가 아주 적재적소로 발령이 났군 그래."

2차로 간 곳은 청양에서 가장 잘나간다는 룸살롱 아성(亞成)이다. 2차 멤버는 이인섭을 포함한 조장급 6명으로 모두 남자다. 아성은 전(前) 총무과장 백동기가 단골로 다녔다는 곳이었다. 그래서 이인섭도 몇 번 따라왔다고 했다. 금방 아가씨들을 인솔해온 마담에게 이인섭이 말했다. 조선족 마담이다.

"이봐. 이번에 새로 오신 총무 과장님이셔. 잘 모셔야 돼."

"잘 부탁합니다, 과장님. 전 장연지라고 합니다."

마담이 정중하게 인사를 했다. 제각기 파트너를 골라 자리를 잡고 앉았을 때 서동수가 장연지에게 옆자리를 눈으로 가리키며 불렀다.

"나하고 이야기 좀 해."

장연지가 다소곳이 옆에 앉는다. 갸름한 얼굴에 눈이 가늘고 입술도 얇은 데다 가는 몸매였는데 미인은 아니지만 눈길을 끄는 구석이 있다. 술잔을 든 서동수가 장연지에게 물었다.

"전임 총무과장은 대장암 수술을 받고 한국에 자빠져 있어. 앞으로 중국에는 못 올 거야. 그런데 백 과장 외상값 있어?"

"없습니다."

장연지가 가는 눈을 더 좁히면서 웃었다.

"다 현금거래 하셨거든요."

"이곳에 파트너 남아 있나?"

"아뇨. 다 나갔습니다."

"하긴 있어도 나갔다고 하겠지."

"잘해 드릴게 자주 들러주세요."

"주는 게 있어야 받는 거야. 주고받는 것이라고."

정색한 서동수가 입술을 장연지의 귀에 붙였다.

"백동기가 아마 이곳에서 업체들하고 만나 리베이트 먹었을걸? 그렇지?"

장연지가 머리를 들어 서동수를 보았다. 눈동자가 흔들리고 있다. 서동수는 말을 이었다.

"앞으로 나하고는 잘해 보자고."

"알았습니다, 과장님."

"정보를 주면 대가를 꼭 줄게. 백동기는 이미 끝난 놈이라고. 그놈한테 의리 지킬 필요는 없잖아?"

"그럼요."

"그놈이 해먹은 거 나한테도 정보를 줘. 아가씨들한테도 소문이 났을 거 아닌가? 내가 대가를 줄게."

"제가 알아볼게요."

"그럼 서로 약속하는 의미에서 오늘 밤 어때? 나하고 같이 갈까?"

"어머머."

쓴웃음을 지은 장연지가 다시 눈을 가늘게 뜨고 서동수를 보았다. 갸름한 얼굴이 요염했다.

"과장님, 절 모르시잖아요?"

"그러니까 한 번 하자는 거야. 그럼 다 알게 돼."

"다음에요."

"좋아, 다음에."

선선히 머리를 끄덕인 서동수가 덧붙였다.

"내가 일주일 후에 올 테니까 준비해놓고 있으라고."

"일주일 후에 말이죠?"

그러더니 장연지가 머리를 끄덕였다.

"알았습니다, 그럼."

장연지가 일어나 방을 나가자 옆쪽에 앉아 있던 이인섭이 말했다.

"재가 발이 넓습니다. 우리 회사 내막은 두르르 꿰고 있지요."

서동수는 머리만 끄덕였다. 업무부장이나 공장장이 건드렸을지도 모른다. 그러나 아랫도리 사업은 위아래가 없는 법이고 부자간에 동서가 되는 일도 비일비재한 세상이다. 물을 것도 없다. 방 안은 여자들의 웃음소리로 떠들썩했다. 여자들이 끼면 분위기는 살아나는 법이다. 서동수는 그때서야 옆자리의 파트너 허리를 감아 안았다.

업무부장 안명규는 서동수의 취임 첫날에 단 한방의 크로스 카운터에 녹다운된 셈이었다. 서동수가 돌아간 즉시로 회사 파일에 떠있는 의류사업본부장 허정식과 서동수의 인적사항을 비교하고 나서 몸서리를 쳤을지도 모른다. 그것이 생산 공장에만 파묻혀 18년을 보냈던 안명규와 바이어를 상대로 온갖 수단을 동원했던 서동수와의 차이다. 적절하게 인맥을 이용하는 것이 출세의 관건인 것이다. 그러나 그만큼 안명규는 서동수를 요주의, 위험인물로 간주할 것이 틀림없다. 리베이트에 대해서는 더욱 철저히 관리를 할 것이었다. 업무부에는 업무 1, 2과와 총무과까지 3개 과가 있다. 생산 현장을 맡은 생산부는 생산부장 휘하에 22개 과가 있지만 생산만 담당한다. 공장의 주력(主力)은 생산부이며 업무부는 그 뒤치다꺼리를 하는 부서다. 그러나 그 뒤치다꺼리에 떡고물이 많은 것이다. 서동수가 보기에 업무 1, 2과장은 나이가 서너 살 위인데다 경력도 그만큼 많았다. 그리고 둘 다 서동수가 좌천된 이유를 아는 것 같았다. 서동수가 인사를 했을 때 실실 웃으면서 빨리 이야기를 끝냈으면 하는 눈치를 보였던 것이다. 같은부 과장이 부임했을 때 모여 술 한잔하는 것이 예의이며 전통인데도 두 놈 다 그런 말은 하지 않았다. 안명규는 말할 것도 없다. 그렇지만 서동수는 다음날부터 맹렬하게 업무 파악을 한다. 해외영업팀장이었을 때 24개국 127개 바이어를 관리해온 서동수다. 직접 관리한 하청공장만 68개가 되었던 것이다. 그래서 일주일째 되는 날은 식당 주부식 가격까지 머릿속에 다 입력시켰다. 그리고 그날 오후에 이인섭을 불렀다.

"이 대리, 대동(大東)산업 박 사장한테 내가 오늘 밤 술 한잔하자고 해."

이인섭의 시선을 받은 서동수가 지그시 웃었다.

"그렇지. 아성에서 만나자고 해. 그리고 당신도 나하고 같이 가지."

"저 말입니까?"

이인섭이 눈을 둥그렇게 떴다. 대동산업이라는 단어가 나왔을 때부터 긴장하고 있었던 이인섭이다. 대동산업은 식당에 주부식을 공급해주는 업체로 사장은 한국인이다. 5000명 가까운 근로자가 세끼 식사를 식당에서 하는 터라 한 달 주부식비가 800만 위엔, 한화로 15억 원 정도가 나가는 것이다. 총무과의 가장 큰 거래선이다. 서동수가 말을 이었다.

"그래, 앞으로 모든 업체를 만날 때 당신도 나하고 같이 행동하자구."

"그, 그러면."

그러자 서동수가 목소리를 낮췄다. 하지만 뒷좌석이어서 듣는 사람도 없다.

"박 사장이 놀라 업무부장한테 어떻게 하면 되겠느냐고 묻겠지?"

"그, 그럴 것 같습니다만."

"업무부장은 가지 말라고는 못할 거야. 아마 가서 무슨 말을 하는가 듣고 오라고 하겠지."

그러고는 덧붙였다.

"그 동안 이 대리는 시중에서 구입할 수 있는 주부식비 가격을 조사해봐."

"예, 알겠습니다."

"아무리 부장이 밀어준다고 해도 담당 과장이 도장 안 찍으면 못하는 거야. 무슨 말인지 알겠어?"

"그건 그렇습니다."

했지만 이인섭은 어깨를 늘어뜨렸다. 겁이 난 것이다. 의자에 등을 붙인 서동수가 말을 이었다.

"너무 욕심부리면 체하는 법이야. 업무부장은 이미 체했어."

부임 첫날에 이인섭으로부터 내막을 듣고 준비해온 서동수인 것이다. 서동수가 책상 위에 놓인 결재서류를 손바닥으로 두드리며 웃었다. 대동산업 결재서류다.

그날 저녁 8시가 되었을 때 서동수는 이인섭과 함께 아성에 들어섰다. 장연지가 웃음 띤 얼굴로 서동수를 맞는다. 일주일 후에 오겠다는 약속을 지킨 셈이다.

"박 사장님이 특실에서 기다리고 계세요."

앞장선 장연지가 둘을 안내하며 말했다.

"그 동안 엉덩이가 빵빵해졌구만. 많이 방바닥에 부딪힌 모양이야."

뒤를 따르며 실없는 농담을 했어도 긴장한 듯 이인섭은 웃지 않았다. 특실로 들어선 서동수는 자리에서 일어서는 사내를 보았다. 40대 후반쯤으로 보였는데 건장한 체격이다. 머리는 반쯤 벗겨졌지만 둥근 얼굴에 웃음을 띠고 있어서 인상이 좋았다.

"아이구, 과장님. 오셨다는 말씀을 듣고 진즉 인사를 가려고 했는데 제가 출장을 갔다가 어젯밤에 왔거든요."

떠들썩하게 말한 사내가 주머니에서 명함을 꺼내 두 손으로 내밀었다.

"박창호올시다. 잘 부탁합니다."

"서동수입니다."

명함을 교환하고 악수를 나눈 둘은 자리에 앉았다. 박창호가 상석을 권했으므로 서동수는 사양하지 않았다. 이인섭과는 안면이 있는 터라 박창호는 머리만 끄덕여 인사를 한다.

"술은 제가 가져온 게 있습니다. 발렌타인 30년짜리인데 괜찮겠지요?"

박창호가 물었으므로 서동수는 머리를 끄덕였다. 서동수도 웃음 띤 얼굴이다.

"아이구, 그럼요."

그러자 박창호가 장연지를 보았다.

"어이, 마담. 아까 내가 데려온 애들 방으로 들여보내."

"네, 사장님."

장연지가 고분고분 방을 나갔을 때 박창호는 말을 잇는다.

"오늘 제가 시내에서 괜찮은 애들을 데려왔습니다. 모델인데 이런 데 나오는 애들은 아닙니다."

"허, 그렇습니까?"

눈을 둥그렇게 뜬 서동수가 침까지 삼키고 말했다.

"내가 박 사장님 덕분에 호강을 하는군요."

"아닙니다. 약소합니다."

그때 방안으로 장연지가 아가씨 셋을 데리고 들어섰는데 그야말로 방안이 환해졌다. 셋이 모두 절세의 미인들이었기 때문이다. 큰 키, 날씬한 몸매, 그리고 얼굴은 탤런트 같다. 아가씨들은 미리 누구 옆에 앉으라고 지시를 받은 것 같다. 서동수 옆으로 먼저 긴 머리의 아가씨가 앉고 파마머리는 이인섭 옆에, 숏컷한 아가씨가 박창호 옆에 앉았다. 그때 종업원들이 술과 안주를 날라 왔다. 빈틈없는 접대다. 어색한 시간을 만들지 않는다. 잔에 술을 채운 박창호가 웃음 띤 얼굴로 서동수를 보았다.

"앞으로 잘 부탁드립니다, 과장님."

"아니, 오히려 제가."

서동수가 앉은 채로 머리를 숙이며 말을 잇는다.

"많이 가르쳐 주십시오."

"한 달에 두 번은 꼭 제가 술을 사겠습니다. 시간을 내주셔야 합니다."

"그렇게 폐를 끼쳐도 됩니까?"

"아가씨들도 수시로 바꿔 드리지요. 저한테 말씀만 하시면 됩니다."

"아니, 저는 이 아가씨만으로도 과분합니다."

아가씨 허리에 팔을 감으며 서동수가 말을 잇는다.

"여긴 천국 같습니다. 한국은 두 번 다시 가고 싶지 않네요."

"아하하하."

소리 내어 웃은 박창호가 한 모금에 술을 삼켰다. 긴장이 완전히 풀린 모습이다. 그때 서동수가 말했다.

"난 리베이트 먹은 것이 들통 나서 좌천된 몸입니다."

박창호가 퍼뜩 눈을 크게 떴고 서동수의 말이 이어졌다.

"난 68개 하청 공장에다 매월 1억 불 가까운 오더를 주었습니다. 그러다 보니 리베이트가 자의 반 타의 반 만들어지더군요."

술잔을 든 서동수가 웃음 띤 얼굴로 박창호를 보았다.

"리베이트를 먹으려고 작심만 하면 엄청나게 모을 수 있었지요. 공장이 70개 가깝게 되다 보니까 별별 캐릭터가 다 나타나는 겁니다. 엄청 버는데도 몇 푼에 벌벌 떠는 놈. 아예 크게 한탕 해서 반씩 나눠 먹자는 놈. 우리 사장이 제 사돈의 팔촌이라는 놈. 별놈이 다 있지요."

이제 박창호는 눈동자만 굴렸고 옆쪽에 앉은 이인섭의 침 삼키는 소리가 크게 울렸다. 장연지도 숨을 죽이고 있다. 다만 중국 아가씨 셋은 한국말을 모르는 터라 표정이 굳어지지는 않았다. 그때 서동수가 말을 이었다.

"그중에서 가장 바보가 누군지 아십니까? 내 직속상관인 부장한테 로비해서 담당 팀장인 나를 누르려고 했던 놈이 있었지요."

그러고는 서동수가 쓴웃음을 지었다.

"그때 우리 부장이 그러더군요. 그런 놈이 있으니까 나더러 손을 보라고요. 그래서 단칼에 잘랐습니다. 우리 부장은 영업직으로 산전수전 다 겪은 엘리트죠. 이런 곳에서 썩는 놈들하고는 다릅니다. 만일 그렇게 되었다간 자폭하게 되어서 다 날아갈게 될 것을 알고 그런 겁니다."

"……."

"난 리베이트를 내 직속 부하들하고 같이 먹었습니다. 그리고 윗선에도 골고루 분배했죠. 그러고는……."

어깨를 편 서동수가 말을 잇는다.

"사건이 터졌을 때 나 혼자 뒤집어쓰고 나온 겁니다."

그때 박창호가 헛기침을 했다.

"잘 들었습니다, 과장님. 이제 과장님 성격을 알 것 같습니다."

"물론 여긴 그런 일이 없겠죠."

한 모금에 술을 삼킨 서동수가 소파에 등을 붙이면서 웃었다.

"리베이트 처먹다 좌천당한 놈을 누가 리베이트로 골탕 먹이려고 하겠습니까? 그건 자고 있는 호랑이 코털을 뽑으려는 것이나 같죠."

"그럼요."

박창호가 커다랗게 머리를 끄덕였다. 여전히 얼굴이 굳어져 있다.

"여기서 그런 사람은 없을 겁니다."

“내가 리베이트 먹으려고 박 사장님한테 이런 말씀 드리는 게 아닙니다.”

“압니다.”

“이번에 대동상사 결재 올라온 것 제가 결재 못 합니다.”

그러자 놀란 박창호의 얼굴이 하얗게 굳어졌다. 호인 같던 인상이 순식간에 다른 모습으로 변했다. 서동수의 말이 이어졌다.

“내가 잠깐 알아보니까 시중 가격하고 차이가 너무나 커요. 그래서 본사 의류 사업본부 회계 감사팀에 전반적인 감사 요청을 할 작정입니다. 그래서 박 사장님을 뵙자고 한 겁니다.”

“…….”

“리베이트 먹다가 좌천당한 놈이라 이렇게 해서라도 열심히 일한다는 표시를 내려고 하니까 이해해주시지요. 박 사장님께선 결백하실 테니까 조금만 기다리면 되실 겁니다.”

“그, 그건.”

박창호의 악문 이 사이로 말이 새어 나왔다가 그쳤다. 이런 결과가 되리라고는 상상도 하지 못했을 것이다. 보고를 기다리고 있을 업무부장 안명규도 마찬가지다. 감사 요청은 담당 과장의 직권인 것이다.

이런 분위기가 되었으니 술맛이 날 리가 있겠는가? 옆에 양귀비가 앉아 있다고 해도 감동이 일어나지 않을 것이었다. 그 비싼 발렌타인 30년을 반도 못 마시고 아가씨 손목 한번 제대로 잡지 못한 채 서동수는 자리에서 일어섰다. 서동수의 지시를 받은 이인섭이 재빠르게 계산을 했으므로 박창호는 똥 밟은 얼굴이 되었다. 아성의 로비로 나온 서동수가 건성으로 박창호와 인사를 마쳤을 때 옆으로 장연지가 다가와 섰다. 가는 눈 속의 눈동자가 반들거리고 있다.

"과장님, 명함 주세요."

"명함은 왜?"

했지만 서동수가 명함을 꺼내 건네주었다. 명함을 받은 장연지가 낮게 말했다.

"오늘밤 전화 드릴게요."

서동수가 시선을 들었지만 장연지는 몸을 돌렸다. 이인섭이 모셔드리겠다고 해서 둘은 택시에 올랐다.

"과장님, 정말 감사 요청을 하실 겁니까?"

아직도 긴장한 이인섭이 택시가 움직이자마자 물었으므로 서동수는 쓴웃음을 지었다.

"그럼 내가 빈말하려고 불러낸 줄 아나?"

"회사에서 난리가 날 텐데요."

"뒤집어지겠지. 이렇게 한 번씩 세탁기에 넣고 돌려야 된다고."

"부장이 살아남지 못할 겁니다."

심호흡을 한 이인섭이 말을 잇는다.

"진짜 자고 있는 호랑이 코털을 뽑은 셈이 되었습니다. 속이 시원합니다."

"그 자식이 날 우습게 보았지. 내가 제 놈 머리 꼭대기에 떠 있다는 걸 몰랐어."

"지금쯤 박창호 보고를 듣고 벌벌 떨고 있을 겁니다."

"내일 아침에 어떻게 나오는가 보자구."

의자에 등을 붙인 서동수가 말을 잇는다.

"내가 한 말은 다 사실이야. 난 혼자 안 먹었다구. 담당자한테 맡겨서 리베이트를 걷었고 내 계좌로 온 돈을 공평하게 나눴어. 그리고 내가 다 뒤집어쓴 거야."

이인섭의 시선을 잡은 서동수가 말을 잇는다.

"내가 오늘 당신을 데리고 간 것도 그것 때문이야."

"잘 알겠습니다."

앉은 채로 머리를 숙여 보인 이인섭이 서동수를 보았다. 눈빛에 존경심이 묻혀져 있는 것처럼 느껴졌다.

"제가 잘 모시겠습니다."

"당신한테는 피해가 가지 않을 테니까 걱정하지 말고."

"저도 받은 만큼 주는 성격입니다."

그러고는 이인섭이 어깨를 부풀렸다.

"한국 회사가 이 따위로 썩었는가 하고 한심할 때가 많았는데 과장님을 만나고 나서 마음이 바뀐 것 같습니다."

"이봐, 나도 뇌물 먹고 좌천당한 놈이야."

쓴웃음을 지은 서동수에게 이인섭이 머리를 젓고 말한다.

"아닙니다. 과장님은 다릅니다."

어느덧 택시가 아파트 앞에 멈춰 섰으므로 서동수가 내렸다. 그러고는 손을 들어 보이고는 현관으로 다가갔다. 그때 주머니에 든 핸드폰이 울리자 멈춰 선 서동수가 꺼내 쥐었다. 발신자 번호는 모르는 번호지만 알고 있는 사람도 몇 명 되지 않는다. 핸드폰을 귀에 붙인 서동수가 응답했을 때 곧 여자 목소리가 울렸다.

"저, 장연지예요. 댁이 어디시죠?"

명함을 달라고 했을 때 예상은 했지만 서동수의 가슴이 뛰었다.

"응, 국제아파트 2동 1502호야."

"혼자 계시는 거죠?"

"당연하지."

"제가 12시 반쯤 갈 텐데 기다리실래요?"

"발딱 세워놓고 기다리지."

그러자 짧은 웃음소리가 들리더니 전화가 끊겼다. 서동수는 어깨를 펴고 엘리베이터로 다가간다.

2장

# 개척(開拓)

12시 35분이 되었을 때 문에서 노크 소리가 났다. 벨이 있는데도 늦은 시간이었기 때문에 노크를 한 것이다. 문을 연 서동수는 웃음 띤 얼굴의 장연지를 보았다. 장연지는 반팔 티셔츠에 진 바지를 입었다. 긴머리를 뒤로 묶었고 손에는 헝겊가방을 들었다. 서동수가 잠자코 옆으로 비켜섰더니 장연지는 집 안으로 들어선다. 스치고 지나는 장연지의 몸에서 옅은 향내가 맡아졌다.

"깨끗하네."

거실 복판에 선 장연지가 주위를 둘러보는 시늉을 하면서 말했다.

"진짜 홀아비 냄새가 풀풀 나네."

그때 뒤로 다가간 서동수가 장연지를 뒤에서 껴안았다. 두 손으로 장연지의 젖가슴을 움켜쥐면서 하반신을 딱 붙인 것이다.

"아유."

하면서 장연지가 서동수의 두 손을 쥐는 것 같더니 오히려 누른다. 서동수의 단단해진 남성이 장연지의 엉덩이를 밀었다. 장연지가 하반신을 비틀며 말했다.

"좀 씻고, 응?"

그러나 서동수는 장연지의 바지 호크를 풀고 지퍼를 내렸다. 두 손으로 바지를 끌어내리자 장연지가 다리를 들면서 신발과 함께 벗어 던진다. 곧 하체는 팬티 차림이 된 장연지가 몸을 돌리더니 서동수의 파자마 안으로 손을 집어넣었다. 불빛을 받은 장연지의 얼굴이 상기되었고 눈은 번들거리고 있다. 그때 서동수가 머리를 숙여 장연지의 입술을 덮었다. 장연지가 두 손으로 서동수의 목을 감아 안더니 거침없이 혀를 내민다. 서동수는 장연지의 팬티를 끌어 내리면서 혀를 빨았다. 거친 숨소리가 방 안을 울리고 있다. 금방 하반신이 알몸으로 된 장연지가 서동수의 파자마와 팬티를 함께 끌어 내렸다. 그러고는 입술을 떼고 헐떡이며 말했다.

"해, 그냥."

서동수는 장연지를 소파 위로 넘어뜨렸다. 방까지 갈 시간이 아까웠기 때문이다. 장연지가 누우면서 다리를 벌리더니 서둘러 서동수의 남성을 잡아 쥐었다. 그러고는 골짜기에 붙인다.

"아아."

거칠게 몸이 합쳐진 순간 장연지의 입에서 탄성이 터져 나왔다. 장연지의 샘은 이미 넘쳐흐르고 있다. 서동수는 머리가 하얗게 비워지는 느낌을 받으면서 힘차게 허리를 움직였다. 동작에 맞춰 장연지의 탄성이 점점 높아지고 있다. 얼마나 시간이 흘렀는지 모른다. 장연지는 이끌려

가다가 때로는 자연스럽게 서동수를 리드했다. 먼저 자세를 바꾸기도 했고 서동수가 급하게 달아오르면 속도를 조절하기도 했다. 다시 정상위로 되었을 때 장연지가 헐떡이며 소리쳤다.

"나 할 거야!"

서동수는 움직임이 더 거칠어졌고 다음 순간 장연지가 폭발했다. 여자의 폭발은 모두 다르다. 같은 상대라고 해도 같은 적이 없는 것이다. 서동수는 그 폭발하는 모습을 머릿속에 넣으려는 듯 눈을 부릅떴다. 입을 딱 벌린 장연지가 서동수의 어깨를 움켜쥐고는 두 다리로 하반신을 빈틈없이 감은 채 굳어져 있다. 잠깐 동안은 숨도 쉬지 않더니 곧 온몸을 떨며 가늘게 울음소리를 내었다. 장연지도 두 눈을 치켜뜨고 있었지만 초점이 멀다. 땀투성이가 된 얼굴은 붉게 상기된 채 번들거리고 있다. 서동수가 머리를 숙여 장연지의 이마에, 콧등에 그리고 입술에 가볍게 키스를 했다. 입술이 부딪쳤을 때 장연지의 두 팔이 목을 감더니 신음과 함께 속삭였다.

"좋았어."

이렇게 칭다오의 첫 여자가 만들어졌다.

"백 과장은 대동 박 사장한테서 한 달에 1억씩 챙겼어."

장연지가 그렇게 말했을 때 서동수는 담배에 불을 붙이는 중이었다. 두 개비에 불을 붙인 서동수가 한 개를 장연지의 입에 물리고는 다시 옆에 누웠다. 아직도 둘은 알몸이다. 아래쪽만 벗고 시작했다가 도중에 하나씩 위쪽도 벗은 것이다. 길게 천장으로 연기를 뿜어낸 장연지가 말을 이었다.

“파트너 했던 애한테서 다 들었지. 업무부장하고 절반씩 나눴는데 두 놈이 한 달에 먹는 뇌물이 2억씩은 됐다는 거야.”

“…….”

“그러니 둘이 짝이 되었던 3년 반 동안 수십억을 번 셈이지. 소문으로는 100억 대가 된다고도 해.”

그때 서동수가 장연지의 골짜기를 손바닥으로 덮었다.

“갑자기 털어놓는 이유가 뭐냐? 아니, 나한테 와준 이유부터 듣자.”

그러자 장연지가 짧게 웃었다.

“내가 집에 들어온 후에 나한테 지금 처음 말한 거야, 알아?”

“그런가?”

쓴웃음을 지은 서동수가 손가락으로 숲을 문질렀다.

“만족한 섹스에 대한 보상인가?”

“그건 괜찮았어.”

“이유를 말해.”

“오늘 박 사장 깐 것 보고 마음을 정했어.”

“주기로?”

“아니, 동업하기로.”

상반신을 세운 서동수가 정색한 얼굴로 장연지를 내려다보았다.

“어떤 동업?”

“자기가 계획하고 있는 것.”

“그것이 뭔데?”

둘의 시선이 마주쳤다. 장연지의 얼굴은 아직도 상기됐지만 검은 눈동자는 초점이 잡혀 있다. 서동수가 다시 묻는다.

"말해봐."

"박 사장 진짜로 감사신청 할 거야?"

장연지의 몸에서 열은 향내가 맡아졌다. 땀에 젖은 장연지의 어깨를 손바닥으로 쓸면서 서동수가 대답했다.

"그럴 작정이야."

장연지가 두 팔로 서동수의 어깨를 쥐었다. 다시 몸을 밀착시킨 장연지가 서동수를 올려보았다. 그러고는 허리를 들어 올리면서 말했다.

"내가 백 과장하고 안 부장이 숨겨놓은 재산, 사업체를 다 알아놓을 테니까 이틀만 기다려."

그러더니 손을 뻗어 서동수의 남성을 쥐었다.

"해줘."

"또?"

"자기도 준비됐잖아?"

헐떡이며 말한 장연지가 몸을 틀어 서동수의 밑으로 파고들었다.

"이번은 금방 할 테니까 얼른."

"이게 색골이네."

"누가 만들었는데?"

서동수는 다시 장연지와 몸을 합쳤다. 뜨겁고 축축한 밤이다. 어지럽게 엉켰던 둘이 다시 떨어졌을 때는 한 시간도 더 지난 후였다. 깜박 잠이 들었다 깬 서동수는 앞에 서 있는 장연지를 보았다. 장연지는 이미 옷을 다 차려입고 서 있는 것이다. 눈만 크게 뜬 서동수를 내려다보면서 장연지가 말했다.

"아직 6시야. 내가 먼저 갈게."

장연지가 손을 뻗어 서동수의 이마에 흩어진 머리칼을 쓸어 올렸다.

"내가 모레 밤에 올게. 그때까지는 준비가 될 거야. 두 놈 여자들이 다 알고 있거든. 걔들 만나면 돼."

그러더니 장연지가 머리를 숙여 서동수의 입에 가볍게 입술을 붙였다 떼었다.

"그럼 모레 밤에 봐. 동업자."

예상했던 대로 업무부장 안명규는 출근하자마자 서동수를 불렀다. 이번에는 회의실로 부른 것이다. 회의실에 둘이 마주보고 앉았을 때 안명규가 정색하고 물었다. 시선은 서동수 옆쪽으로 가 있다.

"어때? 업무 파악은 잘되는가?"

"예, 잘됩니다."

서동수도 외면한 채 대답했다. 여직원이 들어와 종이컵에 담긴 인스턴트커피를 둘 앞에 내려놓고 돌아갔다. 커피잔을 쥔 안명규가 말했다.

"그 대동실업 지난달 분 결재 말야. 급하다는 연락이 왔는데 시간도 되었으니까 결재 올리지 그래?"

"그거 감사신청 할 겁니다."

기다렸다는 듯이 서동수가 말하고는 똑바로 안명규를 보았다.

"그래서 어젯밤에 박 사장한테 직접 말해놓았는데 부장님한테 연락을 한 모양이군요."

"아니, 뭣 때문에 감사신청을 한다는 거야? 갑자기. 그리고 업무 파악도 안 된 신입 과장이 말야."

안명규는 목소리는 낮췄지만 눈빛이 강했고 나중에는 말끝이 떨렸다.

안명규의 시선을 받은 서동수가 심호흡을 했다.

"감사신청은 담당 과장의 고유 권한입니다. 신입 과장이라고 하셨는데 오히려 신입이기 때문에 얽매이지 않고 감사신청을 할 수 있다고 생각합니다. 제가 본사 기획조정실에 문의했더니 전혀 문제없다면서 환영한다고까지 말했습니다."

그 순간 안명규의 얼굴이 하얗게 굳어졌다. 기조실에까지 문의했을 줄은 예상도 못했기 때문이다.

"이봐. 그렇게 되면……."

하고 안명규가 말을 이으려고 했을 때 서동수가 잘랐다.

"백 과장한테는 미안한 일이지만 시중 가격하고 차이가 많이 납니다. 감사팀이 본격적으로 조사하면 대동 박 사장이 폭리를 취한 것이 입증되리라고 생각합니다."

"……."

"뭐, 백 과장은 모르고 결재했을 수도 있으니까요. 더구나 휴직 상태니까 별일은 없을 것입니다."

"……."

"부장님은 가만 계시면 원가절감 효과도 있을 테니까 일석이조의 효과도 있지 않겠습니까? 회사 측으로는 득입니다."

그 순간 서동수는 웃고 싶은 충동을 느낀다. 대동의 폭리가 드러나면 그것을 결재한 과장, 부장 그리고 공장장까지 연대 책임을 져야만 할 것이었다. 그리고 당장에 대동과의 공모를 캐게 될 것이다. 공모가 있다는 전제하에서 조사를 시작하는 것이 정상이다. 그때 안명규가 입을 열었다.

"이봐. 그렇게 되면 공장장님한테도 누가 될지 모르지 않나? 꼭 그렇게……."

"제가 뇌물 문제로 이곳까지 좌천된 처지 아닙니까? 이렇게라도 해서 회사에 봉사하려는 것입니다."

"이 사람아. 그 충정은 알지만……."

"감사신청 하겠습니다."

더 이상 이야기할 것이 없다는 표정을 짓고 서동수가 자르듯 말하자 안명규는 어금니를 물었다가 풀었다.

"공장장님 지시라도 감행할 건가?"

"전 목숨을 걸었습니다. 물론 '동양' 에서의 목숨 말이지요."

서동수가 결연한 표정으로 말을 잇는다.

"그것이 결국은 칭다오 제2의류공장에도 도움이 되리라고 확신하거든요."

"오늘 저녁에 나하고 술 한잔 하지."

불쑥 안명규가 말했으므로 서동수는 머리를 끄덕였다.

"예, 감사신청 마치고 저녁에 뵙지요."

그러자 안명규가 이 사이로 말했다.

"하려면 내일 해. 날 만나고 나서."

"시간이 없었지만 대충은 끝냈어."

앞쪽 자리에 앉은 장연지가 서동수를 보았다.

"갑자기 5시까지 알아봐 달라니. 무슨 일 있어?"

이곳은 칭다오 시내의 햄버거 식당 안이다. 오후 5시여서 어중간한 시간이었지만 카운터 앞에는 손님들이 10여 명씩 줄을 서 있다. 주위를 둘러본 서동수가 말했다.

"업무부장이 오늘 저녁에 술 한잔 하자고 해서 말이야."

"안 부장이?"

놀란 장연지가 눈을 크게 떴다.

"어디서?"

"그건 몰라."

"우리 가게는 너무 얼굴이 팔려서 안 올지 몰라. 요즘 개업한 '루비'에 자주 간다는 소문이 있던데 거기로 가겠군."

"조사한 것 보자."

서동수가 말하자 장연지가 가방에서 종이를 꺼내 탁자 위에 놓았다. 탁자 위에는 받아놓은 햄버거와 감자 칩이 포장도 풀지 않은 채 놓여 있다.

"안 부장하고 파트너 했던 애들이 여럿이야. 그중 세 년을 만났는데 모두 안 부장 욕을 해. 짜고, 성질 더럽다는 거지."

그러고는 종이를 펴면서 웃었다.

"거기에다 제 자랑을 잘 하는 통에 그놈이 사놓은 부동산, 가게는 다 제 입으로 떠벌렸어."

서동수가 탁자 위에 펴놓은 종이를 보았다. 아파트가 3채, 바닷가 저택이 하나, 시내 중심가의 가게가 4개 그리고 공장도 2개가 있다.

"이건 무슨 공장이야?"

서동수가 손가락으로 짚으며 물었다. 공장 근로자가 각각 300여 명, 200여 명이라고 적혀 있다.

"의류공장."

머리를 든 장연지가 말을 잇는다.

"본공장의 하청공장이 되어 있는데 사장은 우리 조선족이지만 실제 주인은 안명규라고 했어."

"……."

"안명규가 그 공장 여직원 한 명하고 석 달쯤 동거생활을 하다가 헤어졌거든. 걔하고 우리 가게에 있는 애하고 친해서 다 알게 되었지."

"개새끼구만."

"백 과장 그 자식도 마찬가지야. 그놈 재산을 다 정리하기 전에 찾아내야 할 텐데 말이야."

장연지가 말을 이었다.

"제 회사 돈 빼 처먹는 건 좋아. 하지만 그 돈으로 우리 애들한테 상처 입히고 무시했던 죗값은 받아야 된다구."

"알았다."

종이를 주머니에 넣으면서 서동수가 쓴웃음을 지었다.

"야 내가 정의의 사자가 아니야. 나도 돈 먹고 좌천된 놈이다."

"누가 뭐래?"

심호흡을 한 장연지가 진정을 했는지 입술 끝을 올리며 웃었다.

"다 자기 때문이야. 자기가 어젯밤 박 사장한테 하는 걸 보고 그 동안 나도 모르게 쌓였던 게 폭발한 모양이야."

"맞다. 어젯밤 대단했지."

눈을 가늘게 뜬 서동수가 지그시 장연지를 보았다.

"아까부터 그놈이 성이 났어."

"정말? 나도 거기가 뜨거워져 있는데."

장연지가 대번에 말을 받는다.

"내일 밤에 가도 돼?"

확인하듯 장연지가 물었으므로 서동수는 머리를 끄덕이며 자리에서 일어섰다.

"그래. 자료 더 있으면 갖고 와."

"오늘밤 여자 데리고 가는 건 아니겠지?"

따라 일어서며 장연지가 정색하고 묻는다.

안명규가 데려간 곳은 '카페' 다. 장연지가 예상했던 '루비' 가 아니었다. '카페' 라고 했지만 룸살롱 비슷하게 밀실도 있고 홀과 플로어까지 갖춰져 있다. 물론 아가씨들도 대기하고 있었지만 안명규는 방에서 술과 안주만 시켜놓고 둘이 마주 앉았다. 안명규는 나이가 40대지만 흰머리가 많은데다 피부가 검다. 나이보다 대여섯 살 위로 보인다. 술잔을 쥔 안명규가 삼각진 눈으로 서동수를 보았다.

"백 과장이 박 사장하고 좀 친했던 것 같아."

안명규의 검은 눈동자가 희미하게 흔들리고 있다.

"나도 최근에야 알았어. 당연히 박 사장이 백 과장한테 인사를 했겠지."

"……."

"털면 먼지 안 나는 사람이 어디 있는가? 다 나오겠지. 나도, 공장장도."

"……."

"서 과장도 잘 알 거야. 유혹을 견디기가 힘들지. 아마 백 과장도 그랬을 거야."

"……."

"같은 동료 입장에서 눈감아 줄 수 없을까? 백동기 그 친구는 지금 대장암 수술은 했지만 암이 전이가 되어서 오래갈 것 같지가 않다고 하네. 회사는 물론 다닐 수가 없고 말야."

한 모금에 술을 삼킨 안명규가 말을 이었다.

"내가 박 사장을 여기로 오라고 했어. 박 사장하고 셋이 우리 새롭게 시작해 보는 것이 어떻겠나?"

"……."

"대동산업 업무는 모두 서 과장한테 맡길 테니까 말이네."

그때 서동수가 웃음 띤 얼굴로 안명규를 보았다.

"내가 좌천당한 놈이니까 그저 머리 박고 기죽어 살 놈으로 보신 것 같더군요."

서동수가 눈을 치켜떴다.

"총무과 업무에 리베이트가 걸리지 않은 업무가 없습디다. 그런데 그걸 백 과장이 떠나고 나서 다 부장의 직접 거래로 만들어놨더군요. 결재 서류를 봤습니다."

"이봐, 그건 과장이 공석이라."

"엄청 먹으셨습디다."

"이봐 무슨 말아?"

안명규가 눈을 치켜떴지만 말끝이 떨렸고 눈동자도 흔들렸다. 심호흡을 한 서동수가 말을 이었다.

"현재까지 파악한 부장님 부동산만 아파트 세 채, 해변가 저택 하나, 시내의 가게 네 개. 거기에다 공장 두 개인데."

얼굴이 하얗게 굳어진 안명규가 이만 악물었고 방 안에 서동수의 목소리가 이어졌다.

"감사 신청을 하면서 백 과장 부동산까지 함께 적어 보고를 할 작정이었는데 어떻습니까? 흥정을 해보실랍니까?"

"무, 무슨 수작이야?"

"그 수작 듣기 싫다면 그만두고 자리에서 일어납시다."

"그 부동산은 모두 내가 한국에서 가져온 돈으로다가……."

"아이구."

손바닥을 들어 보인 서동수가 자리에서 일어섰다.

"그럼 해봅시다. 한국에서 어떻게 송금이 되어 왔는지. 이 양반이 정말."

"뭐? 이 양반?"

눈을 치켜뜬 안명규가 서동수를 노려보았다. 그러다가 침을 삼키고는 묻는다.

"흥정이라니? 말해 봐."

"부동산 절반을 나한테 주쇼."

안명규의 시선을 잡은 서동수가 이 사이로 말했다.

"그리고 총무과 일에는 간섭 안 하겠다는 각서를 쓰고. 그럼 내가 없었던 일로 덮어 두고 봐드리지."

다음날 아침, 서동수의 책상 앞으로 이인섭 대리가 다가와 섰다.

"어떻게 하실 겁니까?"

이인섭의 시선에는 충성심과 존경심이 배어 있는 것처럼 느껴졌다. 지금 이인섭은 감사 신청 여부를 묻는 것이다. 서동수가 입을 열었다.

"오늘 저녁 7시에 '스타' 카페에서 박 사장을 만나기로 했어."

이인섭은 숨만 죽였고 서동수의 말이 이어졌다.

"나하고 당신하고 박 사장 셋이 만나는 거야. 무슨 말인지 알겠나?"

"압니다."

"지금까지 안 부장, 백 과장, 박 사장. 이렇게 셋이 만났지만 안 부장은 제외된 거야."

이인섭의 시선을 받은 서동수가 입술 끝을 올리며 웃었다.

"안 부장하고 합의했어."

어깨를 늘어뜨린 이인섭이 눈만 껌벅였다. 이인섭은 어젯밤 서동수와 안명규가 만난 것을 모르고 있다. 서동수가 말해주지 않았기 때문이다. 오픈시킬 것은 시키되 가릴 것은 가린다. 이것이 본사에서 뇌물 사건을 겪은 후에 서동수가 깨우친 교훈이다. 실패에서 교훈을 얻지 못한 놈은 실패를 반복하게 되는 것이다. 결재 서류를 들고 일어선 서동수가 목소리를 낮추고 말했다.

"부장이 그러더군. 오늘부터 총무과 일에는 간섭하지 않겠다고 말야."

"알겠습니다."

서동수와 시선을 부딪친 이인섭이 머리를 끄덕이며 말했다. 그 시선에는 아직도 존경심과 충성심이 남아 있는 것 같았으므로 서동수는 어깨를 폈다. 결재 서류를 든 서동수가 뒤쪽 업무부장 책상 앞으로 다가가 섰다.

"대동산업 결재 서류 가져왔습니다."

안명규 앞에 결재판을 내려놓은 서동수가 잠자코 서서 기다렸다. 그러자 안명규가 서랍을 열더니 흰 봉투를 내밀었다. 그 자리에 선 서동수가 봉투에서 서류를 꺼내 읽었다. 각서다. 안명규의 부동산 중 아파트 하나와 가게 하나를 1주일 안에 서동수에게 명의 이전하겠다는 각서였다. 서류를 읽고난 서동수가 안명규 앞에 내려놓았다.

"자필 사인을 해주셔야지요."

그러자 어금니를 물었다가 푼 안명규가 사인을 하더니 이 사이로 말했다.

"이봐. 과식하면 체하는 법이야."

"지금 부장님이 체하신 겁니다."

서류를 집어 가슴 주머니에 넣은 서동수가 부드러운 시선으로 안명규를 보았다.

"부장님이 내 일에는 간섭하지 않기로 약속하셨지만 앞으로 20%는 상납해 드립니다. 나머지는 내가 내 부하들하고 나눌 겁니다."

그러고는 이만 드러내며 소리 없이 웃었다.

"그래야 공평하고 약점을 잡을 수가 있거든요. 독식은 독약이나 같습니다."

자리로 돌아왔더니 기다리고 있었다는 듯이 화란이 다가와 앞에 섰다.

"공사대금 결재를 해주셔야겠어요."

화란이 결재 서류를 내밀며 말했다. 공장부지 면적은 15만 평 가깝게 되었는데 현재 4곳이 공사 중이다. 작업도로 2곳과 제5창고 건설, 그리고 배수로 공사다. 이 공사의 인부 고용이나 자재 구입, 허가 취득이나 자금 결재도 총무과 몫이다. 그리고 그 실무자가 화란인 것이다. 화란은 대학을 졸업하고 총무과의 대외 담당으로 채용된 지 만 4년째인 내년 초에 대리 진급을 한다. 서류를 들여다본 서동수가 시선을 들고 화란을 보았다. 한 달 공사대금 총액이 200만 위안 가깝게 된다. 한화로 3억 4,000만 원이다. 이것을 안명규가 그대로 놔두었겠는가? 그때 화란이 말했다.

"공사 대행업체 동북건설 홍 사장은 조선족으로 건설회사가 꽤 큽니다."

서동수의 시선을 받은 화란이 말을 이었다.

"시정부 고위층하고 친해서 공장장님도 함부로 못하는 사람이죠. 실제로 회사에서 몇 번 사고가 났을 때 홍 사장의 도움을 많이 받았습니다."

"전임 백 과장하고의 관계는?"

그러자 주위를 둘러본 화란이 목소리를 조금 낮췄다.

"좋았습니다."

"리베이트를 받는 것 같았어?"

서동수도 목소리를 낮추고 물었더니 화란의 볼이 조금 붉어졌다. 둘은 지금 영어로 이야기를 하고 있다. 화란이 머리를 저었다.

"모르겠는데요."

"공사가 몇 달째지?"

"지금 5개월째이고 석 달 후에 끝납니다."

"알았어. 홍 사장한테 연락해서 다음 주에 저녁 약속을 정해. 결재는 그때까지 보류야."

"알겠습니다."

"화란 씨는 나하고 같이 홍 사장 만나야 돼."

머리를 든 화란이 서동수와 시선을 맞추고 나서 대답했다.

"예, 그러죠."

화란이 자리로 돌아갔을 때 서동수는 이인섭을 불렀다. 낮게 불렀지만 이쪽에 신경을 쓰고 있었는지 금방 알아듣고 다가와 앞에 섰다.

"동북건설은 어때?"

서동수가 불쑥 물었어도 이인섭의 얼굴에는 웃음이 떠올랐다. 물을 줄 알았다는 시늉 같다.

"백 과장하고 안 부장이 한 수 접고 상대했지요. 항상 배경을 자랑하고 다닌 인간이어서요."

"화란도 그러더군."

"회사의 골치 아픈 문제를 몇 개 해결해 줬는데 그 후부터는 공장장이나 부장만 상대하려고 들었습니다."

"간뎅이가 부은 놈이군."

"최종 결재권자인 공장장도 동북건설 공사비에 꼬투리 잡은 적이 없었으니까요."

"부풀렸겠군."

심호흡을 한 서동수가 이인섭을 보았다.

"화란 시켜서 홍 사장한테 저녁을 같이 먹자고 했어. 화란하고 셋이 만날 거야."

"조심하셔야 할 겁니다."

책상에 바짝 붙은 이인섭이 말을 잇는다.

"대동의 박 사장하고는 다른 인간이거든요."

"만나보면 알겠지."

의자에 등을 붙인 서동수가 웃음 띤 얼굴로 이인섭을 보았다.

"이봐. 그런 놈들한테 가장 무서운 상대가 누군지 알아?"

눈만 껌벅이는 이인섭을 향해 서동수가 한마디씩 또박또박 말한다.

"꽉 막힌 인간이야. 리베이트는커녕 커피 한 잔도 얻어먹지 않는 상대를 만나는 거지."

"……."

"그놈이 시장 형님이라고 해도 안 통하는 상대야."

"그럼 제가 공사 견적을 다른 업체에서 대충 받아 드리지요."

이인섭이 말하자 서동수는 얼굴을 펴고 웃었다.

"옳지. 우린 이제 손발이 맞는구나."

"다 과장님 덕분이죠."

"오늘 저녁에 박창호가 어떻게 나오나 보자구."

서동수가 낮게 말하자 이인섭의 시선이 뒤쪽으로 옮겨졌다. 안명규의 자리는 비워져 있다. 그러나 이인섭이 소리 죽여 말했다.

놀랐겠지요. 아마 안 부장하고도 머리를 맞대고 온갖 작전을 짰을 것입니다."

그러다 결국은 두 손을 든 것이다.

구내식당에서 점심을 먹고 난 화란이 식당을 나왔을 때 뒤에서 이인섭이 불렀다. 다가온 이인섭이 턱으로 옆쪽 벤치를 가리켰다.

"저기 앉아서 이야기 좀 해."

둘은 사이가 좋은 편으로 화란이 이인섭의 집에 가끔 놀러 가기도 한다. 이인섭의 아내가 화란보다 세 살 위여서 언니라고 부른다. 벤치에 나란히 앉은 둘은 앞쪽 잔디밭을 보았다.

"다음 주에 과장하고 동북건설 홍 사장을 만나기로 했다면서?"

이인섭이 묻자 화란의 얼굴에 쓴웃음이 번졌다.

"그래요. 마치 개가 떠나니까 늑대가 들어온 느낌이 안 들어요?"

"무슨 표현이 그래?"

따라 웃은 이인섭이 주위를 둘러보고 나서 말을 잇는다.

"난 오늘 저녁에 과장하고 대동상사 박 사장을 만나기로 했어."

"어떻게 진행되고 있어요?"

"일단 과장이 주도권을 쥔 것 같아. 부장이 손 떼기로 합의를 했다는 거야."

"과장이 공갈을 쳤겠군요."

"그 사람, 박창호한테 공갈을 치는 것, 화란 씨도 들어봤어야 했어. 아주 포청천 같어."

"무슨 포청천."

피식 웃은 화란이 눈을 가늘게 뜨고 잔디밭을 보았다. 모처럼 맑은 날씨였는데 잔디밭 위를 지나는 종업원들의 표정도 밝게 느껴졌다.

"다 썩었어."

화란이 혼잣소리처럼 말을 잇는다.

"그 썩은 물이 우리까지 오염시킬까 겁이 나요."

"흰 고양이건 검은 고양이건 쥐만 잡으면 돼."

이인섭의 말에 화란이 다시 쓴웃음을 짓는다. 등소평의 유명한 흑묘백묘론을 끌어다 붙인 것이다.

"하긴 그러네. 우린 한국 자본을 끌어들여 경제 성장만 이루면 된달 말이죠?"

"깨끗한 돈이건 썩은 돈이건 다 중국 땅으로 쏟아지면 된단 말야."

"하긴 서 과장이 떠난 백 과장하고 다른 점이 있긴 해요."

"혼자 처먹지는 않아. 제법 공평한 것 같더구만. 더 겪어봐야 알겠지만 말야."

"나한테 뇌물 먹고 좌천당했다고 말할 때 머리가 어떻게 된 인간인 줄 알았어."

"조심해."

문득 이인섭이 말했으므로 화란이 머리를 들었다. 햇볕을 받은 두 눈이 반짝였다.

"뭘 말예요?"

"과장한테 말려들지 말란 말야."

"뭘 말려들어요?"

"과장이 여자 꼬시는 수단이 좋더라구."

"난, 또."

쓴웃음을 지은 화란이 말을 잇는다.

"난 저런 인간은 싫어요. 구역질 나."

"나한테 홍 사장 만난 이야기나 해줘."

"그 말 하려고 부른 거구만."

자리에서 일어선 화란이 이인섭을 흘겨보았다.

"언니한테 일러바치기 전에 룸살롱 그만 다녀요. 내가 모를 줄 알고?"

"내가 어딜?"

했지만 화란이 등을 보였으므로 이인섭은 입맛만 다셨다. 백동기 밑에서 4년을 지내는 동안 쓰레기 냄새에 이골이 난 이인섭이다.

그래서 이제는 눈을 감고 있어도 쓰레기를 찾아낼 수가 있는 것이다. 그 쓰레기란 부정을 말한다.

"어디 어떻게 되는가 두고 보자."

자리에서 일어선 이인섭이 기지개를 켜면서 혼잣말을 했다.

"늑대나 똥개나 오십보백보지만 말야."

이쪽은 표정관리만 잘 하고 있으면 되는 것이다.

이번에 박창호를 만난 곳은 룸살롱 '에메럴드'다. 다른 곳을 찾으라고 했더니 이인섭이 예약을 해놓은 것이다. 오후 8시, 서동수와 이인섭이 '에메럴드'의 밀실로 들어서자 박창호가 자리에서 일어섰다. 웃음 띤 얼굴이다.

"어서 오십쇼."

"아이구, 기다리셨습니까?"

서동수도 활짝 웃는다. 인사를 마치고 자리에 앉았을 때 마담이 들어와 인사를 하고 나갔다. 아가씨는 나중에 부르겠다고 박창호가 말하자 조선족 마담은 예쁜 애들 셋을 대기시켜 놓겠다고 했다. 이미 탁자 위에는 술과 안주가 놓여져 있었으므로 셋은 술잔부터 채웠다.

"이야기 들으셨지요?"

술잔을 든 서동수가 불쑥 묻자 박창호는 머리를 끄덕였다. 정색하고 있다.

"예, 대충."

"뭐라고 하시던가요?"

"대동실업 일에는 손 떼겠다고 하시더군요. 모두 서 과장께 맡기시겠다고."

"손 떼는 게 아니라 직접 챙기는 것이 아닐 뿐이죠."

한 모금에 술을 삼킨 서동수가 말을 잇는다.

"난 부장한테 20%, 담당자한테 20% 그리고 나머지는 내 몫에다 그 윗선의 로비 자금으로 씁니다."

그리고 서동수가 다시 술잔을 들었다. 어느새 옆에 앉은 이인섭이 빈 잔에 술을 채워놓았던 것이다.

"그리고 문제가 터지면 나 혼자 책임을 졌지요. 서울에서처럼 말이죠."

박창호는 잠자코 머리만 끄덕였고 서동수의 말이 이어졌다.

"하지만 앞으로는 그러지 않을 겁니다. 다 끌고 들어갈 작정이오. 공장에서 같이 나눠먹은 위아래까지 다."

다시 한 모금에 술을 삼킨 서동수가 머리를 돌려 이인섭을 보았다.

"어때? 이 대리. 나하고 같이 먹고 같이 죽을 테냐?"

"그러죠, 뭐."

쓴웃음을 지은 이인섭이 똑바로 서동수의 시선을 받는다. 시선을 준 채로 이인섭이 말을 이었다.

"속 시원하게 말씀해주셨습니다. 공생공사하죠."

"좋아."

서동수가 이제는 박창호를 보았다.

"동참하실 거죠?"

"무슨 말씀인지 알겠습니다. 동참하겠습니다."

정색하고 말했던 박창호가 곧 얼굴을 일그러뜨리며 웃었다.

"이거 기분이 묘한데요."

"실수는 두 번 되풀이하지 않을 겁니다. 같이 먹고 같이 책임을 지는 거죠."

눈을 가늘게 뜬 서동수가 박창호를 똑바로 보았다.

"자, 어떻게 되었습니까?"

"여기."

하면서 박창호가 테이블 위에 검은색 비닐 가방을 내려놓았다. 묵직했다.

"위안화로 가져왔습니다. 지난달 분 리베이트 60만 위안입니다."

60만 위안이면 1억 원이 넘는 돈이다. 긴장한 이인섭은 숨을 죽였고 서동수도 잠자코 가방을 보았다. 방 안에는 잠깐 정적이 덮여졌다가 서동수의 목소리가 울렸다.

"나누자, 이 대리. 자네 몫은 12만 위안이야. 가방을 열고 빼내."

"과장님."

얼굴이 상기된 이인섭이 불렀을 때 서동수가 말을 잇는다.

"그렇지. 마담한테 비닐봉지를 달라고 해서 부장 몫 12만 위안도 같이 빼놓아라. 그걸 내일 회사로 들고 와."

아파트로 돌아왔을 때는 밤 10시 반이 되어가고 있다. 돈가방을 탁자 위로 던진 서동수가 털썩 소파에 앉고 나서 전화기를 꺼내 쥐었다. 버튼을 누르자 신호음이 울렸다. 한 번, 두 번, 여섯 번, 일곱 번째가 되었을 때 전화기를 귀에서 떼었다가 다시 붙였다. 그때 신호음이 끊기면서 응답소리가 들렸다.

"왜 그러는데?"

박서현이다. 목소리에 짜증기가 드러났다.

"미혜 자냐?"

건조한 목소리로 서동수가 묻자 박서현이 던지듯 대답한다.

"자."

"나 안 찾아?"

그러자 박서현은 침묵했다. 한국을 떠난 지 보름이 되었다. 가장 보고 싶은 사람이 딸 미혜다. 미혜는 서동수가 중국으로 장기 출장을 가 있는 줄로만 안다. 소리 죽여 숨을 뱉은 서동수가 말을 이었다.

"내가 며칠 사이로 돈 좀 보내줄게."

"……."

"어떤 사람이 널 찾아가 천만 원 줄 거야. 내가 곧 그 사람 이름하고 전번 알려줄 테니까 그냥 받기만 하면 돼."

"……."

"뭐, 너하고 계산 다 끝났지만 미혜한테 적금 드는 셈 치고 보내는 거니까 그냥 받아."

"……."

"부탁이 있는데, 미혜한테 내 이야기 좀 잘해주라. 난 걔한테 좋은 아빠로 기억되고 싶으니깐."

"전화 끊어."

"그럼 다시 연락할게."

서동수의 말이 끝나기도 전에 저쪽에서 먼저 전화가 끊겼다.

"지기미."

전화기를 귀에서 뗀 서동수가 눈을 부릅떴다가 다시 버튼을 누른다. 이번에는 정은지다. 다시 신호음이 울리기 시작했다. 한 번, 다섯 번, 열 번, 열두 번. 그러다가 응답자가 전화를 받지 않는다는 멘트가 들리더니 끊겼다.

"이런, 썅!"

이제는 서동수의 얼굴에 쓴웃음이 번졌다. 정은지는 딴 남자하고 방아를 찧고 있을지도 모른다. 중국으로 출장 왔다고 했으니 마음 놓고 놀아날 것이었다. 그러나 다음달 생활비를 받을 날이 5일 남았다. 곧 제가 먼저 전화를 해올 것이었다. 서동수가 샤워를 마치고 다시 소파에 앉았을 때는 30분쯤 후였다. 그때 탁자에 놓인 핸드폰이 울렸으므로 서동수가 발신자부터 보았다. 장연지다. 핸드폰을 귀에 붙인 서동수의 표정이 밝다.

"응, 가게냐?"

"응, 혼자 있어?"

하고 장연지가 물었으므로 서동수는 목소리를 낮췄다.

"아니, 누구 와 있어."

"누군데?"

"여자."

장연지는 입을 다물었지만 전화를 끊지는 않았다. 그래서 서동수가 3초쯤 시간을 재고 나서 말을 잇는다.

"지금 올래?"

"여자 있다면서?"

"내가 널 두고 무슨 여자를 또 찾는단 말야? 빨랑 와."

그러자 장연지가 화난 목소리로 말했다.

"놀랐단 말야. 진짜 여자 있는 줄 알고."

"난 너밖에 없어."

"손님도 없으니까 아프다고 하고 지금 갈게."

"그래. 씻고 기다릴게."

수화기에서 짧은 웃음소리가 들리더니 통화가 끊겼다. 심호흡을 한 서동수가 소파에 길게 몸을 눕혔다. 어느새 머릿속에는 장연지의 알몸이 가득 펼쳐져 있다.

장연지의 피부는 매끄럽고 윤기가 난다. 침대에 아무렇게나 누워 있는 모습이 눈을 뗄 수 없을 정도로 고혹적이다. 서동수는 침대 옆 의자에 앉아 지그시 장연지의 알몸을 본다. 섹스를 마치고 몸을 뗀 지 20분도 안 되었지만 다시 가슴이 뛰고 머리가 뜨겁다. 뇌 안이 끓고 있는 것 같다. 의자에 등을 붙인 서동수가 숨을 깊게 들이켰다. 순간 정액의 비린 냄새가 폐 안으로 흡입되었다가 뱉어졌다. 서동수는 습기가 밴 이 냄새가 좋다. 방안은 아직 열기도 가시지 않았다. 그때 누워 있던 장연지가 머리를 돌려 서동수를 보았다. 땀에 젖은 머리칼이 이마에 붙었고 눈 주위에는 붉은 기운이 배어 있다.

"아유, 뭘 봐?"

그때서야 제 알몸을 의식한 장연지가 손을 더듬어 시트를 찾았지만 침대 밑에 떨어져 있으니 잡힐 리가 없다. 손에 잡히지 않자 장연지가 베개를 골짜기 위에 올려놓고 눈을 흘겼다.

"오빠, 지금 뭐해?"

"널 보는 거야."

"왜?"

"네 몸이 참 예뻐서."

"허리가 좀 굵어졌어."

했지만 장연지의 얼굴에 웃음기가 떠올랐다. 기쁜 표정이다. 지그시 장연지의 몸을 보면서 서동수가 말을 잇는다.

"너하고는 궁합이 맞아. 섹스를 할수록 더 좋아진단 말이다."

"나도 그래."

장연지가 번들거리는 눈으로 서동수를 보았다.

"나도 오빠 같은 남자 처음이야."

탁자 위에 놓인 담뱃갑을 집어든 서동수가 두 대를 빼물고 불을 붙였다. 그러고는 한 대를 장연지에게 내밀며 묻는다.

"무슨 소문 못 들었어?"

그러자 천장에 대고 연기를 뿜고난 장연지가 말했다.

"오빠가 안 부장 잡았다는 소문이 났어."

"네가 퍼뜨린 건 아니지?"

"날 뭘로 보고."

눈을 흘긴 장연지가 정색했다.

"총무과 직원들이 정보를 흘린 것 같아. 다른 마담 단골이 몇 명 있거든."

"그놈들은 무슨 돈으로 룸살롱을 다니지?"

"다 뜯어내는 곳이 있어. 오빠는 큰 몫만 챙기지만 몇 백 원씩 나오는 구멍이 많다고."

"하긴 윗물이 맑아야 아랫물이 맑지."

"그러게."

그 순간 서동수가 손을 뻗어 장연지의 배 위에서 건들거리던 베개를 낚아채 던졌다. 다시 알몸이 되었지만 장연지는 가리지도 않고 놔두었다. 서동수가 담배 연기를 뱉고 나서 다시 묻는다.

"공장장은 네 가게에 다니지 않아?"

"공장장 단골이 있어."

다리 하나를 세워 놓은 다른 쪽 무릎 위에 걸친 장연지가 발가락을 꼼지락거리면서 말을 잇는다.

"프린스호텔 지하 룸살롱이야. 그곳을 한 달에 두어 번씩 다닌다고 들었어."

"프린스호텔에 룸살롱이 있어?"

서동수가 장연지를 보았다. 프린스호텔은 시내 중심가에 위치한 미국계 특급호텔이다. 장연지가 담뱃재가 길게 붙은 담배를 내밀었다. 재를 떨어 놓으라는 표시다. 서동수가 담배를 받았을 때 장연지가 두 다리를 주욱 뻗으면서 말했다.

"응, 호텔 손님들 상대로 장사하지만 외부 손님도 가끔 받아. VIP만."

그러더니 덧붙였다.

"거긴 두당으로 계산해. 두당 3,000위안이야. 우리 가게의 두 배지."

과연 그렇다. 특급 룸살롱의 두 배를 받는 초특급 룸살롱인 것이다.

다음날 회사에 출근한 서동수는 안명규가 주재한 과장급 회의를 마치고 자리로 돌아왔다. 그때 이인섭이 다가와 섰다.

"말씀하신 자료, 여기 대충 뽑아 왔습니다, 과장님."

이인섭은 어젯밤의 흥분이 아직 가시지 않은 것 같다. 두 눈이 번들거렸고 얼굴은 조금 상기되었다. 자료는 동북건설과 경쟁회사들의 단가를 비교한 것이다. 제법 두툼한 서류를 서동수 앞에 내려놓은 이인섭이 목소리를 낮췄다.

"그리고 12만 위안은 봉투에 넣어서 탈의실의 과장님 옷장 안에다 넣어 놓았습니다."

이인섭이 다시 책상 위에 서동수의 옷장 키를 내려놓았다. 안명규의 몫이다.

"어, 수고했어."

서동수가 건성으로 머리를 끄덕였을 때 이인섭이 머리를 숙이며 말했다.

"과장님, 감사합니다."

이인섭이 몸을 돌리자 서동수는 서류를 펼쳤다. 예상했던 대로 동북건설의 단가는 경쟁업체보다 20% 이상 높았다. 그렇다면 한 달에 40만 위안 이상이 더 지출되는 셈이다. 그렇게 넉 달간 지급이 되었고 이번 달이 다섯 달째, 앞으로 석 달이 더 남았다. 서류를 덮은 서동수의 얼굴에 쓴웃음이 떠올랐다.

"이거 아무래도 우리가 오염시킨다고 봐야 되겠지?"

서동수가 제가 물은 말에 제가 대답했다.

"너무 맑은 물에서는 고기가 못 산다고 했어, 명언이야."

그러고는 서동수가 자리에서 일어섰다. 탈의실은 사무실 바로 옆방이다. 총무과장 옷장문을 열자 조잡한 비닐봉투가 놓여 있었다. 안을 보았더니 1만 위안짜리 뭉치 12개가 다시 비닐로 싸여 있다. 봉투를 꺼낸 서동수가 옷장문을 닫고 곧장 사무실로 들어섰다. 업무부장 안명규는 다가오는 서동수를 본 순간 표정이 굳어졌다. 그러나 서동수가 앞에 서자 가라앉은 목소리로 묻는다.

"뭔가?"

조금 전의 회의 때에도 서동수에게 업무지시만 몇 마디 했을 뿐이다.

안명규의 시선을 받은 서동수가 비닐봉투를 책상 위에 놓았다.

"어젯밤 박 사장 만나서 60만 위안 받았습니다. 여기 12만 위안 들었습니다."

낮지만 분명하게 말한 서동수가 안명규를 똑바로 보았다.

"다음 주중에 동북건설 홍 사장을 만나기로 했습니다. 저한테 참고로 말씀해주실 것 있습니까?"

그 순간 눈을 치켜떴던 안명규의 입끝이 슬쩍 올라갔다. 그러고는 어깨를 한번 부풀렸다가 내려놓더니 말했다.

"자네, 정말 물 만난 고기처럼 놀고 있구만."

"죄송합니다."

"홍경일이를 처음 만나는 거지?"

"예, 부장님."

"그러고 보니 이번 달 분 결재가 올라오지 않았구만."

"당연하죠. 무조건 결재해줄 수는 없지 않습니까? 잠깐 조사해봐도 경쟁업체보다 20% 이상 단가가 높던데요."

"내가 동북건설에서도 먹은 것으로 짐작했겠구만."

"부장님하고는 결산 다 끝났습니다. 그저 앞으로 동북건설을 어떻게 해야 할지 조언만 듣고 싶습니다."

"……."

"물론 동북건설도 대동실업과 같은 방법으로 처리할 계획입니다."

배달봉투는 어느새 책상에서 사라져 보이지 않았다. 그때 안명규가 말했다.

"동북건설 홍경일이한테서는 1위안도 못 받았어. 오히려 우리가 술을 샀다구."

동북건설 사장 홍경일은 지린(吉林)성 옌지(延吉) 출신으로 칭다오에 온 지 10년째였다. 옌지에서 초급대학을 졸업하고 교사, 트럭 운전사, 의류 도매상 등 수많은 직업을 전전하다가 조중(朝中) 국경에서 무역업으로 큰 돈을 벌었다고 했다. 그러고는 다시 한국과 무역업을 시작했는데 서울에서 2년간 산 경험도 있다는 것이다. 이제 홍경일은 47세의 나이에 건설회사에다 칭다오 시내에 20층짜리 빌딩을 소유한 재산가다. 홍경일의 바닷가 3층 대저택은 명소 중의 하나였고 시 간부는 물론 산둥(山東)성 간부들도 자주 들른다는 소문이 났다. 실제로 홍경일이 자주 시 간부나 공안 간부와 함께 있는 장면이 목격되었으므로 한국인 사업가들도 한 수 접고 상대하는 편이었다.

"신고식을 하자는 거야, 그놈이."

팔목시계를 내려다본 홍경일이 웃음 띤 얼굴로 말을 잇는다.

"새로온 과장놈은 전자 팀장으로 있다가 공장에서 리베이트 먹은 것이 발각되어 이곳으로 쫓겨난 놈이야. 전혀 상관도 없는 의류본부 소속의 칭다오 공장 총무과장으로 발령을 내면 사표를 낼 줄 알았는데 그놈은 안 냈어."

칭다오 시내 중심부에 위치한 동북빌딩의 20층 사장실에서는 시내와 바다까지 보인다. 의자에 등을 붙인 홍경일이 말을 이었다.

"건방진 놈, 어디, 오늘 노는 꼴을 봐야겠다."

홍경일의 가는 눈이 번들거렸다. 둥근 얼굴에 혈색이 좋아서 웃으면 살찐 체격과 어울려 호인 인상이 되었다가 찌푸릴 때는 전혀 다른 분위기가 된다. 그때 앞에 서있던 비서 윤달중이 말했다.

"이미 대동산업은 그자한테 두 손 들고 리베이트를 바쳤다고 합니다."

홍경일의 시선을 받은 윤달중이 말을 이었다.

"안 부장은 약점이 잡혔는지 손을 떼었다는데요."

"안 부장 그놈, 백 과장하고 그 동안 잘 해먹었지. 내가 겁을 주지 않았다면 나도 엄청 뜯겼을 거다."

쓴웃음을 지은 홍경일이 담배를 꺼내 입에 물었다. 윤달중이 재빠르게 라이터를 켜 담배 끝에 불을 붙인다.

"그놈들한테서 접대받은 하청업자는 사장님뿐이실 겁니다."

"인마, 지난번 폐수 사건 때 내가 50만 원 받았던 거 잊었냐?"

"아, 예."

윤달중이 큰 입을 벌리고 소리 없이 웃었다. 반년쯤 전에 홍수로 폐수가 빗물과 함께 씻겨 나가는 바람에 문제가 되었던 적이 있다. 그것을 홍경일이 해결하고 사례비로 50만 원을 챙긴 것이다. 한국에는 50만 위안을 그냥 50만 원이라고 한다. 다시 팔목시계를 본 홍경일이 자리에서 일어섰다. 오후 7시 10분 전이다. 약속장소인 식당까지는 차로 20분쯤 걸릴 테니 7시 10분쯤에 도착할 것이었다. 7시에 만나기로 했으니 10분 늦게 가는 셈이다. 현관 앞에서 대기하고 있던 벤츠에 올랐을 때 홍경일이 앞자리에 탄 윤달중에게 물었다.

"오늘 그쪽에서 담당자하고 과장놈 둘이 나온다고 했지?"

"예, 화란하고 과장놈입니다."

머리를 돌린 윤달중이 홍경일을 보았다.

다음 지시를 기다리는 표정이다. 그러자 홍경일이 외면하고 물었다.

"화란, 그 계집애, 남자 없지?"

"예, 없습니다."

기다렸다는 듯이 윤달중은 말을 잇는다.

"집적대는 놈이 여럿 있었지만 모두 떨어졌습니다."

오늘 만일 화란이 같이 나온다고 하지 않았다면 홍경일은 나가지 않았을 것이다.

지배인이 방을 나갔을 때 서동수가 화란에게 물었다.

"홍 사장이 제2의류공장 로비스트 역할을 했다는 말이 있던데 사실이야?"

"로비스트는 아니구요."

화란의 검은 눈동자가 똑바로 서동수를 주시했다.

"어려운 일을 한두 번 해결해준 적은 있어요."

"자세히 말해 봐."

"지난여름에 홍수로 공장 폐수가 넘쳐 나와서 시 당국의 조사를 받게 됐을 때 홍 사장이 해결했습니다."

"어떻게?"

"그건 모르겠어요. 홍 사장이 시의 고위층한테 부탁해서 끝냈다고 소문이 났습니다."

"그럼 공장장이 홍 사장한테 인사를 했단 말인가?"

"모르겠어요."

"또 다른 건?"

"회사 트럭이 사람을 치어 죽였을 때도 홍 사장이 수습해 줬습니다.

30만 위안이 들었어요."

"로비 자금으로?"

"아뇨, 보상비 등으로요."

"홍 사장한테는?"

"그건 모릅니다."

그러자 서동수가 쓴웃음을 짓고는 의자에 등을 붙였다. 둘은 지금 바닷가의 해산물식당 '해원(海元)'의 밀실에 앉아 있다.

서동수가 혼잣소리처럼 말했다.

"홍경일이도 내 뒷조사를 다 해놓았겠지만 나도 마찬가지야."

화란의 시선이 볼에 닿는 느낌이 왔지만 외면한 채 서동수는 말을 잇는다.

"지피지기는 백전백승이라고 했어. 중국 손자병법에 나오는 말이야."

서동수가 영어로 착실하게 번역해서 말해주고는 물었다.

"손자병법 알아?"

"듣기는 했어요."

"홍경일이는 한국에 갈 수가 없어."

눈만 크게 뜬 화란을 향해 서동수가 입술 끝을 비틀고 웃었다.

"지금도 수배자가 돼 있으니까 말야."

"……."

"13년 전 홍경일이는 한국 골동품 사기단하고 짜고 북한에서 반출했다는 고려청자, 이조백자 30여 점을 팔았더군. 단둥(丹東)에다 사무실까지 차려놓고 말야. 단둥에 온 한국인 구매자 중에는 대기업 회장 부인도 있었어."

"……."

"거기서 사기단들이 가짜 물병, 술병으로 얼마를 사기 치고 도망간 줄 알아? 168억 원이야, 168억 원."

"위안으로요?"

놀란 화란이 묻자 서동수는 입맛을 다셨다.

"한국돈, 중국돈으로는 1억 위안 가깝게 되겠구나."

그러자 화란이 손목시계를 보더니 몸을 굳혔다. 7시가 돼 있는 것이다. 그것을 본 서동수가 다시 쓴웃음을 지었다.

"이봐, 홍경일은 좀 늦게 올 거야, 아마 10분에서 15분쯤 늦을 테니 시간은 충분해."

그러고는 말을 잇는다.

"골동품 사기꾼 일당은 두 달쯤 후에 다 체포됐는데 주범 중 한 명은 빠져나갔지, 그놈이 홍경일이야."

"……."

"한국 사기꾼 일당은 홍경일이가 주범이라고 주장했지만 아무도 안 믿었지. 홍경일은 중국 국적이라 체포할 수도 없었고 말야. 다만 수배자로 분류됐을 뿐이야. 그래서 한국에는 갈 수가 없지."

그러고는 서동수가 정색한 표정으로 심호흡을 했다.

"자, 이건 화란 씨만 알고 있도록 하라구. 우린 지금 거물과 대결하는 거야."

홍경일이 방으로 들어섰을 때는 7시 15분이 돼 있었다. 약속 시간보다 15분이 늦은 것이다.

"아이구, 차가 막혀 늦었습니다."

웃음 띤 얼굴로 손을 내밀며 홍경일이 말했다. 홍경일은 비서 윤달중과 동행이다.

"우리도 방금 왔습니다."

서동수도 웃는 얼굴로 맞았지만 서로 상대방의 눈을 들여다보다가 거의 동시에 떼어졌다. 이것으로 둘은 상대방에게 기(氣)를 세우려는 의도가 있음을 피차 인지하게 되었다. 넷이 둘씩 마주보며 앉았을 때 지배인이 들어와 주문을 받고 돌아갔다. 대화는 한국어로 이어졌지만 서동수만 제외하고 셋은 중국어를 한다. 홍경일과 윤달중이 조선족이기 때문이다. 얼굴에 웃음을 띤 홍경일이 화란에게 중국어로 말했다.

"화란 씨, 이제야 만나게 되는구만, 이거, 신임 과장 덕분이라고 해야겠네."

"그러네요."

화란의 얼굴이 조금 붉어졌다. 지금까지 홍경일은 윤달중을 통해서 세 번, 본인이 두 번 만나자는 연락을 해 왔다. 업무 문제로 식사를 같이 하자는 제의였으니 남자 직원이라면 자연스럽게 만날 수도 있었을 것이다. 그러나 화란은 업무 문제라면 회사로 들어와 이야기하자면서 모두 거절했다. 정중하게 거절한 데다 그것이 정상이었기 때문에 홍경일 측이 불쾌해 할 이유가 없다. 홍경일이 머리를 돌려 서동수를 보았다.

"룸살롱 좀 다녀보셨습니까?"

"예, 몇 번."

"아성은 가 보셨죠?"

"예."

"거긴 한국인 단골이어서 이젠 싸구려가 다 되었지요."

이게 무슨 말이야? 하는 표정을 지은 서동수를 향해 홍경일이 둥근 얼굴을 펴고 웃는다.

"개나 소나 다 가는 바람에 반반한 애들은 파트너를 네댓 명씩 거느리고 있는데다 콧대가 높아져서 서비스가 떨어집니다."

"제가 한번 좋은 데로 모시지요, 오늘은 인사하는 자리니까 곧 약속 잡고 근사한 곳에서 회포를 푸십시다."

"그러시죠."

"칭다오(青島)시 간부들과 공안 간부들은 알아두시는 게 편리할 겁니다. 내가 소개시켜 드릴 테니까."

"고맙습니다."

그때 요리가 들어왔으므로 잠깐 홍경일의 말이 멈췄을 때 화란이 영어로 묻는다.

"2차 가신다면 저는 빠지는 게 낫지 않을까요?"

"아니, 2차 이야기는 안 했어."

쓴웃음을 지은 서동수가 대답했다. 지금 식탁에서는 3개 국어가 돌아가며 사용되고 있다. 해산물 요리는 풍성하면서도 먹음직스러웠다. 50도짜리 백주(白酒)잔을 든 홍경일이 건배를 제의했다.

"자, 서 과장의 미래를 위해 건배합시다."

모두 술잔을 들었고 홍경일을 따라 술을 삼켰다.

"참, 내일 공장장하고 저녁 약속이 있는데……."

술잔을 쥔 채 홍경일이 서동수를 보았다.

"내가 초대한 파티인데 과장님까지 같이 오시는 게 어떻습니까? 공장장은 나한테 맡겨 두시구요."

"아니, 그럴 수는 없지요."

쓴웃음을 지은 서동수가 머리를 저었다.

"저는 사양하겠습니다."

이런 식으로 나오는데 과장은 물론이고 부장 따위가 기어오를 수가 있겠는가? 이것이 홍경일의 본색이다.

"알고 계시지요?"

다시 홍경일이 묻는 바람에 서동수가 머리를 들었다. 홍경일의 둥근 얼굴이 술기운으로 붉어져 있었다.

"뭐 말씀입니까?"

"이번에 공장 앞 도로를 4차선으로 확장하는 것 말입니다."

공장 앞 도로는 2차선이다. 눈만 껌벅이는 서동수를 향해 홍경일이 말을 이었다.

"내가 시 고위층을 움직여서 내년 초에 공사가 시작될 것 같단 말입니다. 4차선 도로가 제2의류공장의 숙원사업 아니었습니까? 내일 공장장하고 한잔 마시는 것도 그것 때문이죠."

"……."

"물론 그 공사도 내가 맡게 되었지만 말입니다. 시 예산 1억 위안 정도를 쓰게 될 것 같습니다."

그러고는 홍경일이 부처님 얼굴을 만들면서 웃는다. 공장 앞 도로가 4차선으로 확장되는 것은 온전히 제2 의류공장을 위한 공사인 것이다. 그것도 시 예산을 써서 확장공사를 한다. 이것을 홍경일이 성사시켰다면 본사 회장이 달려와 큰절을 해도 모자랄 것이었다. 어금니를 문 서동수는 소리 죽여 숨을 뱉는다. 기를 썼지만 기가 꺾인 것이다. 상대는 연륜도 10여 년 많을 뿐만 아니라 스케일도 크다. 이쪽의 상대로는 버겁다. 옆에 앉은 화란의 시선이 느껴졌으므로 서동수는 술잔을 쥐었다. 한국어를 알아듣지 못하지만 화란은 분위기를 느끼고는 있을 것이다. 그때 홍경일이 술잔에 술을 채워주면서 묻는다.

"서과장님, 내년에 공장 증축 공사가 시작되는 거 알고 계시지요?"

서동수는 숨을 삼켰다. 모른다. 그런 계획이 있단 말인가? 그러나 대답은 했다.

"예, 들었습니다."

"난 공장장한테서 직접 들었는데 현 공장 규모의 두 배를 증축하는 겁니다. 물론 토지는 시 정부에서 무상으로 임대받게 되지만 건설비용은 동양상사에서 내는 것이지요."

잠깐 말을 멈춘 홍경일이 눈을 가늘게 뜨고 서동수를 보았다.

"계열 회사인 동양건설한테 공사를 맡긴다는 소문이 있던데 우리 시 정부에서 동양 측에 부탁을 하고 있지요. 부탁이라기보다 압력이죠. 하하하."

홍경일이 목젖을 드러내며 웃는다. 홍경일이 말하는 '우리'란 중국이다. 지금 홍경일은 중국인이 되어서 말하고 있다. 홍경일의 말이 이어졌다.

"4차선 도로건도 있고 그래서 아마 시정부 측 요구를 동양 측이 받아들일 가능성이 많습니다. 서로 주고받아야지 않겠습니까? 안 그렇습니까?"

"그렇죠."

"그 공사가 우리 측에 넘겨지면 내가 맡게 될 겁니다."

엄지를 구부려 제 얼굴을 가리켜 보인 홍경일이 이번에는 정색했다.

"1억 5,000만 위안짜리 공사죠."

"……."

"그리고 그 공사 안살림은 총무과가 맡게 될 것이고 말입니다."

서동수는 심호흡을 했다. 1억 5,000만 위안 공사면 250억 원짜리 공사인 것이다. 그 떡고물이 떨어지는 곳이 총무과라는 말이었다. 머리를 든 서동수가 홍경일을 보았다.

"내일 동북건설 결산서 결재 올리겠습니다."

이제는 홍경일이 시선만 주었고 서동수의 말이 이어졌다.

"앞으로 어려운 일 있으시면 말씀만 해주십시오. 즉시 처리해 드리겠습니다."

그러자 홍경일이 심호흡을 했다. 어깨를 편 자세에서 콧구멍이 벌름거린다.

식사를 마치고 식당을 나왔을 때는 밤 10시 반이 돼 있었다. 서동수가 식사 초대를 했지만 윤달중이 재빠르게 계산을 해버린 바람에 얻어먹은 셈이 되었다.

"자, 그럼, 다음에는 술 한잔 하십시다."

식당 앞에서 벤츠에 오르기 전에 홍경일이 말했다. 홍경일의 시선이 옆에 선 화란을 스치고 지나갔다.

"우리, 남자들끼리만 말입니다."

"알겠습니다."

서동수도 웃음 띤 얼굴로 대답했다.

"그땐 제가 한잔 사지요."

악수를 나눈 홍경일이 차에 오르다가 문득 화란에게 묻는다. 물론 중국어다.

"화란 씨, 내가 모셔다 드릴까?"

"아뇨, 괜찮습니다."

화란이 정중하게 사양하자 홍경일은 빙그레 웃었다.

"과장이 이번 달분 결재한다고 했으니까 잘 부탁합니다."

그러고는 차에 오른다. 벤츠의 꽁무니를 바라보고 선 화란은 소리 죽여 숨을 뱉었다. 한국어는 알아듣지 못했지만 둘의 이야기하는 분위기를 보고 짐작은 했다. 서동수가 KO패를 당한 것이다. 홍경일이 수배자라면서 떠들었지만 분위기를 보면 압도당했다. 그때 서동수가 머리를 돌려 화란을 보았다.

"내일 동북건설 결재해서 부장한테 넘길 작정이야."

이미 홍경일한테서 들었지만 화란은 정색한 채 머리만 끄덕였다. 서동수가 말을 잇는다.

"예상했던 것보다 더 거물이 돼 있구만, 저 인간이."

"……."

"백 과장이나 안 부장, 공장장이 당할 만도 하겠어."

서동수가 발을 떼었으므로 화란도 잠자코 옆을 따른다. 손목시계를 내려다본 서동수가 화란에게 물었다.

"집이 어디야?"

"여기서 택시로 15분 거리예요."

지명을 말해도 알 리가 없는 터라 그렇게 말했더니 서동수가 다시 묻는다.

"내 집은 여기서 멀어?"

"택시로 10분쯤 걸리겠네요."

"그럼 나 데려다 주고 가라. 내가 택시비 줄게."

머리를 끄덕인 화란이 마침 다가오는 빈 택시를 세우고 뒷좌석에 올랐다. 차가 출발했을 때 서동수가 의자에 등을 붙이며 혼잣소리처럼 말했다.

"이곳은 재미있는 땅이야, 특히 나나 홍경일이 같은 부류한테는 말야."

긴장한 화란이 앞쪽만 보았고 서동수의 말이 이어졌다.

"쓰레기가 쌓여 썩으면 좋은 비료가 되는 거야, 그러니까 잘 봐 두라고."

"그럼 홍 사장은 놔두실 건가요?"

화란이 묻자 서동수가 풀썩 웃었다.

"그럼 어떻게 하겠나? 시 정부 고위층과 호형호제하는 사이라는데 말야."

"……."

"곧 공장 앞 도로를 4차선으로 확장하게 되었는데 그것도 홍 사장이 시 고위층한테 로비했기 때문이래, 그 말을 들은 공장장이 은혜를 갚겠다고 했다는 거야."

"……."

"한국에서 수배자가 돼 있더라도 여기서 손만 쓰면 잡혀갈 염려가 없지, 아마 공안은 다 매수해 놓은 것 같아."

택시가 아파트 앞에 멈춰 섰으므로 서동수가 100위안을 화란한테 건네주었다.

"차비 내."

택시에서 내린 서동수가 화란을 향해 손을 들어 보이고는 몸을 돌린다. 어깨가 늘어져 있다.

박서현은 홈페이지가 있다. 회원 수는 125명, 절반쯤은 친구지만 나머지는 같은 또래의 남녀. 음악 동호회 모임 성격이어서 클래식에서부터 재즈, 가요까지 꽤 폭넓은 음악이 수집되어 있다. 그러나 박서현은 홈페이지에 가족 이야기는 절대 드러내지 않았다. 가끔 친구들이 너네 집 어때? 하고 물으면 응, 좋아. 하고 대답하는 걸로 끝이다. 서동수가 박서현의 홈페이지를 발견한 것은 우연이다. 박서현이 컴퓨터를 켜놓은 채 동네가게를 가는 바람에 알게 된 것이다.

그러나 음악에 별로 관심이 없는 데다 바쁘기도 해서 잊고 있었다가 이제 칭다오에 온 후에 벌써 세 번째 들여다보고 있다. 박서현의 홈페이지에 들어선 순간 서동수의 가슴이 뛴다. 홍경일과 어설픈 저녁을 먹고 돌아와 씻고 나서 지금 컴퓨터 앞에 앉아 있는 것이다. 닷새 전에 박서현의 홈페이지에 신입회원으로 등록을 했는데 공장 직원의 이름과 주민번호를 사용했다. 총무과장이어서 공장장을 포함한 한국인 사원 87명의 인적사항을 모두 알고 있는 것이다. '사랑방' 에 들어갔더니 마침 주인인 박서현이 회원 '마리오' 와 채팅 중이었다. 1 : 1 채팅이 아니었으므로 서동수는 채팅방에 들어갔다.

"어머, '베이스' 님이 오셨네."

'카르멘' 이 먼저 반겼다. '카르멘' 은 박서현의 닉네임이다. 그 순간 심장이 찌르르 울리는 느낌이 든 서동수는 숨을 들이켰다. 지금까지 박서현한테서 이만큼 반갑게 왔느냐는 인사를 받은 적이 없었던 것 같다.

"어이구, 방해하는 것 아닙니까?"

하고 물었더니 대답은 '마리오'가 했다.

"어서 오세요. 마침 잘 오셨습니다."

"왜요?"

"다음 주말쯤 모이는 게 어떻습니까? 제가 미사리에서 한 방 쏠 테니까요."

"아유, 난, 그때 출장인데."

자판을 두드리면서 서동수가 욕을 했다.

"씨발놈아, 작업하려고 그러냐?"

"베이스님은 어디 계시죠?"

그러자 박서현이 대답했다.

"베이스님은 부산에 계세요."

박서현은 주인이어서 회원 신상을 다 아는 것이다. 서동수는 부산에서 해산물 도매업을 하는 오연철로 되어 있다. 그때 마리오의 문자가 떴다.

"그럼 현재까지 7명이니까 회장까지 8명으로 갑시다."

"아유, 갑자기 마리오님이 서두르시는 바람에 정신을 못 차리겠네."

"글쎄 미사리에 있는 정글 카페에서 배창수 리사이틀 초대권이 10장 나왔다니까요. 그 카페 사장이 제 친구라고 했지 않습니까? 그 초대권이 장당 10만 원짜리란 말입니다."

박서현은 가만있었고 그 '마리오'란 개새끼의 문자가 이어졌다.

"회장님은 당근 오셔야 됩니다. 만일 회원이 10명 이상이 된다면 내가 그 나머지 분들도 책임집니다."

"담주 토요일이라고 하셨죠?"

"예, 마담."

"후후후, 마담이라뇨?"

"남편 모시고 오셔도 됩니다."

그 순간 서동수는 숨을 멈췄다. 저절로 눈까지 부릅떠졌는데 그때 박서현의 문자가 주르르 떴다. 빨리 친다.

"그 사람은 그때쯤 출장 가 있을 거예요."

그 순간 서동수가 자판을 두드렸고 문자가 떴다.

"저런, 나하고 같네요."

"그러게요."

박서현이 건성으로 대답하더니 마리오란 개새끼에게 말한다.

"그럼 제가 가는 것으로 하죠. 시간과 장소는 다시 공지를 해야 되겠네요."

서동수는 이제 우두커니 바라만 보았다.

탁자 위에 놓인 핸드폰이 진동으로 떨었으므로 서동수가 머리를 들었다. 발신자 번호가 찍혀져 있다. 장연지다. 밤 12시 5분 전이다. 핸드폰을 귀에 붙이자 곧 장연지의 목소리가 울렸다.

"오빠, 나 지금 가도 돼?"

"응, 그래."

반가운 김에 두 번 긍정적인 대답을 했다. 박서현의 홈페이지에서 나와 울적했던 참이다. 그때 장연지가 물었다.

"술 마실 거면 안주 좀 가져가?"

"그래라."

"알았어."

전화를 끊은 지 30분쯤 지났을 때 문에서 벨소리가 났다. 빠르다. 문을 열자 장연지가 양손에 무겁게 보이는 비닐봉투를 들고 들어선다. 마치 제 집에 들어오는 마나님 같다.

"돼지고기하고 닭고기를 가져왔어."

주방으로 다가가면서 장연지가 말했다.

"냉장고에 넣어둘 테니까 데워서 먹으면 돼. 며칠 먹을 수 있을 거야."

"네 덕분에 내가 산다."

뒤로 다가간 서동수가 장연지의 엉덩이를 주무르며 말을 잇는다.

"네가 위 아래로 다 먹여주는구나."

"시끄러!"

장연지가 눈을 흘겼다가 곧 웃는다. 곧 술상이 차려졌고 닭과 돼지고기 요리로 둘은 술을 마셨다.

"요즘은 장사가 안 돼."

한 오름에 위스키를 삼킨 장연지의 표정이 어두워졌다.

"한국 회사들이 잘 안 되나 봐."

"맨날 룸살롱 다니는 놈들이 잘될 리가 있나?"

건성으로 말을 받았지만 회사에서 들은 말도 그렇다. 주변의 한국 상사들이 임금 인상과 수출 부진으로 고전을 한다는 것이다. 동양상사는 자체 브랜드인데다가 판매망을 확보하고 있어서 큰 영향을 받지는 않지만 영업이익이 감소하고 있다. 장연지가 서동수의 잔에 술을 따르면서 묻는다.

"오빠, 오늘 어디서 마셨어?"

그러자 서동수가 쓴웃음을 지었다.

"너, 내가 다른 룸살롱 다니는 줄 알고 삐쳤구나?"

"아냐, 절대로."

장연지가 손까지 저었을 때 서동수가 말을 잇는다.

"해산물식당 해원에서 동북건설 홍 사장 만났어."

"그랬어?"

"장사가 안 되면 네가 쪼들리냐?"

"아니, 별로."

그렇지만 장연지가 시선을 내렸을 때 서동수가 탁자 서랍에서 1만 위안 권 뭉치 3개를 꺼내 내밀었다.

"이거 받아라."

놀란 장연지가 눈만 크게 떴고 서동수가 돈뭉치를 더 내밀었다.

"받아. 내가 위아래로 먹여주는 값이야."

"싫어."

말을 그렇게 했어도 목소리는 낮았고 시선은 내려졌다. 서동수가 돈뭉치를 장연지 앞에 놓고는 다시 술잔을 쥐었다.

"대동 박 사장한테서 먹은 돈이다. 이놈 저놈 다 나눠줬고 그건 네 몫이야."

"……."

"얼른 받으라니까 뭘 해? '오빠, 잘 쓸게요, 고마워요.' 해야 내가 생색이 나는 거 아니냐?"

그러자 장연지가 두 손으로 돈뭉치를 쥐더니 앉은 채로 허리를 굽혀 절을 했다.

"오빠, 잘 쓸게요. 고마워요."

"오냐. 오늘밤 조개 요리나 잘 해봐라."

그래 놓고 장연지를 본 서동수가 숨을 삼켰다. 장연지의 두 눈이 번들거리고 있는 것이다. 그러더니 주르르 눈물이 떨어진다.

이제는 익숙해져서 호흡이 맞는다. 이것이 바로 좋은 관계의 사랑이다. 수동적으로 받아들였다가 나중에 달아올라 호응하는 경우와는 질적인 차이가 난다. 서로 적극적으로 상대를 받아들이는 터라 효율이 극대화되는 것이다. 장연지가 바로 그렇다. 이제는 서로가 익숙해져서 말하지 않아도 몸이 저절로 반응을 한다. 내려치면 받아 올리고 올리면 좁혀준다. 강약과 고저의 리듬을 맞추고 호흡과 탄성까지 조화를 이루는 것이다. 장연지가 입을 딱 벌리더니 서동수의 어깨를 움켜쥔 손에 잔뜩 힘을 주었다. 눈을 치켜떴지만 초점이 멀다. 땀으로 범벅이 된 얼굴, 흐트러진 머리칼이 이마에 엉켜 붙었다. 붉게 상기된 얼굴, 그 순간 장연지의 두 다리가 허공을 차듯이 치켜 올라갔다가 곧 침대 바닥으로 떨어지더니 서동수의 하반신을 감았다.

"아아."

장연지의 탄성이 터졌다. 오르가슴, 쾌락의 절정에 오른 것이다. 이제는 열손가락이 모자랄 정도로 장연지의 절정을 겪었지만 한 번도 같은 적이 없다. 모양은 물론 반응 등 겉모습에서부터 남성이 받는 자극까지 매번 다른 것이다. 이것이 바로 성(性)의 신비로움이다. 장연지의 절정은 한참 동안이나 계속되었다. 서동수는 장연지의 반응을 주시한다. 아직도 어금니를 물었고 아랫배에 잔뜩 힘이 들어간 상태, 당연히 대포는 발사되지 않았다. 이제 장연지는 온몸을 굳힌 채 떨기 시작했다. 입에서는 끊임없이 앓는 소리가 가쁜 숨소리에 섞여 터져 나온다. 바로 이것이다. 서동수의 자신감과 생(生)에 대한 오기는 바로 이런 순간에 축적되었다. 한국 땅에서 처참한 꼬라지로 쫓겨났어도 머리 빳빳하게 들 수 있는 저력도 이런 때 모아지는 것이다. 서동수는 장연지를 안은 채 절정이 끝나기를 기다린다.

"아유우, 오빠."

마침내 사지를 늘어뜨린 장연지가 앓는 소리로 말했을 때 서동수는 몸을 떼었다.

'다시 시작한다.' 침대에서 몸을 일으킨 서동수의 머릿속에 불현듯 떠오른 단어다. '다른 모습으로 살아갈 작정이다.' 저절로 생각이 이어진다. 벌거벗은 채로 냉장고에 다가간 서동수가 문을 열면서 장연지를 보았다.

"물 줄까?"

"응."

대답한 장연지가 미안한지 상반신을 겨우 일으켰다. 팽팽한 젖가슴이 탄력 있게 출렁거렸다. 다가간 서동수가 생수병을 건네주며 물었다.

"네가 보기에 중국으로 온 한국놈들은 어떠냐?"

병째로 물을 삼키던 장연지가 눈만 크게 떴고 서동수가 말을 잇는다.

"성격도 좋고 인상도 좋아, 네 생각을 말해봐."

물을 마시고 난 장연지가 손등으로 입을 닦더니 물병을 건네주며 웃었다. 아직도 얼굴은 상기되었고 땀이 밴 몸이 불빛을 받아 번들거린다.

"잘난 체하고 돈 자랑 하는 사람들이 많았어. 조선족도 우습게 보고."

시트를 당겨 하반신을 덮은 장연지가 침대에 두 다리를 뻗으며 기대앉았고 서동수는 물병을 들고 벽 쪽 의자로 다가가 앉는다. 장연지가 말을 이었다.

"하지만 모두 열심히 살아. 사기꾼도 한두 명 끼어 있지만 말야. 열심히 사는 건 우리가 배워야 돼."

"어떻게?"

"오빠처럼."

해놓고 장연지가 배시시 웃었다. 그러고는 물기에 반짝이는 눈으로 서동수를 보았다.

"그것이 우리를 전염시키고 있는 것 같아."

3장

# 오염

점심시간에 식당 앞 배구 코트에서는 항상 배구 게임을 한다. 오늘도 작업반별 시합이 열렸는데 구경꾼들이 둘러서 있다. 선수는 만날 그 얼굴에 그 얼굴 이었지만 구경꾼들 중에는 내기를 거는 사람들이 많아서 열기가 뜨겁다. 멀찍이 떨어진 벤치에 앉아 게임을 구경하던 이인섭은 옆쪽의 인기척에 머리를 돌렸다. 옆에 화란이 앉는다.

"어, 결재 난 거야?"

배구 코트로 시선을 돌리면서 이인섭이 건성으로 묻자 화란은 쓴웃음을 지었다.

"그래요, 부장 결재까지 맡고 공장장한테 올라갔어요."

"빠르네."

"아마 오늘 중으로 공장장 결재 나고 내일 자금 집행이 되겠지요."

"과연 홍경일이는 아무도 못 건드린다니까."

화란에게 머리를 돌린 이인섭이 말을 잇는다.

"천하의 서동수도 어쩔 수가 없구만 그래."

홍경일을 만나고 나서 화란은 그날 저녁의 회동 내용을 이인섭에게 다 말해준 것이다. 배구 코트장에서 환성이 일어났지만 둘은 시선도 주지 않고 대화를 잇는다.

"이건 소문인데."

정색한 이인섭이 말을 잇는다.

"안 부장이 우리 과장을 죽이려고 본사에다 공작을 하고 있다는 거야."

"무슨 공작요?"

"리베이트 이야기를 꺼내면 저도 얽힐 수가 있기 때문에 적성 문제나 업무 미숙, 통솔력까지 문제를 삼는 것 같다고 해."

"누가 그래요?"

"업무1과에서 들었어."

"하긴 업무1과 유 대리가 안 부장 심복이니까, 그쪽에서 잘 알겠지."

혼잣소리처럼 말한 화란이 길게 숨을 뱉고 나서 이인섭을 보았다.

"우리, 이 사람들 때문에 오염되는 거 아녜요? 너무 지저분하고 더러워, 그래서 집에 돌아가면 꼭 샤워하는 버릇이 들었다니까?"

"흐흐흐."

소리 내어 웃은 이인섭이 갑자기 정색하고 화란을 보았다.

"전임 백 과장이 있을 때는 화란 씨, 말 안 했잖아?"

"그땐 잘 모르기도 했고, 또……."

"백 과장이 리베이트 이야기는 안 해줬기 때문이겠지, 그놈 혼자서 독식했으니까."

"그렇다기보다도……."

"어느 정도 오염이 되는 것이 정상이라는 생각이 들어, 너무 깨끗하면 그건 기계가 움직이는 세상이지 사람 사는 세상인가? 너무 삭막할 거야."

그러자 화란이 눈을 가늘게 떴다가 곧 쓴웃음을 지었다.

"별소리 다 듣겠네, 이 대리님도 좀 오염되신 것 같은데요."

"그래, 조금 오염되었다. 어쩔래?"

정색한 이인섭이 화란을 노려보았다.

"고발할래? 투서할 거야?"

"못할 줄 알구?"

"난 서 과장 공범이 되었어."

"동업자겠지."

"상관없어."

"이게 바로 오염된 증거라니까?"

화란도 정색하고 이인섭을 노려보았다.

"이제는 일보다 리베이트부터 생각하는 상황이 될 거야, 틀림없어."

그러자 이인섭이 천천히 머리를 젓는다. 배구 코트에서는 다시 함성이 일어났다.

"넌 너무 순진해, 화란."

화란이 시선을 받은 이인섭이 말을 잇는다.

"여긴 한국 회사야, 오염되어서 망하는 건 한국 회사고 한국이라고, 그 동안 우리는 리베이트건 뭐건 잔뜩 챙기면 돼."

"어, 오랜만이다."

다가간 서동수가 웃음 띤 얼굴로 손을 내밀었다. 자리에서 일어선 우명호도 온 얼굴을 펴고 웃는다.

"널 여기서 만날 줄이야."

칭다오 시내의 프린스호텔 커피숍 안이다. 오후 7시에 커피숍 안에는 손님들이 많았지만 둘은 금방 알아보았다. 악수를 나눈 둘은 마주보고 앉는다. 둘은 고등학교 동창으로 작년에 동창회 때 만나고 1년 만에 처음이다.

"야, 온 지 한 달 가깝게 되었다면서 이제야 전화를 하냐?"

우명호가 서운한 듯이 말했지만 하는 일이 다르면 안 만나게 되는 것이 정상이다. 칭다오의 한국계 은행 지점에서 차장으로 근무하는 우명호하고는 별로 친하지도 않았다. 차를 시키고 나서 서동수가 지그시 우명호를 보았다.

"너 여기 온 지 3년째라고 했지? 그럼 괜찮은 룸살롱 많이 알겠구만."

"아, 그거야."

우명호가 넓은 얼굴을 펴고 웃었다.

"너도 그 동안 몇 군데 다녀봤겠지?"

"그럼, 아성에 몇 번 갔고."

"아성 거긴 한국놈들이 너무 꼬여서."

이맛살을 찌푸린 우명호가 말을 잇는다.

"조그만 데는 너 스타일이 아니지?"

"야, 물만 좋으면 되지, 뭘."

서동수가 정색하고 우명호를 보았다. 고등학교 동창만큼 술 마시기 편한 상대는 없다. 서동수의 관점에서 보면 대학동창은 앞뒤를 재는 바람에 주고받는 것이 있어야 만나게 된다. 그때 우명호가 말했다.

"한국놈이 경영하는 조그만 카페가 있어. 하지만 애들이 괜찮아."

"내가 살게, 가자."

서동수가 엉덩이를 들썩이며 말하자 우명호는 주머니에서 핸드폰을 꺼내 들었다.

"가만, 예약을 해야 돼."

"어, 그래?"

핸드폰의 버튼을 누르면서 우명호가 물었다.

"너, 어떤 스타일을 좋아하냐?"

"얀마, 눈높이는 다 그게 그거지."

"아니, 그게 아니라……."

연결이 되었는지 핸드폰을 귀에 붙인 우명호가 손바닥을 펴 보이더니 말했다.

"아, 조 사장님. 오늘 내 친구하고 둘이 가려는데 방 있어요?"

그러더니 곧 목소리를 낮췄다.

"특급으로 해줘요. 예, 예."

몇 번 대답을 한 우명호가 송화구를 손바닥으로 막더니 서동수에게 묻는다.

"너, 조선족 여자 어때?"

"그건 됐고."

"그럼 대학생은?"

"내가 영계 찾는 노털이냐?"

"좋아, 그럼 회사 다니는 애들로 해."

제멋대로 정한 우명호가 손바닥을 치우더니 말했다.

"회사 다니는 애들로 해주세요."

귀에서 핸드폰을 뗀 우명호가 눈을 가늘게 뜨고 웃었다.

"어제 잡은 애들이 있단다. 넌 운이 좋아."

"이 자식은 그 동안 신천지에서 놀고 있었구만."

"얀마, 이 재미도 없이 여기서 어떻게 지내란 말이냐?"

우명호가 웃음 띤 얼굴로 말을 잇는다.

"어쨌든 너 잘 왔다. 그 동안 지점장 아니면 거래처하고 다녔는데 체면 챙기느라고 긴장을 풀 수가 있어야지."

바로 그것 때문에 서동수가 우명호에게 연락을 한 것이다. 회사에서 얽힌 인연으로만 지내다 보면 정보가 새게 마련이다. 우명호하고 새로운 영역을 넓힐 필요가 있는 것이다.

카페 '블루'는 시내 중심가의 건물 2층에 자리 잡고 있었는데 방이 세 개뿐이었다. 그러나 홀에 테이블이 서너 개가 놓여 있고 무대와 다섯 평 정도의 플로어까지 갖춰져서 밖에서는 클럽 분위기를 낸다. 둘이 들어서자 조 사장이 기다리고 있다가 맞는다. 40대 중반쯤으로 다부져 보이는 인상이다.

"어서 오십시오."

서동수를 맞은 조 사장이 허리를 꺾어 인사를 했다. 안내된 서동수와 조 사장은 명함을 주고받는다. 조 사장 이름은 조남규, 서동수의 명함을 받더니 얼굴을 펴고 웃는다.

"동양그룹에 계시군요."

"여기도 우리 회사 손님이 옵니까?"
서동수가 묻자 조남규는 다시 웃었다.
"없습니다만 있다고 해도 말씀드릴 수가 없지요."
"마음이 놓이네요."
따라 웃은 서동수가 조남규를 보았다. 아마 조남규도 한국에서 이 생활을 한 경험이 있을 것이었다. 주문을 받은 조남규가 서둘러 방을 나가자 우명호가 말했다.
"조 사장, 건달이야."
우명호가 주먹을 쥐어 보이더니 목소리를 낮췄다.
"여기서도 건달들하고 손을 잡은 것 같아."
"그렇겠지."
건달 출신의 유흥업체 경영자가 오히려 믿을 만하고 고객의 호감을 받는 것이다. 고객의 등을 친다면 아예 이런 영업장을 만들지도 못한다. 잠시 후에 조남규가 지배인과 마담까지 데리고 와 인사를 시키더니 곧 아가씨 둘이 등장했다. 그 사이에 술과 안주가 놓였으므로 방 안에 어색한 분위기가 만들어질 여유가 없다. 모두 조남규의 수단이다. 아가씨 둘이 등장하자 마담이 방 안 분위기를 살피더니 나갔으므로 넷만 남았다.
"음, 장사 잘 하는구만."
아가씨들을 훑어본 서동수가 만족한 표정으로 머리를 끄덕였다. 그러고는 오른쪽에 서 있는 아가씨를 손짓으로 불렀다.
"유, 컴."
아가씨 둘은 앞쪽에 서 있었던 것이다. 그러자 우명호가 남은 아가씨를 불러 제 옆에 앉힌다. 서동수가 잠자코 옆자리에 앉은 아가씨를 보았다. 갸름한 얼굴에 긴 머리는 파마해서 어깨 위로 물결치듯이 흘러 내려왔다. 화장기가 없는 얼굴이었지만 피부는 윤기가 흐른다. 쌍꺼풀이 없는 맑은 눈, 눈 끝이 위로 조금 솟구쳐서 날카로운 인상이었지만 얇고 단정한 입술은 미소를 머금고 있다. 서동수는 곧은 콧등까지를 훑어보면서 신(神)의 능력에 찬탄하는 마음이 일어난다. 신은 수천만 명의 미인을 모두 다르게 창조해 내는 것이다. 서동수가 영어로 물었다.

"영어 할 줄 알아?"

"예, 무역회사에 다니는 걸요?"

유창한 영어로 대답한 아가씨가 흰 이를 드러내며 웃었다.

"전 링링이라고 합니다."

"난 미스터 서야."

"반갑습니다. 전 스물넷입니다."

"누가 나이 물어봤어?"

"궁금하실 것 같아서요."

다시 웃은 링링이 맑은 눈으로 서동수를 보았다.

"전 오늘 세 번째 이곳에 왔고 남자 손님하고 딱 한 번 잤어요."

"오, 마이 갓."

마침내 서동수가 탄성을 뱉는다. 긴장이 풀리면서 온몸에 활력이 돋아났으므로 서동수가 손을 뻗쳐 링링의 손을 쥐었다. 링링이 마음에 든 것이다.

"그래, 그놈, 섹스는 잘 하더냐?"

서동수의 시선을 받은 링링이 눈웃음을 쳤다.

"네, 잘했어요."

"그놈, 한국놈이었어?"

"네, 맞아요."

"뭘 하는 놈인데?"

"모르겠어요."

링링이 머리를 저었으므로 서동수가 쓴웃음을 지었다.

"고객을 보호하는 거야?"

"아녜요, 정말 몰라요."

"좋아, 그놈한테 얼마 받았어?"

"500불요."

서동수가 머리를 끄덕였다. 룸살롱 아가씨의 2차 값이 800위안, 달러로 계산하면 150불쯤 된다. 링링은 그 세 배 정도를 받은 셈이다.

"나도 그 정도 주면 되겠니?"

"네."

링링이 서동수의 시선을 받고는 다시 웃는다. 앞쪽의 우명호는 이미 한쪽 손이 아가씨의 스커트 밑으로 들어가 있다. 링링이 술을 따라주지 않았으므로 서동수는 제 잔에 위스키를 채웠다.

"너, 돈 벌어서 뭐 하려고 그래?"

술잔을 쥔 서동수가 묻자 링링이 바로 대답했다.

"차를 사려고요."

"으음, 어떤 차?"

"현대차."

링링이 제 잔에 술을 따르면서 말을 잇는다.

"중형차 루비요."

"그것뿐이냐?"

"지금은 셋집에서 살지만 아파트도 하나 살 거예요."

"그다음은?"

"그다음은 천천히 생각하죠. 뭐."

한 모금에 위스키를 삼킨 서동수가 지그시 링링을 보았다. 꾸밈이 없고 솔직한 성격 같다. 그래서 부담이 적은 대신으로 신비감은 옅어졌다. 그때 우명호가 말했다.

"야, 이놈은 파트너 바꿔서 해도 상관없다는데, 해볼래?"

"이 자식이 변태 다 되었구먼."

쓴웃음을 지은 서동수가 우명호의 파트너를 보았다. 쇼트커트한 머리에 동그란 얼굴의 미인이다. 서동수의 시선을 받은 아가씨가 얼굴을 펴고 웃는다.

"난 싫어."

링링의 어깨를 당겨 안은 서동수가 한국어로 말을 이었다.

"서둘 것 없다. 하나씩 천천히."

"네 식구는 데려올 거냐?"

다시 아가씨 스커트 밑에 손을 넣고 주물럭거리면서 우명호가 말을 잇는다.

"룸살롱도 지친단 말이다. 난 한 달에 한 번씩 서울 가서 처자식 보고 오는데 내년에 귀국해."

"가기 전에 여기서 만든 거래선 다 뱉어놓고 가라."

서동수의 말에 우명호가 입만 벌리고 소리 없이 웃었다.

"다 넘겨주고 가지, 그러니까 넌 술이나 사."

"좋아."

그때 링링이 손을 뻗어 서동수의 사타구니를 부드럽게 쓸어 올렸다. 테이블 밑이어서 앞쪽에서는 보이지 않았지만 난데없는 행동이다. 머리를 돌린 서동수는 링링의 웃는 얼굴을 보았다. 링링의 손은 여전히 바지 위로 사타구니를 문지르고 있다. 그때 링링이 입술을 서동수의 귀에 붙였다.

"허니, 나, 지금 하고 싶어요."

링링의 뜨거운 숨결이 귀를 간지럽혔고 동시에 사타구니를 문지르는 손에 힘이 가해졌다. 이미 단단해진 물건을 쥐었다가 놓는다. 서동수가 얼굴을 펴고 웃었다. 이쪽도 온몸이 달아오르는 중이다.

링링의 아파트는 20평쯤 되었는데 값비싼 가구는 없었지만 깨끗했고 잘 정돈되었다.

"씻으실래요?"

안에서 문을 잠근 링링이 물었으므로 서동수는 머리를 저었다.

"아니, 그냥 하겠어."

"그럼 먼저 침대에서 기다리세요."

안쪽 방을 눈으로 가리킨 링링이 욕실로 들어서며 웃어 보였다.

"5분 안에 침대로 갈게요."

"그럼 벗고 기다리지."

웃지도 않고 말한 서동수가 안방으로 들어가 옷을 벗어던졌다. 저고리는 위쪽에, 바지는 아래쪽으로 제멋대로 던진 서동수는 곧 알몸이 되어 침대에 누웠다. 방 안에서 은근한 향내가 맡아졌다. 침대 시트도 깨끗했으므로 상큼한 분위기였지만 가슴이 무겁다. 집 안에 들어오면서 갑자기 박서현의 모습이 떠올랐기 때문이다. 마리오란 놈의 초대로 미사리의 정글 카페에서 모이는 날이 오늘 밤인 것이다. 정글 카페에서 배창수 리사이틀을 보는 동안 미혜는 누가 봐줄까? 아마 장모나 처제가 와 있겠지, 그때 방안으로 링링이 들어섰다. 링링도 알몸이었는데 손으로 아래도 가리지 않은 채 거침없이 다가온다. 방 안의 불이 환해서 검은 음모가 선명하게 드러났다.

"오, 대포가 늘어졌네."

서동수의 남성에 시선을 준 링링이 눈을 크게 뜨면서 침대로 올라왔다. 그러더니 남성을 두 손으로 감싸 쥐고는 엎드려 입에 넣는다. 말리고 자시고 할 틈도 없어서 서동수는 눈만 껌벅였다. 링링의 입 안에 들어간 남성은 혀가 몇 번 스쳐 지나자 순식간에 곤두섰다.

"오 하느님."

입을 뗀 링링이 감탄사를 뱉더니 얼굴을 들고 서동수를 보았다.

"하실래요?"

"넌 어때? 준비된 거야?"

서동수가 묻자 링링이 옆에 누우면서 말했다.

"나도 해줘요. 허니."

몸을 일으킨 서동수가 링링의 하체 위로 엎드렸다. 그러고는 두 다리를 치켜세우고 입으로 골짜기를 애무했다.

"아, 아."

링링의 신음이 방 안을 울렸다, 혀끝이 골짜기 안으로 진입했다가 끝쪽 클리토리스를 건드리자 링링은 몸을 비틀었다. 클리토리스가 굳어지면서 분홍빛이 강해졌다. 서동수의 혀가 링링의 골짜기 아래에서 클리토리스까지 천천히 쓸고 올라갔다가 내려온다.

"아, 허니, 허니."

가쁜 숨을 뱉으면서 링링이 몸을 더욱 비틀었고 얼굴은 붉게 상기되었다.

"이제 됐어요, 허니."

링링이 초점이 멀어진 눈동자로 서동수를 향해 소리쳤다. 링링의 골짜기에서 우윳빛 점액이 넘쳐 나오는 중이다. 서동수는 링링의 다리를 내려놓고 상반신 위로 몸을 세웠다. 그때 링링이 서두르듯 서동수의 남성을 잡아 골짜기 끝에 붙였다. 그러고는 헐떡이며 말했다.

"허니, 천천히 해주세요. 천천히."

그러나 서동수는 힘껏 남성을 진입시켰다.

"아아악."

링링의 비명이 방 안을 울렸다. 링링의 동굴은 좁았지만 탄력이 강했다. 그리고 동굴의 벽은 무수한 지렁이가 붙어 꿈틀거리는 중이다. 엄청난 자극이 전해져 왔으므로 서동수는 어금니를 물었다. 그리고 이번에는 링링의 부탁대로 천천히 남성을 빼내었다.

"아아악."

남성이 빠져나오는 동안 링링은 온몸을 비틀면서 탄성을 뱉는다. 링링이 부탁했던 것이 바로 이것이다. 거칠게 시작해서 천천히.

예상했던 대로 링링의 섹스는 서툴렀다. 몸은 충분히 성숙했고 경험도 풍부한 것 같았지만 체위를 바꾸면 수줍어해서 다시 뜨거워지는 데

시간이 걸렸다. 그러나 일단 뜨거워지면 정신을 못 차리는 바람에 리듬이 흐트러진다. 따라서 잔 폭발이 여러 번 일어나 서동수가 도중에 한동안씩 쉬어야만 했다. 이윽고 둘의 몸이 떼어졌을 때는 한 시간쯤이 지난 후였다. 서동수의 섹스 시간은 상대에 따라서 다른 편이다. 그 동안 링링은 세 번 소규모 폭발을 겪었으며 마지막에 강도 8.5의 대지진을 만났다. 그래서 지금 시체처럼 늘어져 있다. 서동수도 마지막에 대포를 발사했는데 링링과 맞춘 것이다. 새벽 1시가 되어가고 있다. 아직 지리도 어두운 데다 택시 잡는 것도 귀찮아서 서동수는 오늘 밤 링링의 집에서 자고 가기로 마음먹었다. 늘어진 링링이 깨어날 기색이 보이지 않아서 두리번거리던 서동수는 이윽고 잠이 들었다. 그러고는 꿈에서 박서현을 보았다. 꿈이라고 의식하면서도 박서현이 미사리의 정글카페에서 노닥거리는 모습이 선명하게 펼쳐진 것이다. 박서현은 알몸이다. 그리고 옆에 앉은 마리오란 놈도 알몸으로 대포를 곤두세우고 있다. 둘은 부둥켜안은 채 배창주의 리사이틀을 보는 중이다.

"이게 무슨 꼴이야?"

서동수가 제 자신에게 하는 말이다.

"지금 내가 개꿈을 꾸는 이유가 뭐야? 도대체?"

그러고는 혀까지 찼을 때 박서현이 머리를 돌려 서동수를 보았다.

"사랑해."

박서현이 정색하고 말했다. 그러나 마리오를 몸 위로 끌어당기면서 소파에 눕는다. 마리오가 서둘러 대포를 박서현의 골짜기에 놓는다. 박서현의 긴 탄성이 울렸다. 그들을 내려다보고 선 서동수의 가슴이 미어졌다. 그래서 다시 혼잣소리로 말한다.

"내가 이년한테 미련이 남았다는 건가? 왜 이렇게 개꿈을 꾸는겨?"

그때 다리를 치켜들며 신음을 뱉던 박서현의 발끝이 툭툭 옆구리를 건드렸으므로 서동수는 눈을 떴다. 링링이 옆구리를 흔들고 있다.

"허니, 일어나셔야죠."

창밖이 밝다. 벌써 아침이 되어 있는 것이다. 시선이 마주치자 링링이 웃는다.

"7시가 되어가요. 식사 준비할 테니까 아침 먹어요."

"아니, 그것보다도."

서동수가 링링의 허리를 감아 침대 위로 넘어뜨리며 말했다.

"네 조개탕으로 대신하자."

이것은 한국말이었고 곧 영어로 바꿨다.

"원 모어, 허니."

링링이 잠자코 누웠으므로 서동수는 서둘러 팬티를 끌어내렸다. 자신은 아직도 알몸인 데다 꿈을 꿀 때부터 대포가 곤두서 있는 상황이다. 서동수는 링링의 두 다리를 벌리고는 천천히 대포를 켰다.

"아아아."

밝은 방 안에 링링의 신음이 덮여졌다. 아직 링링의 샘은 건조하다. 그래서 고통이 심한지 입을 딱 벌렸고 이맛살까지 찌푸려져 있다. 링링이 서동수의 어깨를 두 손으로 움켜쥐었다.

"허니, 천천히, 응?"

서동수는 말대로 천천히 대포를 넣는다. 끝까지 닿았을 때 대포 표피에 전해져 오는 샘의 박동이 느껴졌다. 다시 천천히 대포를 끌어올리자 이젠 끈적한 점액이 느껴졌다.

"아아아, 허니."

이젠 링링의 신음이 탄성처럼 들리고 있다. 치켜뜬 눈의 초점은 멀다.

우명호의 전화가 왔을 때는 오후 3시경이었다. 사무실에 앉아 있던 서동수가 핸드폰을 귀에 붙였다.

"어젯밤 힘 좀 뺐냐?"

대뜸 물은 우명호가 짧게 웃는다.

"아이고야, 나도 혼났다."

제 말에 대답한 꼴인 우명호가 계속 말을 잇는다.

"어제 네가 부탁한 거, 마침 우리 행원 친척이 공안 간부야, 이야기가 되었어."

"어, 그래?"

"오늘 저녁에 시간 있단다. 만날래?"

"만나지, 뭐."

"어디서 만날래?"

"네가 식당 괜찮은데 알아봐."

"알았어."

하더니 우명호가 다시 묻는다.

"그런데 도대체 무슨 일이야? 나한테 먼저 이야기해 주면 안 되냐?"

"이따 알게 돼, 너한테는 아무 일도 아닌 일이라니까 그러네."

하고 통화를 끝낸 서동수가 길게 숨을 뱉는다. 앞쪽 책상에 앉아 있던 화란이 자리에서 일어나 문으로 다가갔다. 화란의 뒷모습은 날씬했다. 하체는 길었고 엉덩이는 위로 치켜 올라간 데다 종아리는 날씬했다. 거기에다 얼굴까지 미인이었으니 사내들의 시선을 끌 만했다. 잠깐 밖으로 나갔던 화란이 다시 사무실로 들어섰는데 손에 인스턴트 커피잔을 들었다. 복도의 자판기에서 커피를 뽑아 온 것이다. 화란이 곧장 이쪽으로 다가왔으므로 서동수는 얼굴을 펴고 웃는다.

"화란, 넌 결혼하면 남편한테 사랑을 받을 여자야."

커피잔을 받은 서동수가 말하자 화란이 따라 웃었다.

"과장님이 피곤해 보여서요."

"고마워."

몸을 돌린 화란의 엉덩이가 걸음을 옮길 때마다 좌우로 흔들렸다. 문득 화란의 앞쪽 골짜기가 연상되었으므로 서동수는 호흡을 조정했다. 상상은 자유지만 결코 그런 경우는 없을 것이다. 서동수의 업무 신조는 사무실, 특히 부하 여직원은 건드리지 않는 것이다. 그날 저녁, 7시가 되었을 때 서동수는 시내의 식당 밀실에서 우명호를 기다리고 있다. 이곳은 돼지고기 요리를 잘한다는 곳으로 우명호가 예약을 해놓은 것이다. 7시 5분이 되었을 때 문이 열리더니 우명호와 40대쯤으로 보이는 사내가 들어섰다. 양복차림에 배가 나온 사내의 인상은 평범했다. 공안간부 같지가 않다.

"야, 인사해라. 전 선생이시고 공안 간부시다."

먼저 우명호가 사내를 소개했으므로 자리에서 일어선 서동수가 명함을 내밀었다. 사내는 이름과 전화번호만 적힌 명함을 내밀면서 영어로 말했다.

"우린 사적으로는 이렇게 인사합니다."

"반갑습니다."

원탁에 둘러앉았을 때 종업원이 들어와 주문을 받고 나갔다. 어색한 분위기를 부드럽히려는 듯이 우명호가 한바탕 떠들썩하게 여자와 술 이야기를 마쳤을 때 서동수가 입을 열었다.

"제 회사 거래선으로 조선족 사람이 있습니다. 상당히 큰 건설업체 사장으로 거래량도 많습니다."

이제는 정색한 전 선생이 시선만 주었고 서동수가 말을 잇는다.

"그런데 내가 알아보니까 13년 전에 한국에서 무려 168억 원어치 골동품 사기를 친 사기 일당의 주범이더군요."

긴장한 우명호가 둘을 번갈아 보았고 전 선생의 얼굴도 긴장한 기색이 역력했다. 서동수가 헛기침을 했다. 홍경일이 공안 간부 하고도 친하다지만 다 친할 수는 없을 것이었다. 가만두리라고 생각했다면 천만의 말씀이다

"그 정보는 어디서 들으셨습니까?"

전 선생도 한 마디씩은 또박또박 묻는다. 상반신을 조금 서동수 쪽으로 기울이고 있다. 그때 방문이 열리면서 종업원들이 요리를 가져오는 바람에 모두 입을 다물었다. 요리접시를 내려놓은 종업원들이 방을 나가자 서동수가 대답했다.

"내가 본사에서 근무할 때 조사기관을 자주 이용했지요. 그 조사기관에 의뢰를 한 겁니다."

서동수가 식탁 밑에 내려놓았던 가방에서 대형 봉투를 꺼내 전 선생에게 내밀었다.

"참고로 하시지요, 그 사건에 대한 한국 신문을 스크랩해놓은 겁니다. 거기에 난 사진도 확대했습니다."

전 선생이 서둘러 봉투를 열고 서류를 꺼낸다. 서류에는 사진도 끼워져 용의주도하게 신문의 기사 옆에 번역한 쪽지가 붙여져 있었는데 서울에서 작업한 것이다. 돈이 좀 들었지만 자료는 깔끔하게 정리되어 있다. 한국의 용역회사는 최첨단 시설에 최고급 수준을 갖추고 있는 것이다. 눈이 뚫어질 듯 자료를 읽는 전 선생에게 서동수가 차분한 목소리로 말했다.

"13년 전 한국 신문인데 그 당시에 중국 언론에는 보도도 되지 않았지요."

그때 전 선생이 머리를 들고 서동수를 보았다.

"이거, 저 주시는 겁니까?"

"예, 드리려고 가져온 겁니다."

전 선생의 시선을 받은 서동수가 빙긋 웃었다.

"원본은 서울에 있거든요. 복사본도 여러 사람한테 나눠준 상태입니다."

"중국어는?"

"전 선생님한테만 드린 겁니다. 본사나 이곳 공장에도 서류를 보내지 않았습니다. 먼저 상황을 보고 결정을 하려고요."

"으음."

신음을 뱉은 전 선생이 서류를 봉투에 넣더니 지그시 서동수를 보았다.

"생각이 깊으신 분이군요, 서 선생은."

"감사합니다. 전 선생."

"한국에서 수사의뢰를 해오지 않는 한 이곳에서 먼저 손을 쓰기는 힘듭니다."

"그건 알고 있습니다."

"한국의 공소시효가 얼마 동안인지 알 수 없지만 13년 전 일이니 오래되었군요."

"돈을 떼인 사람들은 130년이 지났어도 달려올 것입니다."

그러자 전 선생이 이를 드러내고 소리 없이 웃었다. 그러고는 젓가락을 들며 말한다.

"자, 드십시다. 요리가 식겠습니다."

"어휴, 심각하군."

겨우 입을 뗀 우명호가 한국말로 서동수에게 묻는다.

"그런 거물이 이곳에서 떵떵거리고 돌아다닌단 말야?"

그때 씹던 것을 삼킨 전 선생이 웃음 띤 얼굴로 서동수에게 묻는다.

"서 선생은 무엇을 바라십니까?"

얼굴은 웃음을 띠었지만 두 눈은 서동수의 시선과 부딪친 채 떼어지지 않는다.

서동수가 정색하고 대답했다.

"나쁜 놈을 그대로 놔두면 안 되는 것 아닙니까? 정의가 살아 있다는 것을 그놈한테 보여줘야 한다고 생각합니다."

전 선생은 시선만 주었고 서동수의 말이 또박또박 이어진다.

"그렇다고 법으로 처리하기에는 전 선생 말씀대로 유효기간이 지났는지 알 수가 없고 더욱이 이곳은 중국땅입니다. 피해자는 모두 한국에 있지요."

심호흡을 한 서동수가 똑바로 전 선생을 보았다.

"홍경일의 배경이 든든하다고 해서 전 선생한테 말씀드리기도 불안했습니다. 만일 전 선생이 관련이 없다면 저하고 둘이서 이놈을 응징하는 것이 어떻습니까?"

다음날 오후 7시 반, 서동수는 청양 외곽의 고급 아파트 앞쪽 정원에 와있다. 밤이 되어 있었지만 넓은 정원은 환하다. 보안등이 곳곳에 켜져 있는데다 아파트에서 흘러나온 불빛이 정원의 놀이터와 휴게실, 잔디밭을 빈틈없이 비치고 있기 때문이다. 휴게실의 나무 의자에 앉은 서동수가 머리를 들고 아파트를 올려다 보았다. 802호실의 불은 환하게 켜져 있다. 공장장 윤명기의 아파트다.

이윽고 심호흡을 하고 난 서동수가 핸드폰을 들고 버튼을 누른다. 핸드폰을 귀에 붙인 서동수가 신호음 소리를 들으면서 다시 호흡을 고른다. 신호음이 다섯 번 울리고 나서 윤명기가 전화를 받았다.

"네."

"공장장님, 총무과장 서동수입니다."

"어."

외마디 대답이었지만 그 속에 오만 가지 감정이 다 내재되어 있는 것처럼 느껴졌다.

그 순간 서동수는 어금니를 물고 눈을 치켜떴다. 내가 만리타향에 죽으려고 온 줄 아느냐? 오기를 일으킨 것이다. 서동수가 배에 힘을 준 상태로 낮게 말했다.

"공장장님, 저 아파트 앞에 있습니다. 드릴 말씀이 있어서 왔습니다만 괜찮으시면 잠깐 봬도 되겠습니까?"

"어?"

이제는 윤명기의 외마디 말에 감정이 실렸다. 그러더니 잠깐의 침묵,

3초쯤 걸렸다. 그때 윤명기가 말했다.

"들어와."

서동수는 소리 죽여 숨을 뱉는다. 돌아가라고 하지는 못할 것이라고 예상은 했다. 그러나 지금은 불쾌한 상태, 찜찜한 놈이 난데없이 찾아왔으니 얼른 털어내고 싶을 것이었다. 윤명기는 80평 아파트에서 아내와 외국인 학교에 다니는 초등학교 4학년, 1학년인 남매, 이렇게 네 식구가 살고 있다. 그리고 공장장 사모는 2주일에 한 번꼴로 일박이일 내지 2박 3일 일정으로 서울에 다녀온다. 총무과에서 사모의 비행기 티켓도 예약하는 터라 스케줄이 다 드러나는 것이다. 공장장에게는 특별히 가정부 월급도 지급되어서 아파트에는 출퇴근하는 조선족 가정부가 있다. 벨을 눌렀더니 금방 문이 열렸다. 문을 열어준 여자가 웃음 띤 얼굴로 맞는다. 30대 후반의 화사한 인상.

"총무과장님? 어서 오세요."

사모다, 서동수가 허리를 굽혀 절을 했다.

"총무과장 서동수입니다, 사모님."

"들어오세요."

웃음 띤 얼굴로 비껴선 사모한테서 짙은 향내가 맡아졌다. 안으로 들어선 서동수가 들고 온 선물상자를 현관 옆쪽에 놓았다. 그때 소파에 앉아 있던 윤명기가 일어나 다가온다.

"웬일인가?"

정색했지만 목소리는 조금 온기가 띠어졌다. 한국사람은 다 그렇다. 원수진 사이가 아닌 이상 손님한테 문전박대는 안 한다. 사모가 선물상자를 보면서 윤명기의 다음말을 가로챘다.

"뭘 이런 걸 다 가져오셨어요?"

실크다. 수천 년 전부터 실크로드를 타고 서역 상인의 혼을 빼놓았던 오리지널 실크, 그것을 사모가 모를 리가 없다. 최고급 선물인 것이다. 이 비단은 10벌의 정장을 만들 만한 분량으로 5가지 색깔이다. 서동수가 뒷머리를 만지면서 말했다.

"약소합니다. 사모님."

"어쨌든 앉게."

윤명기가 소파를 손으로 가리키며 말했다. 그러고는 더 말을 이으려는 사모를 흘겨보았다.

"마실 것이나 가져와."

하더니 생각난 것처럼 묻는다.

"저녁은 먹었나?"

"예, 먹었습니다."

상체를 편 서동수가 똑바로 윤명기를 보았다. 경력 16년의 이사급 공장장, 의류사업부에서만 굴러다닌 원조(元祖) 걸레, 42세로 작년에 이사 진급을 했으니 동기에 비해서 빠른 편이다. 윤명기의 시선을 받은 서동수가 호흡을 고르고 나서 말했다.

"드릴 말씀이 있습니다."

윤명기는 눈만 껌벅였고 서동수의 말이 이어졌다.

"제가 총무과장으로 온 후에 리베이트를 받았습니다."

그 순간 윤명기가 눈을 치켜떴고 주방에서 달그락거리던 소리가 멈췄다. 옆쪽 방에서 희미하게 아이들 소리가 났다. 서동수가 똑바로 윤명기를 보았다.

"대동산업이었습니다. 제가 리베이트 문제로 좌천이 된 신분이 아닙니까? 냄새가 나길래 쥐어짰더니 관행이었다고 실토를 했습니다. 지금까지 과장, 부장한테 상납을 해왔다는 것입니다."

이제 윤명기의 얼굴은 석고처럼 굳어졌고 주방 쪽에서는 숨소리도 들리지 않는다. 서동수가 대놓고 심호흡을 했다.

"조사를 해보니까 백 과장, 안 부장은 거액의 재산을 모아놓고 있었습니다. 아파트, 가게, 공장까지 차려놓고 있더군요."

"……."

"저는 대동산업에서 받은 리베이트를 쪼개 안 부장한테도 나눠주었습니다. 이미 다 알고 있는 제 부하 직원한테도 떼어주었구요. 제가 주도권을 쥐고 분배한 것이지요."

"……."

"그런데 이대로 계속할 수는 없다는 생각이 듭니다. 공장장님."

"저는 리베이트를 받으면 나눴습니다. 그리고 책임은 저 혼자 짊어지고 나왔습니다."

"……."

"백 과장, 안 부장은 둘이 나눠 먹었구요."

그때 윤명기가 입을 열었다.

"부하 직원들이 다 알고 있다구?"

윤명기에게는 이것이 가장 치명적일 것이다. 예상하고 있었던 터라 서동수가 바로 대답했다.

"대리급 실무자들입니다."

그러자 윤명기가 어깨를 늘어뜨렸다. 그때서야 사모가 조심스럽게 다가와 앞에 마실 것을 내려놓았다. 얼굴이 굳어져 있다. 사모가 몸을 돌렸을 때 윤명기가 다시 묻는다. 목소리가 잔뜩 가라앉아 있다.

"자네 생각을 말해 보게."

그 순간 서동수의 심장이 세차게 뛰기 시작했다. 그러나 감정을 억누르고 차분하게 말했다.

"안 부장을 경질시켜야 합니다."

윤명기는 시선만 주었고 서동수의 말이 이어졌다.

"감사팀을 부르면 온갖 비리가 드러날 것입니다. 그러니 내부에서 처리해야 될 것 같습니다."

"어떻게 말인가?"

"대동산업 박 사장 이름으로 공장장님께 진정서를 보내도록 하겠습니다. 지금까지 안 부장이 뇌물로 축적한 재산목록을 기록하게 하고 반환하지 않으면 고발하겠다는 내용으로 말입니다."

"……."

"공장장님께서 그걸 안 부장한테 보이시면 배겨나지 못할 것입니다."

"박 사장한테 진정서를 쓰게 한다구?"

"제가 박 사장한테 부탁하면 부담 없이 써줄 것입니다. 공장장님은 모른 척하시지요."

"으음."

신음을 뱉은 윤명기가 서동수를 보았다. 눈동자의 초점이 멀어져 있다.

"자네, 무서운 사람이군."

그러자 서동수가 바로 대답했다.

"아닙니다. 저는 정직한 놈입니다."

윤명기를 똑바로 응시한 채 서동수는 말을 잇는다.

"보고 드릴 일이 한 가지 더 있습니다."

이제는 사모님이 개수대를 등지고 서서 이쪽을 바라보고 있다.

"동북건설 홍경일 사장에 관한 일입니다."

그 순간 윤명기가 눈만 치켜떴는데 긴장된 분위기다. 서동수는 어깨를 폈다.

"홍경일은 13년 전 한국인을 상대로 168억 원의 골동품 사기를 친 사기단 주범이었습니다."

"응?"

영문을 모르겠다는 듯이 윤명기가 되물었고 서동수는 들고온 대형 봉투를 꺼내 탁자 위에 놓았다. 전 선생한테 준 내용물이 똑같이 들어 있다. 서동수가 그때와 똑같이 말했다.

"읽어보시지요. 그 사건에 대한 한국신문을 스크랩해놓은 겁니다. 거기에 난 사진도 확대했습니다."

그때와는 조금 달라졌지만 홍경일의 얼굴도 확인할 수 있는 것이다. 윤명기가 서류를 꺼냈고 도저히 참지 못한 사모님이 다가와 뒤에서 들여다본다.

"어머, 어머, 어머."

비명 같은 탄성이 먼저 사모님의 입에서 터졌다. 윤명기는 열중해서 사모님을 제지하지 않는다.

"어머, 어머, 어머."

기사 두 줄쯤 읽고 나서 사모님의 탄성이 다시 터졌다. 서동수는 소파에 등을 붙이고 앉아 시선을 옆쪽으로 돌린다.

"어머나, 이걸 어떻게 해?"

사진을 움켜쥔 사모님이 비명처럼 소리쳤을 때는 5분쯤 지난 후였다. 그때 머리를 든 윤명기가 서동수를 보았다.

"언제 조사했나?"

"5일쯤 되었습니다."

차분하게 말한 서동수가 덧붙였다.

"한국에도 몇 년 있었다는 소문을 듣고 의뢰를 했더니 대박이 난 셈이지요. 공장장님도 아시겠지만 전자팀 용역회사는 최고급 수준이거든요."

"홍경일이 분명하지?"

윤명기가 확인하듯 물었지만 곧 어깨를 늘어뜨렸다. 이름도 같은 데다 얼굴도 같은 것이다. 서동수는 대답하지 않았고 윤명기가 억양 없는 목소리로 묻는다.

"이거, 어떻게 하지?"

그 순간 서동수는 숨을 들이켰다. 윤명기가 가슴을 연 것이다. 도움을 바라고 있다. 그때 서동수가 대답했다.

"제가 아는 공안 간부에게 먼저 사적으로 홍경일에 대한 처리방법을 문의했습니다. 그는 시간이 오래 지난 데다 한국에서 협조 요청도 없는 터라 아직 홍경일에 대한 법적 조처는 어려운 것 같다는 의견입니다."

"……."

"하지만 회사 내부에서는 이런 사기범과 거래하고 있는 것이 대내외적으로 문제가 될 것입니다."

"난 몰랐어."

윤명기가 이 사이로 말하고는 입술 끝을 비틀며 웃었다.

"내 책임도 있어. 그놈을 체크했어야 했는데."

"홍경일을 저한테 맡겨주시지요."

정색한 서동수가 윤명기를 보았다.

"지금 홍경일에 대한 이 조사 보고서를 본사에 올리면 득 될 일이 없습니다. 그러니 아직 홍경일이 공장에 피해를 끼치지 않은 현 상태에서 손을 떼도록 하는 것이 최선이라고 생각합니다."

"그래요."

하고 대답한 것은 사모님이다. 어느덧 상기된 얼굴로 사모님이 말을 잇는다.

"서 과장님 말이 맞아요. 그렇게 해야 돼요!"

"시끄러."

했지만 윤명기가 어깨를 부풀렸다가 내린다.

"쓰지요."

박창호가 대번에 말하더니 주머니를 뒤지는 시늉을 했다. 펜을 찾는 시늉이다. 그때 서동수가 펜을 내밀었고 가방에서 A4용지를 꺼내 탁자 위에 놓았다.

"자, 적으세요."

그러자 박창호가 펜을 쥐고 종이를 앞에 끌어당기더니 기다린다. 확실한 표정이다. 오후 3시 반, 칭다오 시내의 커피숍 안이다. 이곳은 번화가라 서울에 뒤지지 않는다. 남녀의 옷차림도 세련되었고 도로를 오가는 차량은 모두 대형 외제차다. 하긴 한국산 현대차도 여기선 외제차이긴 하다. 서동수가 손에 쥔 쪽지를 읽기 시작했다.

“청도시 제5구역 12번로 27번지 프동아파트 3동 1714호.”

“예, 적었습니다.”

“괄호 열고.”

“예, 괄호 열고.”

“138평방미터.”

“138평방미터.”

지금 서동수는 안명규 부장의 재산 목록을 불러주고 있다.

“괄호 닫았습니까?”

“예, 과장님.”

그러더니 박창호가 입맛을 다신다.

“안 부장이 잘 샀는데요? 이 아파트가 2년 사이에 가격이 두 배로 뛰었습니다.”

“자, 다음.”

서동수가 쪽지를 다시 읽는다.

“제7구역 18번로 134번지, 에이스아파트 2동 812호.”

안명규의 아파트는 2채, 공장이 2개, 커피숍 1개, 의류매장 3개가 남아 있다. 남아 있다는 표현은 서동수에게 아파트 1채와 식당 1개를 명의이전 해주었기 때문인데 이것도 겨우 받았다. 본래 절반을 잘라 준다고 했다가 깎고, 핑계를 대고 하는 바람에 명의이전이 된 것은 두 개뿐이었던 것이다. 이윽고 서동수가 구술을 마쳤을 때 박창호는 숨을 들이켰다.

“도적놈, 엄청나게 해먹었구만.”

“모두 박 사장한테서 갈취해간 리베이트로 치부한 재산이니 중국 법원에다 고발해서 회수할 것이라고 쓰세요."

"정말 그렇게 되었으면 좋겠습니다."

기록된 내용을 노려보면서 박창호가 말을 잇는다.

"난 언제쯤 이렇게 모으게 될까?"

"내일 보내실 수 있지요?"

"그럼요."

정색한 박창호가 종이를 접어 주머니에 넣으면서 물었다.

"이것으로 안 부장은 잘리겠지요?"

"그렇게 되어야겠지요, 그리고."

박창호의 시선을 받은 서동수가 쓴웃음을 지었다.

"이렇게 된 마당에 우리도 리베이트를 정리해야 될 것 같습니다."

"아니, 그럴 수가."

"박 사장님은 전혀 손해 보실 것 없습니다. 우리만 받지 않을 뿐이니까요."

"어디, 그럴 수가 있습니까? 안 부장 눈이 걸리신다면 얼마든지 다른 방법도 있지 않습니까?"

"다음에 천천히 상의하지요."

자리에서 일어선 서동수가 부드럽게 말을 잇는다.

"이런 일이 무 자르듯이 단칼에 되지 않는다는 것도 아니까요."

박창호와 헤어진 서동수가 커피숍에서 나왔을 때 주머니에 넣어둔 핸드폰이 진동을 했다. 꺼내 본 핸드폰의 발신지는 회사다. 핸드폰을 귀에 붙인 서동수의 귀에 화란의 목소리가 울렸다.

"과장님, 보고드릴 말씀이 있어요."

화란은 서동수에게 영어로 '매니저' 라고 부른다. 명함에 써진 대로다. 서동수가 응답했다.

"30분 안에 회사 들어갈 거야."

책상 앞에 선 화란이 서동수를 똑바로 보았다.

"회의실에서 말씀드리고 싶은데요."

"좋아."

농담하고 싶은 충동이 들었지만 서동수는 억제한다. 부하 여직원과의 관계가 직장생활의 성패(成敗)를 좌우한다고 믿는 선배가 있었다. 그는 실적 부진이라는 전혀 다른 이유로 회사를 떠났지만 그의 직장여성관은 서동수의 모델이 되었다. 둘은 곧 회의실에서 단둘이 마주보고 앉는다. 화란의 눈에 습기가 차서 반짝였고 볼은 조금 상기된 것 같다. 루주를 바르지 않았는데도 붉고 윤기가 흐르는 입술이 꾹 닫혔다가 열렸다.

"저기, 오늘 점심시간에 회사 앞으로 홍 사장이 찾아와서 만났어요."

단정히 앉은 화란의 시선이 떼어지지 않는다. 서동수는 호흡을 조정했다. 선배가 말했다.

"직장 부하 여직원만큼 당기는 상대가 없다. 그것은 와이프보다 더 유혹적이며 남자의 우월성, 정복성의 대상으로 적합하기 때문이다."

선배가 입가에 거품을 일으키며 말을 이었다.

"와이프는 대등한 관계지만 부하 여직원은 지배한다는 잠재 본능을 충족시키는 상대야. 그러니 '벗어' 하고 싶은 충동을 참기 힘들단 말이다."

팀장이었던 선배는 섹시한 부하가 둘이나 있었는데도 소 닭 보듯이 했다. 아니, 꾹꾹 눌러 참았을까? 선배가 말했다.

"건드리지 말고 존경을 받아봐라. 그럼 넌 성공한 직장인이 되어 있을 것이다."

그러던 선배는 실적부진으로 잘렸고 서동수는 남은 섹시걸들에게 선배를 존경했느냐고 물어보지 못했던 것이다. 그때 화란이 입을 열었다.

"저기 홍 사장이 저한테 이걸 주고 갔는데요."

하면서 화란이 테이블 위에 검은색 비닐봉투를 놓았는데 묵직했다. 화란이 밀어 준 비닐봉투를 편 서동수가 입맛을 다셨다. 예상했던 대로 돈이다. 100위안 권 뭉치가 세 개 들어 있다. 3만 위안, 화란의 월급이 5,000위안 정도니까 6개월 월급이다. 화란이 말을 잇는다.

"놓고 가셔서 미처 돌려주지 못했어요."

"회사에 돌아와 전화를 했더니 선물이니까 부담 없이 받으라고 합니다. 돌려보내면 되돌려 보내겠다는데요."

화란의 검은 눈동자가 똑바로 서동수에게 박혔다.

"어떻게 하죠?"

그 순간 서동수는 목구멍이 좁혀지는 느낌을 받는다. 심장 박동이 빨라졌고 머릿속이 뜨거워졌다. 서동수는 숨을 들이켰다. 이 반응을 아는 것이다. 성적 충동이다. 그 다음 단계는 하체에 피가 몰린다. 서동수가 말을 내놓는다.

"받아."

"네?"

놀란 듯 화란의 목소리가 높아졌다.

"지금 받으라고 했어요?"

"그래, 받아."

"아니, 왜요?"

했다가 화란의 얼굴이 붉게 달아올랐다. 두 눈이 더 번들거리고 있다.

"이해가 안 돼요. 그 돈을 받으라니요? 날 모르시는군요."

"알아, 화란."

"그런데 왜 그렇게 말했지요?"

"그놈이 나쁜 놈이기 때문이야."

다시 호흡을 고른 서동수는 아직 화란에게 내막을 알려줄 필요는 없다고 생각한다. 그리고 말을 길게 할 필요도 없다. 이윽고 머리를 끄덕인 서동수가 말했다.

"알았어. 내가 이 돈을 홍 사장에게 돌려주기로 하지. 그게 낫겠다."

이렇게 정리가 되는 것인가? 아파트에 돌아와 소파에 앉았을 때 서동수의 머릿속에 떠오른 생각이다. 인간사는 꼭 만나서 글(文)이나 말(言)로 매듭을 짓지 않아도 저절로, 물 흐르듯이 정리가 되어갈 수도 있는 모양이다. 아니, 꼭 말이나 글이 필요하지 않은 것 같다. 바로 정은지의 경우가 그렇다. 연락이 끊어진 지 35일, 생활비 지급일도 벌써 한 달이 지났는데 정은지는 소식이 없다.

다른 때 같았으면 생활비 지급일 이틀쯤 전부터 연락이 왔어야 정상이다. 출장이 아니라 아예 중국 공장으로 발령받고 옮겨간 신세라는 것을 알았는지도 모른다. 그래서 전화해주기도 멋쩍고 하니까 놔두었으리라. 벽시계가 오후 8시 반을 가리키고 있다. 이제는 시내 식당을 알아놓아서 낙지 백반으로 저녁을 먹고 들어왔기 때문에 씻고 자기만 하면 된다.

이제 중국으로 넘어온 지 한 달 반, 가장 보고 싶고 듣고 싶은 것이 딸 미혜의 모습과 목소리다. 하지만 박서현이 철저히 차단시킨 터라 어쩔 수 없다. 무리해서 만나고 들을 수야 있겠지만 한편으로는 박서현의 방법(?)을 이해하는 터라 참기로 한다. 이해할 수밖에 없는 형편이라고 하는 것이 낫겠다. 칼자루는 그쪽이 쥐었으니까, 서동수는 바지 뒷주머니에 넣어둔 지갑에 딸 미혜의 사진을 끼워놓고 있다. 지금도 지갑을 꺼내 보고 싶은 충동이 일어났지만 참는다. 참고, 참고, 또 참는다.

참는 자에게 복이 있나니, 자리에서 일어선 서동수가 옷을 벗는데 핸드폰이 진동으로 떨었다. 탁자 위의 핸드폰이 산 벌레처럼 옆으로 움직인다. 다가간 서동수가 발신자를 보았다. 눈에 익숙하지 않은 번호다. 머리를 기울였던 서동수가 주머니에서 수첩을 꺼내 들었다. 저장시키지 않은 번호는 수첩에 적어놓았기 때문이다.

핸드폰은 한 바퀴를 다 돌고 있다. 수첩을 뒤진 서동수는 곧 번호 주인을 알아내었다. 링링이다. 카페 '블루'에서 우명호와 함께 만났던 파트너, 하룻밤 500불짜리, 그날밤 링링의 아파트에서 보낸 장면이 순식간에 눈앞에 스치고 지나갔다. 그러나 서동수는 핸드폰에 손을 뻗지 않았다. 이것으로 끝이다. 이 인연도 가만있으면 정리가 될 것인가? 그때 핸드폰의 진동이 멈추더니 죽은 벌레처럼 납작하게 엎드려 있다. 다시 옷을 벗어든 서동수가 욕실로 들어섰다. 샤워기의 꼭지를 내리면서 서동수가 말했다,

"그래, 보여주겠어."

불쑥 뱉어진 자신의 말에 서동수는 눈을 부릅떴다. 물이 머리끝으로 세차게 쏟아지고 있다.

"가정도, 회사도, 다 실패해서 쫓겨났지만 그래. 두고 보자고."

서동수는 이제 얼굴로 물을 받는다.

"내가 이곳을 내 기회의 땅으로 만들 테니깐, 내가 누군지 너희들 잘 보라고!"

물줄기에서 얼굴을 뗀 서동수는 문득 중국땅에 와서 샤워를 하다가 혼잣말을 하는 버릇이 들었다는 것을 깨달았다. 전에는 이런 적이 없었다.

"할 수 없지 뭐."

서동수가 다시 큰소리로 자신을 위로했다. 그리고 내친김에 다시 소리쳤다.

"미혜야, 아빠 잊어라."

이제 몸에 비누칠을 하면서 서동수가 말을 잇는다.

"네 엄마는 좋은 엄마야, 새 아빠는 데리고 오지 않을 거다. 만일 그런다면 내가 널 데려와야지."

말을 그친 서동수가 어깨를 부풀렸다가 내렸다,

"미안하다. 미혜야. 네가 크면 꼭 찾아갈게. 난 절대로 널 잊은 것이 아니란다."

서동수가 손바닥으로 얼굴을 세게 문질렀다. 이제 물 쏟아지는 소리만 들린다.

안명규 부장이 공장장 윤명기 앞으로 불려 간 것은 그로부터 6일 후였다. 윤명기는 박창호의 투서를 받고 나서 5일 후에 안명규를 부른 것이다. 둘은 공장장실 소파에 마주앉았는데 안명규의 표정은 덤덤하다. 내막을 모르기 때문이다. 이윽고 윤명기가 잠자코 탁자 위에 투서를 내려놓으며 말했다. 외면하고 있다.

"투서가 왔어. 읽어봐."

"예?"

하더니 안명규가 투서를 집어 들었는데 긴장하고 있지는 않았다. 공장 종업원, 인근 가게, 주민들로부터 심심치 않게 투서가 왔기 때문이다. 그러나 투서 겉봉을 본 안명규의 표정이 굳어졌다. 한국어로, 그것도 '대동산업 박창호' 라고 씌어 있었기 때문이다. 이제는 안명규가 서둘러 안에 든 편지를 꺼내 읽었고 윤명기는 소파에 등을 붙인 채 외면하고 기다린다. 이윽고 안명규가 투서를 내려놓았을 때는 5분쯤 후다. 3장의 투서를 빨리 읽은 셈이다. 안명규가 치켜뜬 눈으로 윤명기를 보았다. 입술 끝이 희미하게 떨리고 있다.

"박창호가 나한테 이럴 리가 없습니다. 이건 모두 서동수의 농간입니다."

하얗게 굳어진 얼굴로 안명규가 말을 잇는다.

"서동수 이놈이 저를 협박했습니다. 그리고……."

아직 아파트와 식당을 가로채 간 사실을 실토하기에는 이르다고 생각했는지 안명규가 호흡을 고른 후에 이 사이로 말했다.

"그리고 이 부동산이 박창호의 돈으로 샀다는 증거가 없습니다. 이건 법적으로도 문제가 없는 일입니다."

"그럼 법으로 하겠나?"

역시 외면한 채 윤명기가 낮게 물었지만 치명타다. 안명규의 백 마디 말보다 윤명기의 서너 단어가 깊은 상처를 낸 것 같다. 이제 윤명기가 똑바로 안명규를 보았다. 표정은 여전히 차분하다.

"투서를 받고 본사 조사팀을 불러 부동산 확인했어."

그 순간 안명규는 숨을 들이켰고 윤명기의 말이 이어졌다.

"조사팀은 박창호의 리베이트 지급 내역까지 확인했고, 당신의 자금 입출금 내역도 체크 했더군."

"……."

"박창호는 당신하고 백동기가 가져간 돈 1위안까지 자세히 기록해놓았어. 영수증은 없어도 근거자료는 확실하다고 하더구만."

이제 안명규는 숨만 쉬었고 윤명기가 한마디씩 잘라 묻는다.

"자, 두 가지 방법이 있어. 첫째는 조사팀에서 당신을 중국 공안에 고발하는 거야. 박창호가 리베이트를 강요받았다는 진술서와 함께 말이지. 그럼 당신은 이 재산을 빼앗기고 중국 법정에서 재판을 받게 된다는군."

말을 그친 윤명기가 심호흡을 하고 나서 안명규를 보았다.

"두 번째 방법이 있어. 그건 이 부동산들은 모두 회사에 들어갈 돈을 착취해서 매입한 것이기 때문에 모두 회사에 반납하고 사표를 내는 거야. 그럼 박창호는 회사 측에서 책임져야 되겠지."

그때 안명규가 번쩍 머리를 들었다. 눈이 번들거리고 있다.

"서동수가 제 아파트 한 채 하고 식당 한 곳을 강탈해갔습니다. 협박을 한 겁니다. 그놈이 진짜 강도 같은 놈입니다."

"증거가 있다면 내놓게."

손바닥을 펴 보인 윤명기가 처음으로 눈을 치켜떴다.

"오늘 중으로 결정해. 그렇지 않으면 내일 조처를 취할 테니까."

목소리가 서슬이 퍼렇다. 윤명기의 시선을 받은 안명규가 어금니를 물었다. 끝났다.

"들었어요?"

복도의 커피 자판기 앞에 선 이인섭에게 화란이 묻는다. 이인섭의 시선을 받은 화란이 말을 이었다.

"안 부장이 병가를 냈다는데, 치료받으려고 내일 서울로 돌아간대요."

오후 12시 50분, 점심시간이 끝나가고 있어서 직원들이 돌아오고 있다. 한 모금 커피를 삼킨 이인섭이 쓴웃음을 지었다.

"어제 아침에 안 부장이 공장장한테 불려갔다가 한 시간 반 만에 나왔어."

화란이 옆으로 바짝 붙어 섰고 이인섭이 말을 잇는다.

"사무실로 돌아온 안 부장 얼굴이 하얗게 굳어져 있더라니까. 그러고는 몸이 아프다고 곧장 퇴근해버렸어."

"어떻게 그렇게 잘 알아요?"

"내가 감시하고 있거든."

"과장이 시켜서?"

그러자 이인섭이 눈을 흘겼다.

"과장은 그런 일 시키지 않아."

"시키지도 않았는데 그런 일을 해요?"

"이 여자가."

혀를 찬 이인섭이 주위를 둘러보았다. 복도는 다시 비었다. 이인섭이 말을 잇는다.

"부장한테 좋지 않은 일이 있는 것은 사실인 것 같아. 백 과장처럼 암이 걸렸거나 또는……."

말을 그친 이인섭이 지그시 화란을 보았다.

"서울로 돌아갈 일이 생겼거나, 나쁜 일이 말야."

"부장한테 나쁜 일은 과장한테는 좋은 일이겠죠?"

"도대체 왜 그래? 무슨 일 있어?"

커피잔을 휴지통에 버린 이인섭이 정색하고 화란을 보았다. 그러자 화란이 외면하고 말했다.

"홍 사장이 나한테 선물이라면서 100위안 권 뭉치 세 개를 줬어요. 3만 위안."

"……."

"그걸 과장한테 그대로 말했더니 그냥 가지라고 하더군요. 싫다고 했더니 과장이 보관하겠다고 했어요."

"……."

"일주일 되었는데 아무 소리 없어요. 물어보기도 거북하고, 어떡하면 되죠?"

"네 잘못이지."

"뭐라구요?"

눈을 치켜뜬 화란에게 이인섭이 말을 잇는다.

"돈을 준 네 잘못이란 말야. 네가 그걸 직접 돌려줬거나 혼자 먹었어야 했어."

"말도 안 돼. 난 돌려주려고……."

"이미 그 돈은 똥 됐다. 과장이 다 썼을 거다. 호랑이 입에 고기를 물린 거지."

"그럴 리가. 말도 안 되는 소리 마요."

얼굴이 빨갛게 상기된 화란이 목소리를 높였을 때 입맛을 다신 이인섭이 말했다.

"내가 갖고 있어."

"뭐라구요?"

"과장이 보관하라고 나한테 줬다구."

"세상에."

아랫입술을 문 화란이 발끝으로 이인섭의 정강이를 찼다.

"아이구."

정통으로 정강이를 채인 이인섭이 허리를 굽혔을 때 화란이 몸을 돌렸다. 이인섭이 절름거리며 화란의 뒤를 따르면서 말을 잇는다.

"화란, 나, 다음 달에 이사 간다."

화란이 걸음을 멈추고는 눈을 가늘게 떴다. 그러자 이인섭이 어깨를 부풀리며 말했다.

"와이프가 요즘처럼 행복해 하는 모습을 본 적이 없어. 결혼 5년 동안 한 번도 없었어."

눈만 껌벅이는 화란을 향해 이인섭이 말을 잇는다.

"그래. 나도 오염되었다. 과장이 준 돈 10만 위안으로 계약금 내고 이사 가는 거야. 방 세 개짜리 내 집으로, 난 행복해."

그날 저녁에 서동수는 공장장 윤명기와 함께 룸살롱의 방에 들어와 있다. 소문이 난 것처럼 프린스호텔 지하 룸살롱이 아니다. 시 외곽의 간판도 보이지 않는 지하 룸살롱이었는데 깨끗했지만 룸도 대여섯 개뿐인 것 같았고 호젓해서 서동수의 어깨가 늘어졌다. 윤명기가 술 한잔 마시자고 하길래 기대를 잔뜩 했던 것이다. 그것을 눈치챈 듯 윤명기가 웃음 띤 얼굴로 묻는다.

"왜? 실망했어?"

"아닙니다. 실망하다니요?"

정색하고 부정했지만 윤명기는 말을 잇는다.

"좀만 기다려라, 지금까지 네가 다녔던 곳하고는 수준이 다를 테니까."

"무슨 말씀이신지?"

"시끄러 인마."

그때 문이 열리더니 마담과 함께 아가씨 둘이 들어섰다. 머리를 든 서동수가 숨을 들이켰다. 그렇구나. 다르다. 서동수는 잠깐 넋을 잃었다. 물론 미인이다. 그러나 분위기가 더해졌다. 품위라고 해야 될 것인가? 둘 다 단정한 정장차림, 날씬한 몸매, 그리고 내숭을 떨지도, 헛아양을 부리지도 않고 당당히 이쪽을 보는 저 우아함, 의복만 잘 갖추면 반상(班常) 구분이 안 된다고 어떤 상놈이 말했던가?

이 둘에게 넝마를 입혀도 공주처럼 보일 것이었다. 그때 윤명기의 말에 서동수가 정신을 차렸다.

"얘들은 마담이 잡아온 특급들이지, 마담은 지금까지 한 번도 날 실망시켜 준 적이 없어."

그 말을 들은 마담이 방긋 웃었다. 30대 후반쯤으로 보이는 마담은 조선족이다. 마담이 눈짓을 하자 아가씨들은 제각기 윤명기와 서동수의 옆에 앉는다. 끝 쪽에 앉은 마담이 말했다.

"오늘 얘들은 제가 며칠 전에 시내에서 잡아서 훈련시켰는데 오늘 처음 테이블에 나온 거예요."

그러고는 윤명기 옆쪽 아가씨를 눈으로 가리켰다.

"쟤는 디자인 공부하는 학생이고."

마담의 시선이 서동수 파트너로 옮겨졌다.

"재는 병원 간호사로 근무합니다."

"훌륭해."

벌써 파트너의 허리를 팔로 감아 안은 윤명기가 머리를 끄덕였다.

"내가 이 재미로 산다."

자리에서 일어선 마담이 인사를 하더니 방을 나갔다. 그러자 윤명기가 서동수를 보았다. 웃음 띤 얼굴이다.

"안명규가 게워놓은 부동산 관리는 당분간 너한테 맡기겠다."

"예. 공장장님."

정색한 서동수가 앉은 채로 머리를 숙였다.

"공장은 그대로 가동시키는 것이 낫겠습니다. 하청공장이기도 하니까요."

"나쁜 놈이야, 하청공장까지 세우다니."

말은 그랬지만 윤명기의 표정은 밝다. 안명규는 칭다오에 사놓은 모든 부동산과 공장까지 양도를 한 것이다. 그러고는 처음 중국에 입국했을 때처럼 빈손으로 돌아간다. 공수래공수거(空手來空手去)다. 윤명기가 아가씨를 안고는 있었지만 시선도 주지 않은 채 말을 잇는다.

"백 과장 그놈은 암에 걸려 귀국하는 바람에 부동산이 살아남았고, 암이 걸린 것이 다행인지 불행인지 모르겠다."

그때 서동수가 아가씨가 따라놓은 술잔을 들면서 말했다.

"공장장님, 아파트는 곧 매각하겠습니다."

윤명기의 시선을 받은 서동수가 웃어 보였다.

"될 수 있는 한 빨리 처리하고 덮는 것이 낫습니다."

본사에서 조사단이 온 것이 아니다. 공안 전 선생의 협조를 받아 일사천리로 진행시킨 것이다. 그것이 안명규를 더욱 위축시켰다.

파트너의 이름은 '제니', 영어 이름이었지만 용모와 어울렸다. 늘씬한 키에 용모가 서구적인 데다 영어도 유창했기 때문이다. 이런 수준이면 서울 강남의 '1%' 클럽은 말할 것도 없고 '0.01%' 클럽에 갖다놔도 어울릴 것이었다. 그런데 직업이 간호사라고 했다. 도대체 그놈의 병원이 어딘지 알고 싶은 욕구가 불처럼 일어났다가 사그라졌다.

"어때? 나하고 같이 나갈까?"

윤명기가 파트너하고 이야기하는 틈을 타서 귀에 입을 붙이고 물었더니 제니가 머리를 끄덕였다. 웃음 띤 모습 그대로여서 당연한 일 아니냐는 것 같다. 그래서 어깨를 늘어뜨린 서동수가 다시 묻는다,

"하룻밤 얼마냐?"

"1,000불."

링링의 두 배다. 아성 아가씨의 10배인 것이다. 서동수가 지그시 제니의 옆모습을 보았다. 시선을 느낀 제니가 서동수에게로 얼굴을 돌리더니 배시시 웃는다. 가지런한 이가 드러났다. 얼굴이 가깝게 있어서 이마의 작은 점도 보인다. 그때 제니가 물었다.

"호텔로 가실 건가요?"

"아니."

"그럼 별장?"

"아니."

서동수가 지그시 제니를 보았다.

"넌 안 되겠다."

"네?"

제니의 눈동자가 흔들렸다. 아름답다. 가슴에 벽돌 한 장이 들어가 있는 것 같다. 심호흡을 한 서동수가 입을 열었다.

"왜냐하면 내 페니스가 너무 커서 말이야."

다시 제니의 눈동자가 흔들렸고 서동수는 말을 잇는다.

"지난번에도 경험이 별로 없는 아가씨를 데리고 나갔다가 거기가 찢어져서 밤중에 병원으로 데려갔어."

길게 숨을 뱉은 서동수가 제니의 손을 잡았다. 그러고는 아직 민둥산인 제 다리 사이로 제니의 손을 끌어당겼지만 실패했다. 놀란 제니가 손을 빼내었기 때문이다. 이제 서동수가 절실한 표정이 되어서 제니를 보았다. 제니의 눈동자가 고정된 것은 결심을 굳힌 때문일 것이다.

"제니, 페니스에다 바셀린을 바르면 괜찮았어. 물론 큰 여자에 한해서였지만 말이다. 우리, 그렇게 해볼까?"

"노."

"내가 2,000불 내겠다."

"임파서블."

그때 윤명기가 서동수에게 물었다. 물론 한국말이다.

"거기, 잘돼 가냐?"

"예, 공장장님."

"여긴 올 때마다 레퍼토리가 다르다. 지난번에는 베이징에서 공수해 온 모델이었지. 돈만 있으면 다 가능한 세상이야."

그러고는 윤명기가 활짝 웃는다.

"그렇습니다, 공장장님."

맞장구를 친 서동수의 가슴이 이제는 차분하게 가라앉는다. 그렇다면 윤명기는 무슨 돈으로 이런 곳에 출입을 했단 말인가? 그때 윤명기가 그 해답을 내놓았다.

"공장장 접대비를 이곳에 다 쓰는 형편이다. 한 달에 두 번 오면 끝나지."

"앞으로는 제가 모시겠습니다."

"내가 그러라고 데려온 거다."

서동수의 시선을 받은 공장장이 다시 소리 없이 활짝 웃는다.

"와이프는 내가 융통성이 모자란다고 해. 상무이사급 공장장이 되었으면 강남에 아파트 한 채 정도 마련해 놓았어야 된다는 거다."

술잔을 쥔 윤명기가 이번에는 정색했다.

"양쯔강 뒷물이 앞물을 친다고 내가 너한테 배울 점이 많아."

서동수가 어깨를 늘어뜨렸다. 또 오염시켰다.

밤 10시 반, 아파트로 돌아오는 차 안에서 서동수는 전화를 받는다. 발신자를 보았더니 장연지다. 핸드폰을 귀에 붙인 서동수의 몸이 벌써 뜨거워졌다. 지난번 3만 위안을 준 후로 장연지하고 만나지 못했다. 바쁘기도 했지만 뭘 주고 난 후에 연락을 하면 대가를 바라는 것 같지 않겠는가? 가만 두는 게 낫다.

"어, 오랜만이다."

송화구에 대고 말했더니 장연지가 짧게 웃는다.

"옌지에 계신 부모님하고 동생까지 만나고 왔어."

"그랬구나."

"돈 주고 왔어."

"잘했다."

"엄마 아버지가 펑펑 울었어, 여동생도 울고, 난 행복해."

"좋겠다."

"다 오빠 덕분이야."

"장군님 덕분이지."

그러자 장연지가 다시 웃는다. 장연지는 김일성, 김정일 장군을 존경한다고 했다. 북한 사람들은 못살지만 장군님들은 존경한다는 것이다. 조선족 동포 중에서 그런 사람들도 많다. 마담이 제공해준 현대차는 부드럽게 달려가고 있다. 지금쯤 윤명기는 근처 호텔에서 열심히 떡을 치고 있을 것이었다. 윤명기부터 보내고 혼자 돌아오는 터라 너는 왜 안 나가느냐는 질책(?)은 받지 않았다. 그때 장연지가 말했다.

"오빠, 어디야? 혼자 있어?"

"밖에 있다 집으로 혼자 돌아가는 길이다."

"우리가 집에 가도 되지?"

"응, 물론이지."

했다가 서동수는 핸드폰을 고쳐 쥐었다.

"뭐? 우리?"

"응, 내가 예쁜 동생 하나 데려갈게."

입만 딱 벌리고 있는 서동수의 귀에 장연지의 목소리가 이어 울린다.

"옌지에서 가무단원이었던 동생 하나를 데려왔어, 그래서 오빠한테 제일 먼저 신고를 시키려고 해."

"……."

"내 성의야, 받아줘."

"……."

"내가 오빠 스타일 아니니까 걔 집에 데려다 주고 돌아갈게, 하지만 오빠가 원하면 남아 있어도 돼."

"……."

"둘도 충분히 하잖아?"

"으음."

마침내 서동수의 입에서 탄성 같은 신음이 터졌다. 가슴에 충만감이 느껴졌고 머리가 맑아졌다. 운전석에 앉은 중국인 운전사의 뒤통수가 그렇게 멋지게 보일 수가 없다. 고급 현대차는 맹렬한 속도로 달려가고 있다. 그때 다시 장연지의 목소리가 울렸다.

"우리, 11시까지 갈게."

그리고 11시 반이 되었을 때 서동수의 아파트에는 두 남녀가 남았다. 물론 서동수와 새로 등장한 김혜진이다. 장연지는 말은 그렇게 했지만 김혜진만 소개시켜 주고 돌아간 것이다. 김혜진은 23세, 옌지에서 초급대를 졸업하고 가무단 무용수로 활동하다가 이번에 장연지를 따라 아성의 아가씨로 왔다는 것이다. 시장에서 산 바지에 스웨터를 입고 머리는 뒤로 묶었지만 아름답다. 마치 들판에서 피어난 코스모스 같다. 갑자기 목구멍이 좁혀지는 느낌이 왔으므로 서동수는 호흡을 조정했다. 김혜진은 소파에 반듯이 앉은 채 탁자를 내려다보고만 있다. 짙은 생눈썹이 마치 비오는 날 반쯤 내려간 창살 같다. 어느덧 입 안에 한 공기쯤이나 고인 침을 삼킨 서동수가 입을 열었다. 무언가 말을 꺼내 어색한 분위기를 깨야 한다.

"너, 지금까지 몇 번이나 해봤어?"

그때 머리를 든 김혜진이 서동수를 보았다. 검은 눈동자가 반짝였다. 동그란 얼굴, 맑은 눈, 엷은 입술은 단정히 닫혀져 있다. 전혀 성적(性的) 자극을 일으키지 않은 용모가 묘하게 호기심을 유발시키고 있다. 서동수가 김혜진을 마주보았다. 가슴이 답답해진다. 와락 손을 뻗쳐 스웨터를 벗겨 버리고 싶은 충동도 일어났다. 그 순간 김혜진이 말했다.

"일곱 번요."

"응?"

되물었던 서동수는 다음 순간 머릿속이 하얗게 비어진 느낌을 받는다. 김혜진이 잠시 주춤거린 사이에 서동수는 딴생각을 했었다. 그런데 김혜진은 그 동안 몇 번 했던가를 세어보고 있었던 것이다.

"으음, 일곱 놈."

서동수가 이 사이로 말했을 때 김혜진이 정정했다.

"일곱 번요."

"으응? 일곱 놈이 아니라?"

"일곱 번요."

"한 놈하고 일곱 번?"

"두 놈, 아니, 두 명요."

이렇게 괴이한 대담이 끝나버렸다. 기가 막힌 서동수가 입을 다물었기 때문이다. 제 풀에 기가 막힌 것이다. 이런 식의 대담을 정색하고, 진지하게 나눈 남녀는 대한민국에 없을 것이었다. 이곳에서나 가능한 사건이다. 잠시 호흡을 고른 서동수가 더 이상 절차를 따지지 않겠다고 작정했다. 그것은 오히려 김혜진을 괴롭힐 뿐이다. 그래서 자리에서 일어서며 말했다.

"자자."

그러나 김혜진이 따라 일어섰으므로 서동수가 턱으로 욕실을 가리켰다.

"씻고 싶으면 씻어."

"저, 낮에 목욕했어요."

"으음."

저절로 다시 신음이 터졌다. 보통 여자는 하기 전에 씻는다. 지금까지 서동수가 겪은 여자의 99%가 그랬다. 나머지 1%는 먼저 와 씻고 기다린 경우가 될 것이다. 머리를 끄덕인 서동수가 김혜진의 팔을 잡고 침실로 끌었다.

"그럼 그냥 침대로 가자."

침실의 침대까지는 직선거리로 7미터쯤 되었는데 그것이 700미터는 되는 것 같았다. 한 발자국 뗄 때마다 오만 가지 생각이 떠올랐다가 지워졌으며 그때마다 침이 고였다가 넘어갔다. 침대 앞에 선 서동수가 옷을 벗어 던지면서 말했다.

"자, 옷 벗어."

그러면서 보니까 김혜진도 주섬거리며 옷을 벗는다. 스웨터가 올라갔다가 벗겨졌으며 바지 지퍼가 풀려 내려갔다. 어느새 알몸이 된 서동수가 이제 김혜진의 브래지어를 풀었다. 그러자 김혜진의 알몸이 된 상반신이 드러났다.

"으음."

다시 서동수의 입에서 신음이 터졌다. 김혜진의 알몸은 조각처럼 미끈했기 때문이다. 눈이 뒤집힌 서동수는 이제 김혜진의 바지를 벗겨 던졌고 상반신을 침대 위로 밀어 엎어뜨렸다. 그러고는 팬티를 마저 끌어 내렸다. 이제 서동수는 전신에 머리칼 한 올 붙이지 않은 김혜진의 알몸을 내려다보고 서 있다.

그때 김혜진이 두 손으로 얼굴을 가리면서 두 다리를 붙였다. 그러나 몸을 비틀지는 않는다. 서동수는 엉거주춤 선 자세로 김혜진의 둥근 어깨를, 부드러운 곡선을 이룬 허리를, 그리고 엉덩이와 종아리 선까지를 바닥으로 쓸었다. 그때 김혜진이 얼굴을 가린 채로 말했다.

"그냥 해요."

목소리가 떨렸고 손가락 사이로 드러난 두 눈이 반짝이고 있다. 참을 수가 없어진 서동수는 김혜진의 몸 위로 엎드렸다. 김혜진이 두 다리를 벌리면서 맞는다.

방 안은 아직도 열기가 식지 않았다. 신음과 뜨겁지만 의미 없는 말로 가득 찼던 방 안에 이제는 둘의 숨소리만 울린다. 정액 냄새가 밴 눅눅한 공기를 거침없이 호흡하면서 서동수는 천장을 올려다보고 있다. 옆에 구겨지듯이 누운 김혜진의 숨소리에 조그맣게 앓는 소리가 섞여 있다. 그것이 음악소리 같다. 목구멍에서 울리는 악기(樂器), 그러고 보니 뜨거운 숨결이 어깨에 닿고 있다. 김혜진은 절정에 올랐다. 처음에는 부끄러워서 움츠러들었다가 결국 마음껏 사지를 뻗으며 폭발했다. 얼굴을 보지 않았지만 만족감이 배어 있을 것이다. 서동수는 이 순간이 좋다. 만족한 여자의 숨소리를 들으면서 표정을 보면 자신감이 생성된다. 어느덧 엉켜 있던 김혜진의 다리에서 찬 기운이 느껴졌다. 땀이 밴 피부가 금방 식었기 때문이다. 서동수가 팔을 들어 김혜진의 어깨를 당겨 안았다. 김혜진이 순순히 머리를 서동수의 가슴에 붙인다. 그 순간 서동수의 얼굴에 웃음이 떠올랐다. 신선한 느낌을 받았기 때문이다. 보통 다른 여자들은 이런 경우에 일어나 씻으러 간다. 서동수가 머리를 돌려 김혜진을 보았다. 볼을 서동수의 가슴에 붙이고 있던 김혜진이 시선을 받는다, 땀에 젖은 머리칼이 이마에 붙어 있고 얼굴은 아직도 상기돼 있다. 물기가 밴 눈동자가 번들거리고 있다.

"너, 참, 맘에 든다."

어깨를 조금 당겨 안으면서 그렇게 말했을 때 김혜진이 눈을 크게 뜨더니 곧 웃는다.

"정말요?"

"그렇다니까."

"저, 좋았어요?"

그 순간 서동수가 다시 웃었다. 김혜진은 칭찬을 그렇게 받아들였다. 할 수 없다.

"그래. 좋았어."

"선생님도 좋았어요."

김혜진이 서동수에게 파고들 듯 안기면서 말을 잇는다.

"너무. 너무."

어느새 김혜진의 다리가 빈틈없이 엉켜져 있다. 서동수는 천장을 향해 만족한 숨을 내쉰다. 그러나 가슴 한쪽이 서늘해진 느낌이 드는 것은 머릿속의 기억 때문일 것이다. 아직 크게 남아 있는 좌절과 배신의 상처, 미련과 그리움, 그리고 외로움의 잔해가 기억의 창고 한쪽에서 떠돌고 있다. 다 잊고 다시 시작한다는 말은 빈말이다. 그럴 수도 없다. 시간이 지나면 희미해질 뿐으로 남아 있어야 정상이다. 그래서 서동수는 이렇게 다시 시작한다.

"네가 이곳까지 어떤 작정을 하고 언니를 따라왔는지 모르겠다."

김혜진은 시선만 주었고 서동수가 말을 잇는다.

"물론 돈을 벌려고 왔겠지. 네 계획을 듣자, 언니하고 어떻게 이야기 했어?"

"가게에서 하루 다섯 시간, 노래하고 춤추는 값으로 한 달에 6,000위안 받기로 했어요."

김혜진이 고분고분 말을 잇는다.

"언니 집에서 먹고 자기로 했는데 방값, 식비는 받지 않는다고 했구요."

"그리고?"

"옷값이나 용돈은 가게에서 일하면 팁이 생긴다고 했어요. 한 달에 5,000위안은 보장한다고……."

말을 그친 김혜진이 물끄러미 서동수를 보았다. 어느덧 가라앉은 표정이 돼 있다. 서동수가 김혜진의 이마에 붙은 머리칼을 쓸어 올려주었다. 아마 가게에서 일을 시작한 날부터 2차 요구가 들어올 것이었다. 장연지가 은근하게 부탁하면 거절할 방법이 없다. 서동수는 어금니를 물었다. 충동을 억제하는 것이다.

오후 7시 반, 서동수는 핸드폰을 꺼내 버튼을 누른다. 그러자 신호음이 세 번 울리고 나서 응답소리가 들렸다.

"아, 서 과장."

공장장 윤명기다. 이미 약속을 한 터라 윤명기가 대뜸 말한다.

"들어와."

"예, 그럼."

핸드폰을 덮은 서동수가 어깨에 멘 배낭을 힘들게 추스르고는 아파트 현관으로 들어섰다. 윤명기의 아파트 앞에서 전화를 한 것이다. 엘리베이터를 타고 7층에서 내렸더니 옆쪽 아파트 문을 열고 윤명기가 기다리고 있다. 이곳은 대형 아파트라 엘리베이터는 1개 층에서 2개 아파트만 사용한다.

"어서 들어와."

윤명기의 표정은 밝다. 집 안으로 들어서자 사모님이 활짝 웃는 얼굴로 반긴다. 사모님은 얼굴에 화장까지 했다.

"어서 오세요. 서 과장님."

"안녕하셨습니까? 사모님."

허리를 숙여 절을 하다가 등에 멘 배낭이 무거워 하마터면 뒤로 넘어질 뻔했다. 인사를 마친 서동수가 배낭을 소파 옆에 놓고는 윤명기와 마주 앉는다. 사모님이 재빠르게 커피잔을 앞에 놓더니 방으로 들어가버렸다. 오늘도 아이들은 보이지 않지만 소리는 들린다. 윤명기는 회사 일을 모두 와이프한테 말해주는 스타일 같다. 서동수와는 정반대 스타일이지만 그것이 잘못이라고 생각되지 않는다. 일장일단이 있을 것이다. 그러나 오늘 같은 경우는 거북하다. 사모님이 방으로 들어가 준 것이 다행이다. 상반신을 세운 서동수가 윤명기를 보았다.

"공장장님, 대금 가져왔습니다."

윤명기는 머리만 끄덕였고 서동수가 말을 잇는다.

"120만 위안에서 경비로 10만 위안을 뺀 110만 위안입니다."

서동수가 옆에 놓아 둔 배낭을 손바닥으로 두들겨 보이고는 주머니에서 서류를 꺼내 내밀었다.

"아파트 매각 서류를 카피해왔습니다."

"이 친구야."

마침내 쓴웃음을 지은 윤명기가 서류를 받더니 보지도 않고 탁자 위에 놓았다.

"어쨌든 수고했어."

서동수는 친구 우명호를 시켜 안명규한테서 빼앗은 아파트 한 채를 매각한 것이다. 배낭 안에는 1만 위안권 뭉치가 110개 넣어져 있다. 그때 윤명기가 말했다.

"안에 110만 위안이 있다고 했지?"

"예, 공장장님."

"반만 꺼내라."

"예?"

"반만 내놓고 나머지는 네가 갖고 가."

"아닙니다."

정색한 서동수가 손까지 저었을 때 윤명기가 눈을 치켜떴다.

"잔소리 말고, 빨리, 앞으로는 절반을 떼고 갖고 와."

그래서 10분쯤 후에 서동수는 절반을 덜어 내어 한결 가벼워진 배낭을 메고 아파트를 나온다. 아파트 앞으로 나왔더니 기다리고 있던 택시가 다가와 섰다.

"일찍 나오셨습니다. 선생님."

운전사가 창문 밖으로 얼굴을 내밀고 소리쳤다. 이제는 이쪽 물정에 익숙해져서 일이 있으면 조선족이 운전하는 택시를 대절해서 타고 다닌다. 택시 뒷자석에 오르자 운전사가 묻는다.

"댁으로 모실까요?"

"그러지."

손목시계를 보았더니 8시 10분밖에 안 되었다. 술 마시기 좋은 시간이었지만 우선 돈가방을 집에 놓고 나와야 된다. 택시가 달리기 시작했을 때 서동수가 혼잣말처럼 말했다.

"그래, 내가 다 오염시킨다."

4장
# 한국인

전 선생이 들어섰을 때는 오후 6시 반이었다. 기다리고 있던 서동수와 우명호가 반갑게 맞는다. 이제 전 선생은 서동수와 한 팀이나 같다. 그 동안 여러 번 술도 같이 마셔서 술버릇도 안다. 이곳은 칭다오 번화가에 위치한 중식당의 방 안이다. 둥근 테이블에 둘러앉은 셋은 제각기 요리를 시켰다. 오늘은 전 선생이 홍경일에 대해서 할 이야기가 있다고 해서 만나는 것이다. 그 동안 동북건설 사장 홍경일은 여러 번 회사에 들러 공장장 윤명기를 만나고 돌아갔는데 4차선 도로 공사는 두 달 후에 시작된다고 했다. 모두 시(市) 부담이어서 홍경일의 기세가 드높아진 상황이다. 물수건으로 손을 닦으면서 전 선생이 말했다.

"그 동안 홍경일의 인맥을 조사했습니다. 공안뿐만 아니라 시 당국까지 조사를 해야 되었지요."

전 선생의 영어는 느리지만 정확해서 듣기 편하다. 전 선생이 긴장한 서동수를 향해 웃어 보였다.

"솔직히 홍경일이 공안이나 시의 고위 간부들하고 친분이 있다면 곤란합니다. 그들의 체면이라는 것이 있으니까요."

서동수가 머리를 끄덕였다. 지금까지 모두 신중했던 이유가 그것 때문이다. 홍경일이 중국에서 죄를 짓지 않은 이상 고위층 친구들은 얼마든지 도와줄 수 있을 것이었다. 그때 전 선생이 말했다.

"역시 내가 예상했던 대로였습니다."

"……."

"홍경일은 시 당국은 물론 공안 고위층 어느 누구하고도 친분이 없습니다. 모두 거짓말을 한 겁니다. 허세를 부린 것이지요."

"아니, 그럼."

한국말로 했다가 서동수는 영어로 말을 잇는다.

"그거, 확실합니까?"

"말단 공안 몇 명하고 친분이 있는지는 모르지요."

해놓고 전 선생이 다시 웃었다.

"그런 인간이 많습니다. 외국인들한테 그런 식으로 사기를 치는 인간들 말입니다. 특히,"

전 선생의 시선이 서동수에게로 옮겨졌다. 어느덧 정색하고 있다.

"약점이 많은 사람일수록 그런 사기를 당하기 쉽습니다."

"우리가 약점이 있었던 건 아니지."

한국말로 해놓고 서동수가 전 선생을 보았다.

"그럼 한국에서 중국으로 협조 요청을 하면 홍경일의 사기 행위에 대해서 조사를 할 수 있습니까?"

"내가 공을 세우도록 해주시오."

전 선생이 엄지로 자신을 가리키며 웃어 보였다.

"그러려면 베이징의 공안 본부로 협조 요청을 해야 됩니다. 베이징에서는 전국 각 성(省)의 공안부에, 성에서는 각 도시로 공문을 보내지요. 그럼 시간이 오래 걸리고 사건이 많아서 잊어지게 됩니다. 그러면……."

"알겠습니다."

서동수가 머리를 끄덕이며 웃었다. 그러면 전 선생이 족집게처럼 홍경일을 찾아 내어 공을 세우게 되는 것이다. 그야말로 윈윈이다. 홍경일만 빼고 다 좋다. 그 사이에 들여온 요리를 먹으면서 전 선생이 말을 이었다.

"중국은 대륙입니다. 그것은 땅도 넓고 사람도 많다는 뜻도 되지요. 또한 온갖 부류의 사람이 있다는 말입니다. 좋은 사람, 나쁜 사람, 부유하고 가난한 사람, 너그럽고 편협한 사람……."

말을 그친 전 선생이 지그시 서동수를 보았다.

"나는 서 선생이 중국인에 대한 편견을 갖지 않기를 바랍니다."

서동수는 머리를 끄덕였다. 하긴 중국은 인구가 너무 많다.

식사를 마친 셋은 식당 밖으로 나왔다. 전 선생은 한잔 하자는 서동수의 제의를 사양했다. 약속이 있다는 것이다. 그러나 서동수는 주차장에서 자신의 소형차에 시동을 거는 전 선생의 옆자리에 올랐다. 우명호는 이쪽에 옆모습을 보인 채 주차장 앞에 서 있다.

"무슨 일입니까?"

핸들에 두 손을 얹은 전 선생이 물었을 때 서동수가 가슴 주머니에서

1만 위안 뭉치를 꺼내 앞쪽 캐비닛에 넣었다. 전 선생의 시선이 돈뭉치에서 서동수의 얼굴로 옮겨졌다. 시선을 받은 서동수가 웃었다.

"내 성의올시다."

그러고는 덧붙였다.

"법을 어기고 봐달라는 게 아닙니다. 앞으로도 그러지 않을 것이구요."

서동수가 문을 열고 밖으로 발을 디뎠을 때 뒤쪽에서 전 선생의 목소리가 들렸다.

"고맙소."

문을 닫은 서동수가 뒤도 안 보고 발을 떼었지만 가슴은 무겁다. 지금까지 수없이 뇌물을 받고 주었지만 거절하는 사람은 못 보았다. 물론 그럴만한 분위기를 만들고, 사람을 보고 준 때문이기도 하다. 그러나 중국인에게 준 뇌물은 처음이다. 남의 새 옷에 구정물을 흘린 기분이 든다. 우명호 옆으로 다가갔을 때 전 선생의 소형차가 지나갔는데 뒷머리만 보였다. 이쪽으로 머리를 돌리지 않은 것이다.

"무슨 말 한 거야?"

우명호가 물었으므로 서동수는 어깨를 내리면서 대답했다.

"며칠 후에 내가 전화한다고 했어."

돈 주었다는 말을 안 한 것은 전 선생에 대한 미안함 때문이다. 그러나 우명호는 건성으로 듣고 손목시계를 보았다.

"야, 빨리 가자, 얘들 다 뺏기겠다."

룸살롱이다. 왜냐하면 일찍 온 손님들이 먼저 예쁜 아가씨들을 골라가기 때문이다. 택시를 잡아탄 둘이 아성에 도착했을 때는 8시 반이다. 웨이터의 연락을 받은 장연지가 반색을 하고 나오더니 둘을 방으로 안

내했다. 아성은 방이 50개나 있었지만 요즘은 장사가 안 되어서 15개만 돌린다고 했다. 한때 300명이 넘던 아가씨도 지금은 50여 명뿐이다.

"선 보실 것 없이 제가 골라놓은 애로 앉히시죠?"

그 동안 서동수와 아성에 두 번 다녀갔지만 우명호는 장연지와 그전부터 아는 사이다. 장연지가 묻자 우명호는 눈을 흘겼다.

"나한테 신경을 더 써."

"염려마세요."

그러고 나서 장연지가 데려온 두 아가씨 중 하나가 김혜진이다. 방으로 들어선 김혜진은 머리를 숙여 절을 하더니 곧장 다가와 서동수의 옆에 앉는다. 놀란 우명호가 눈을 동그랗게 뜨고 김혜진을 보았는데 당돌했기 때문일 것이다. 그러나 같이 온 아가씨도 미인이었으므로 시비를 걸려다가 말았다. 오늘은 담당 손님이 많다면서 장연지가 금방 나갔으므로 방에는 넷만 남았다.

"이제 좀 익숙해졌어?"

김혜진의 허리를 당겨 안으면서 서동수가 물었다. 그날 밤 이후로 열흘이 지났다. 다음 날 아침, 서동수는 옷 사입고 미용실에 가라면서 5,000위안을 주었던 것이다. 김혜진이 잠자코 서동수를 보았는데 불빛에 반사된 눈이 반짝였다. 열흘 사이에 김혜진은 몰라보도록 예뻐졌다. 변신한 것 같다. 쇼트커트한 머리에 엷게 화장한 얼굴은 윤기가 흘렀고 분홍색 원피스는 몸의 곡선을 그대로 드러내었다. 김혜진이 꽃잎 같은 입술을 벌리고 물었다.

"오늘 밤 저, 집에 데려가시는 거죠?"

서동수는 숨을 들이켰다. 그날 밤 뜨거웠던 장면들이 머릿속을 주르르 스치고 지나간다.

그러나 그날 밤 서동수는 혼자 집으로 돌아온다. 물론 김혜진에게 팁으로 1,000 위안을 주었다. 요즘은 팁이 올라서 300위안이 되었지만 서동수는 데리고 나간 값을 준 것이다. 김혜진이 서운할 리가 없다. 장연지하고의 관계도 끝난 것이 아닌 터라 치우치면 안 된다. 예상했던 대로 집에 돌아왔더니 장연지로부터 전화가 왔다. 나긋나긋한 목소리로 컨디션을 묻는 분위기를 보면 잘한 짓 같았다. 앞으로 신참을 계속 상납받을 수 있을 것이었다. 다음날 회사에 출근한 서동수가 곧장 공장장 윤명기와 면담을 한다. 이제는 서동수가 면담 신청을 하면 그 즉시로 들어갈 수가 있는 것이다. 윤명기의 지시를 받았는지 서동수를 대하는 한족 비서의 태도는 그렇게 상냥할 수가 없다. 소파에 마주 앉았을 때 서동수가 정색하고 말했다.

"공장장님, 제가 오늘 중으로 서울에 있는 골동품 사기 피해자 둘에게 자료를 보낼 예정입니다."

긴장한 윤명기가 눈만 크게 떴고 서동수의 말이 이어졌다.

"한 곳은 청하그룹 계열사인 청하미술관이고, 또 한 곳은 인사동의 백제미술관입니다. 서울에서 자료가 갈 테니까 오늘 중으로 받아볼 수 있을 것입니다."

"아니, 그럼."

입안의 침을 삼킨 윤명기가 묻는다.

"어떻게, 손을 써 놓았나?"

"예, 준비되었습니다."

서동수가 어제 전 선생을 만난 이야기를 하는 동안 윤명기는 숨소리도 내지 않았다. 이윽고 서동수의 보고가 끝났을 때 윤명기가 다시 물었다.

"그럼 본사에 보고를 해야 되지 않을까?"

"모른 척하시는 것이 낫습니다."

윤명기의 시선을 받은 서동수는 말을 잇는다.

"홍경일의 행동에 신뢰가 가지 않는다는 분위기로 본사에 보고하시지요."

"으음, 그렇군."

윤명기도 수재다. 대번에 감을 잡은 윤명기가 입술 끝을 비틀어 웃었다.

"그러다가 홍경일의 전과가 폭로되도록 하자는 말이지?"

"예, 우리가 나서서 일을 만들었다고 할 필요가 없지요."

"그렇다."

머리를 끄덕인 윤명기가 얼굴을 펴고 웃었다.

"괜히 사건에 끌려 들어갈 필요가 없지. 그런다고 우리가 훈장을 받을 것도 아닌데 말야."

"피해가 없도록 다음 달분 동북건설 자금 집행은 슬슬 늦추시지요."

"물론이지."

소파에 등을 붙인 윤명기가 웃음 띤 얼굴로 서동수를 보았다.

"본사에서 업무부장 이야기를 하길래 당분간 공석으로 두는 것이 낫다고 보고했다. 그랬더니 인력감축 정책에 협조하는 것이냐면서 아주 반기더구먼."

"……."

"앞으로 업무부장은 공석으로 둘 거다. 그러니까 넌 나한테 직보하면 돼."

"알겠습니다."

"일년쯤 지나면 널 선임으로 만들어줄 테니까 열심히 해."

"노력하겠습니다."

"까놓고 말하는데,"

이제는 정색한 윤명기가 똑바로 서동수를 보았다.

"내가 회사 들어와서 그런 돈 먹기는 이번이 처음이다."

그러더니 얼굴을 일그러뜨리며 웃는다.

"와이프가 그 돈을 보더니 눈물을 글썽이더군. 내가 와이프 앞에서 어깨 펴고 큰소리친 것도 그날이 처음이었다."

"과장은 업무 능력이 뛰어나."

점심시간, 회사 식당에서 밥을 먹던 이인섭이 옆에 앉은 화란에게 말했다.

"업무파악력은 물론 직원장악력도 출중하다니까."

그러고는 이인섭이 감탄한 듯 머리까지 저었으므로 화란이 피식 웃었다.

"아주 팬이 되셨군요. 팬이."

"마니아야."

웃지도 않고 말한 이인섭이 젓가락을 내려놓았다. 식당은 커서 소음이 천장에 부딪쳐 울리고 있다. 지금 직원 1,000여 명이 식사를 하고 있는 것이다. 그것도 교대로 해야 한다. 이인섭이 말을 잇는다.

"각 부서별 현황은 물론 경비내역, 그리고 원가까지 주르르 꿰고 있더라니까? 어영부영하다가 복 대리가 당하는 것 보았지?"

본 것은 물론이고 옆에서 통역까지 해준 화란이다. 오늘 오전에 회사 차량용 기름공급 문제로 서동수는 차량주임 복야를 추궁했다. 복야는 기름값이 지난달부터 인상되었다고 주장했다가 서동수가 내놓은 자료를 보고 혼비백산을 했다. 지난 2년간의 기름값이 각 구역별로 적혀 있었기 때문이다. 복야는 15%나 비싼 가격으로 기름을 구입해서 1년 동안 17만 5,000위안의 손해를 입혔다. 화란도 젓가락을 내려놓고 이인섭을 보았다. 그때 이인섭이 말했다.

"과장은 사원들한테 인기가 좋아. 그 이유를 알고 있어?"

"저것 봐. 마니아라니까?"

쓴웃음을 지은 화란이 식판을 들고 자리에서 일어섰다.

"시끄러우니까 나가서 이야기해요."

둘은 식판을 반납구에 내려놓고 식당을 나온다. 햇살이 밝게 비치는 초겨울의 한낮이다. 잔디밭 가장자리의 벤치에 앉았을 때 이인섭이 말을 잇는다.

"과장은 나도 모르는 공장 청소원 이름과 가족상황, 월급 내역까지 다 알고 있어. 채무가 얼마 있다는 것도 안다고."

"설마?"

"우리 총무과 소속의 직원이 몇 명인지 알아?"

"127명. 맞지요?"

"그건 장부상이고 122명이야. 세 명이 병가로 1년째 안 나오다가 자동 퇴직되었고 둘은 회사에 안 나오다가 파면되었으니까."

"그런가요?"

"나도 과장한테 들었어. 어제 나한테 인원 현황을 다시 작성하라고 하더군."

"과장 머리가 좋으니까."

"과장이 총무과에 나오는 회식비, 보조금을 모아 이번 달부터 직원에게 분배해준다고 했어. 1인당 500위안 정도가 될 것 같아."

"그렇죠. 돈을 나눠주면 인기가 있죠."

"공장에서 나오는 원단 찌꺼기를 가져가는 회사가 있지?"

"알아요. 그건 업무1과 담당인데."

"과장이 이번에 그 업무를 총무과로 가져왔어."

화란이 숨을 들이켰다. 백 과장이 있을 때부터 그 업무를 가져오려고 업무1과와 원수지간이 되었던 것이다. 그 업무는 당연히 청소 담당인 총무과 소관이어야 했지만 처음부터 업무과가 맡았다는 이유로 뺏어오지 못했다. 그런데 과장이 찾아온 것이다.

화란의 시선을 받은 이인섭이 빙그레 웃었다.

"떡고물이 떨어지는 일이야. 그걸 과장이 가로채 왔다고."

"그렇군요."

길게 숨을 뱉은 화란이 이제는 텅 빈 잔디밭을 보았다. 날씨가 싸늘했기 때문인지 오늘은 배구도 하지 않는다. 화란이 혼잣소리처럼 말했다.

"이제는 떡고물이 보통 일처럼 되었군요."

그리고 그날 오후에 화란은 서동수에게 불려 간다. 저도 모르게 긴장한 화란이 책상 앞에 섰을 때 서동수가 눈을 가늘게 뜨고 물었다.

"무슨 일 있어?"

"네?"

되물었던 화란의 가슴이 뛰었다. 그사이에 이인섭이 무슨 말을 했을

리는 없다. 그리고 그럴 인간도 아니다. 화란이 머리를 저었다.

"문제없습니다."

"그럼 말야."

서동수가 책상 위에 놓인 서류를 집어 화란에게 내밀었다.

"이거 받아."

서류를 받은 화란이 물었다.

"뭔데요?"

"업무1과에서 인계받은 산동실업의 입출, 결산서류야."

화란의 가슴이 다시 뛰었다. 원단 찌꺼기를 가져가는 회사다. 서동수가 말을 잇는다.

"원단 찌꺼기를 가져가는 값으로 한 달 평균 6만 5,000위안을 지불했더군."

선 채로 서류를 편 화란이 결산 내역을 보았다. 맞다. 그렇게 6년 가깝게 거래를 해왔다. 산동실업의 사장은 중국인 왕한, 머리를 든 화란에게 서동수가 묻는다.

"자, 그럼 지금부터 어떻게 할 거야?"

"네? 뭘요?"

화란이 되묻자 서동수의 눈빛이 강해졌다.

"산동실업을 어떻게 할 계획인지 나에게 말해보라구. 이번 달 결산일이 닷새 남았어. 산동실업한테서 원단값을 받는 날 말야."

한마디씩 차근차근 말한 서동수가 시선을 준 채 잠자코 기다렸다. 입안에 고인 침을 삼킨 화란이 말했다.

"먼저 원단 찌꺼기를 가져가는 다른 회사들한테서 견적을 받겠습니다."

"옳지. 계속해봐."

"그다음에는 과장님이……."

"아니."

정색한 서동수가 화란의 말을 막더니 쓴웃음을 지었다.

"화란 씨가 끝까지 진행해. 그 방법은 알고 있지?"

"말씀해주세요."

"그 견적을 받고 나서 산동실업 가격과 차이가 있으면 어떻게 할 거야?"

"산동실업을 불러서 그만큼 깎자고……"

문득 말을 멈춘 화란이 어깨를 늘어뜨리면서 소리 죽여 숨을 뱉는다. 이것이 핵심인 것이다. 업무1과가 내놓지 않으려고 기를 썼던 이유가 그 차액 때문이다. 서동수는 잠자코 시선만 주고 있었으므로 화란이 귀가 화끈거렸다. 이윽고 어금니를 물었다가 푼 화란이 물었다.

"어떻게 할까요?"

"화란 씨가 말해봐."

서동수의 표정은 차분하다. 시선을 떼지 않은 채 서동수가 말을 잇는다.

"그렇지. 현실적으로, 위선 부리지 말고."

화란은 다시 어금니를 물었다. 불끈 화가 솟구쳐서 들고 있던 서류를 서동수의 얼굴에 던지고 싶은 충동이 일어났다. 어떻게 해야 된단 말인가? 틀림없이 다른 회사의 견적은 산동실업보다 낮을 것이다. 그렇다면 그 차액은 산동실업이 업무1과에 리베이트로 바쳤다는 증거가 된다. 6년 동안의 리베이트, 다른 회사의 싼 가격으로 다음 달부터 결재를 올렸을 때 공장장에게 어떻게 설명할 것인가? 이것으로 업무1과는 풍비박산이 될 수가 있다. 공장장까지 연루되었을지도 모른다. 머리를 든 화란이 똑바로 서동수를 보았다. 노려보았다고 하는 것이 맞을 것 같다. 서동수, 네가 이러는 의도를 이제 알겠다. 날 공범으로 끌어들이려는 수작이다.

오후 7시, 서동수는 칭다오 시내의 해산물식당 '용궁'의 방 안에서 공장장 윤명기와 저녁을 먹고 있다. 윤명기가 불러서 둘이 만난 것이다. 오늘이 벌써 세 번째로 윤명기는 틈만 나면 불렀는데 지난번 만났을 때는 산동실업은 총무과 업무가 돼야 한다는 것이 결정되었다. 해삼을 먹으면서 서동수가 말했다.

"산동실업 업무를 화란한테 맡겼습니다."

윤명기는 만두를 입에 넣느라 눈만 껌벅였고 서동수가 말을 잇는다.

"다른 회사의 가격을 알아보았더니 산동실업과 매달 6만 위안 정도 차이가 났습니다."

그러자 씹던 것을 삼킨 윤명기가 묻는다.

"그럼 6만 위안이 리베이트로 업무1과에 간 것인가?"

"당연하지 않겠습니까? 그래서 그 업무를 내놓지 않으려고 한 것이구요."

"도둑놈들."

이제 양념한 잉어를 한 조각 떼어 먹은 윤명기가 서동수를 보았다.

"넌 어떻게 진행하고 있는데?"

언제부터인가 윤명기는 서동수에게 반말을 쓴다. 물론 둘이 있을 때다. 윤명기의 시선을 받은 서동수가 말했다.

"사흘쯤 전에 화란한테 맡아서 진행하라고 했더니 갈등하더군요."

"걘 영리해, 눈치 챘겠지."

"그러더니 맡겠다고 가져갔습니다. 그리고 그다음 날, 산동실업이 다른 회사보다 6만 위안쯤 싸게 원단값을 지불했다는 자료를 내놓았습니다."

"그래서?"

흥미를 느꼈는지 윤명기가 젓가락을 내려놓았다. 서동수가 웃음을 지었다.

"네가 알아서 처리하라고 했더니 화란이 산동실업 왕 사장을 만났습니다. 지금부터 이야기가 재미있습니다."

"말해라."

"원단 업무가 총무과로 넘어가자 업무1과장이 바로 산동 왕 사장을 만났습니다. 박 과장은 리베이트 건이 발각되면 같이 죽는다고 왕 사장한테 겁을 줬다고 합니다."

"계속해."

"하지만 왕 사장은 화란한테 다 털어놓았습니다. 3년 동안 매월 3만 위안씩 박 과장한테 상납했던 것입니다. 화란은 그 증거 수첩을 카피해 가지고 왔습니다."

"3만 위안?"

눈을 가늘게 뜬 윤명기가 서동수를 보았다.

"그것도 3년?"

"예, 그전의 오 과장한테는 가끔 주었다고 합니다. 한꺼번에 10만 위안을 준 적도 있답니다."

"개새끼들, 계속해."

"더 재미있습니다. 공장장님."

"글쎄, 계속하라니까?"

"업무1과 유성호 대리한테는 따로 리베이트를 상납했더군요."

이제는 윤명기가 눈만 껌벅였고 서동수의 말이 이어졌다.

"유 대리도 월 3만 위안씩 받았습니다. 안 부장 핑계를 대면서 그렇게 가져갔다고 하더군요. 유 대리 건은 4년 동안의 증거 수첩을 카피해 왔습니다."

"더러운 놈들."

어깨를 늘어뜨린 윤명기가 길게 숨을 뱉는다.

"화란한테 부끄럽다."

"저도 보고를 받으면서 화란하고 시선을 마주치지 못했습니다."

"이렇게 썩었을지는 몰랐다."

"문제는 그걸 세 놈이 독식했다는 것입니다. 부하 직원들한테는 입을 싹 씻었더군요. 그것도 화란이 알아본 것입니다."

"그래서?"

정색한 윤명기가 똑바로 서동수를 보았다.

"넌 어떻게 할 건데?"

그러자 서동수가 심호흡을 했다.

"어젯밤 화란이 왕 사장한테서 6만 위안을 받아왔습니다. 제가 시키지도 않았는데 받아왔단 말입니다."

다음 날 오전, 회의실에 셋이 둘러앉았다. 서동수와 화란, 이인섭이다. 산동실업 문제를 상의하려고 모인 것인데 서동수는 이인섭을 참가시켰다. 이것이 서동수 스타일이다. 돈 문제는 최소한의 인원만 아는 극비 사항으로 하든지 오픈시켜서 증인을 많이 확보해야 되는 것이다. 이번 산동실업 문제는 후자의 경우로 취급한 셈이다. 서동수가 둘을 번갈아보며 말했다.

"자, 화란 씨가 산동실업에서 받아온 6만 위안에 대한 상의를 하지."

그러자 이인섭이 입을 딱 벌렸다. 내용을 모르는 것이다. 화란이 말해주지 않은 것이 분명했다. 화란이 시선을 내리고만 있었으므로 서동수가 만국 공용어인 영어로 설명을 해줘야만 했다. 셋은 지금 화란을 위해 영어로 회의를 한다. 중국어를 모르는 서동수 때문이기도 하다. 설명을 마친 서동수가 먼저 화란에게 물었다.

"자, 화란, 리베이트를 받아왔으면 생각이 있었을 것 아닌가? 말해라. 듣자."

그러자 화란이 머리를 들었다. 차분한 표정이다.

"이것저것 생각해 보았지만 과장님이 처리하시는 것이 가장 낫다는 생각이 들었습니다."

서동수의 시선을 받은 화란이 말을 잇는다.

"지금까지 받았던 리베이트를 딱 끊고 원단값을 제대로 받는 방법이 가장 쉽지만 그때는 받아먹은 부서장과 공장장까지 책임을 져야 되겠지요."

"……."

"리베이트를 받아서 그 돈을 공금이나 운영비로 쓴다는 것도 적절하지 않습니다. 곧 내막이 드러나게 될 테니까요."

이인섭이 머리를 끄덕였지만 서동수는 잠자코 기다렸다. 화란의 시선이 다시 서동수에게로 옮겨졌다. 눈빛이 강해져 있다.

"나는 왜 과장님이 이 일을 나한테 맡겼는가를 생각하게 되었습니다.

공정하게 처리하기 위해서? 아니죠. 이 일은 애초부터 부정한 일이라 그건 말도 안 됩니다."

이제는 이인섭도 입만 벌렸고 서동수는 눈을 가늘게 떴다. 화란이 말을 잇는다.

"책임을 나눠 가지려는 것이 아닌가? 하고 생각했는데 그 말이 맞는 것 같네요. 이 대리를 회의에 참석시킨 것을 보니까 말이죠."

그때 서동수가 물었다.

"받은 이유를 말 안 했어. 화란."

화란의 눈동자를 정면으로 바라본 채 서동수가 말한다.

"일단 리베이트 6만 위안은 받아온 것 아닌가? 받은 이유를 듣자."

"받지 않으면 내가 병신 같다는 생각이 들었기 때문이죠."

화란이 서동수를 응시한 채 말을 잇는다.

"다 썩었는데 나만 청렴한 척 위선을 떨 필요는 없다고 생각했습니다. 그리고,"

숨을 고른 화란이 이제는 외면했다.

"결국 썩어가는 것은 한국 회사고 돈은 중국에 떨어진다는 생각이 들었습니다."

"그렇지."

정색한 서동수가 머리를 끄덕였으므로 숨을 죽이고 있던 이인섭이 머리를 들었다.

서동수가 다시 머리를 끄덕이며 말을 잇는다.

"너무 깨끗한 물에서는 물고기가 살지 못하는 거야. 이건 누가 한 말인지는 모르겠고."

의자에 등을 붙인 서동수가 지그시 화란을 보았다.

"흰 고양이건 검은 고양이건 쥐만 잡으면 된다고 한 사람도 있지. 모두 이런 경우에 적용되는 말 같다."

그러더니 옆쪽 의자에서 검정 비닐봉투를 집어 테이블 위에 놓았다. 묵직한 봉투를 놓았더니 소리가 났다. 화란이 받아온 돈, 6만 위안이다. 둘의 시선이 모아졌고 서동수가 말을 잇는다.

"이것도 이 대리가 보관하고 있어."

동양의류 제2공장도 하청공장을 운용한다. 원단과 조직, 스타일과 브랜드가 다른 수천 종류의 상품을 생산해내려면 소규모 하청공장 운용은 필수적이기도 하다. 오후 4시 반경, 서동수는 간쑤성(甘肅省)의 백은(白銀) 북방에 위치한 공장으로 들어섰다. 서동수는 이인섭과 동행으로 칭다오에서 1,500㎞나 떨어진 이곳에 온 것이다. 물론 비행기로 간쑤성 광저우(光州)까지 날아온 후에 다시 차로 세 시간을 달려야만 했다. 도시와 떨어진 마을 근처에 세워진 시멘트 건물이 어울리지 않는다.

"누추합니다."

공항에까지 마중 나온 한영복 사장이 말했지만 부끄러운 표정이 아니다. 현(縣)에서 세워주었다는 시멘트 2층 건물은 컸다.

본공장의 건물 면적만 1,000평이 넘는다고 했다. 거기에다 800평 규모의 창고와 기숙사가 따로 세워져서 4개 동이다. 이것은 모두 현 정부에서 건립해준 것이다.

공장 안으로 들어섰더니 300명 정도의 직원이 일하는 작업장이 한눈에 드러났다. 규모가 잘 짜여 있고 능률도 높아 보였다. 한영복의 '영복섬유' 는 동양의 A급 하청공장인 것이다. 생산라인이 내려다보이는 사장실에 앉았을 때 한영복이 말했다.

"제가 칭다오에서 이곳에 온 지 3년 되었습니다. 앞으로 3년쯤 후에는 내몽고나 미얀마, 캄보디아로 옮겨갈 계획입니다."

"아니, 왜요?"

놀란 듯 이인섭이 물었다. 이인섭과 한영복은 칭다오에 있을 때부터 아는 사이인 것이다. 한영복은 50대 후반으로 중국에 온 지 20년이 넘었다. 수교 이전부터 중국에서 사업을 했던 것이다. 물론 섬유 사업이다. 본인은 '걸레장사' 라고 하지만 자부심이 대단했다. 그리고 한 발 앞서가는 인물이기도 하다. 한영복의 얼굴에 쓴웃음이 번졌다.

"서로 이용하는 것이 세상 이치 아닙니까? 내 이용가치가 떨어졌을 때 얼른 옮겨주는 것이 서로를 위해 낫지요."

"왜 그렇습니까?"

대충 짐작은 했지만 서동수가 확인하듯 묻자 한영복이 말을 잇는다.

"첫째 인건비 때문이죠. 한국 기업이 중국에 진출한 가장 큰 이유는 인건비가 쌌기 때문 아닙니까? 처음에는 섬유산업의 인건비가 한국의 20분의 1이었다가 10분의 1, 그리고 5분의 1이 되더니 지금은 3분의 1이 되었지요?"

그것 때문에 서동수와 이인섭이 이곳에 온 것이다. 이곳 내륙지방의 인건비는 칭다오와 비교해서 아직 절반 수준이다.

그래서 한영복에게 부탁해서 기능공 40명을 데려가려고 온 것이다. 한영복이 담배를 꺼내 입에 물면서 말을 잇는다.

"이제 이곳도 인건비를 내년에는 20% 정도 올려줘야 됩니다. 내후년에도 올려줘야만 하구요. 그럼 3년 후면 견뎌내지 못합니다. 그래서 그 안에 다른 곳을 찾아봐야 하는 거죠."

"역시 사장님은 남보다 두어 발 빠르세요."

이인섭이 감탄한 얼굴로 말했다.

"그래서 사장님은 지금까지 손해 보신 적이 없지 않습니까?"

오면서 이인섭한테 들었지만 한영복은 재산이 수백 억원이라는 것이다. 그러자 한영복이 얼굴을 펴고 웃는다.

"말도 마십시오. 이렇게 깡촌에 박혀 있지만 단 하루도 긴장을 풀지 못하고 삽니다. 내가 중국의 발전에 손톱 끝만큼 기여했다는 긍지가 없다면 진즉 때려치우고 돌아갔을 겁니다."

그 순간 서동수가 정색하고 한영복을 보았다. 뜬금없는 소리였기 때문이다. 이런 깡촌에서, 하청공장 사장 입에서 그런 말이 나오다니, 수천 명의 직원을 거느리고 몇 백 배 매출을 올리는 본 공장 공장장도 그런 소리를 한 적이 없는 것이다. 그때 한영복이 다시 말을 잇는다.

"아마 중국의 경제성장에 가장 큰 자극을 준 나라는 한국일 겁니다. 교역 규모는 제일 크지는 않았겠지만 수백만 명의 한국인이 중국에 들어왔지요."

서동수와 이인섭은 머리만 끄덕였고 한영복이 손을 들어 바깥 공장을 가리켰다.

"중국인들에게 자극을 많이 준 것이 한국기업, 한국사람들입니다. 그건 아무도 부인하지 못할 겁니다."

과연 그렇다. 기업인의 뒤를 따라 관광객이 쏟아졌다. 그러다 보니 온갖 사건도 일어났지만 어쨌든 자극을 받은 것은 사실이다. 그때 서동수가 말했다.

“누가 그러더군요. 우리 한민족 역사상 중국보다 우위에 서서 부러움을 받은 시기가 근대의 30년이라구요.”

그것은 1980년부터 2010년까지의 30년을 말한다. 그러자 한영복이 빙그레 웃었다.

“룸살롱에서 그런 말들을 자주 하지요.”

“요즘은 그런 말 안 합니다.”

하고 이인섭이 나섰으므로 셋은 함께 쓴웃음을 지었다. 그렇다. 10년쯤 전만 해도 중국에 관광 온 한국인 중에서 돈자랑을 하는 사람이 꽤 있었지만 지금은 보기 힘들다. 중국 도시에 넘치는 고급 차와 중국인들의 생활수준에 위축당하는 경우도 많은 것이다.

“어쨌든.”

어깨를 편 한영복이 말을 맺는다.

“3년쯤 후에는 이곳도 투자사업에 대한 혜택이 끊기게 될 겁니다. 그럼 저도 털고 떠나야지요. 그것이 그야말로 윈윈인 셈이니까요.”

서동수는 머리만 끄덕였다. 같은 조건으로 이런 골짜기에 박혀있을 필요는 없기 때문이다.

“자, 그럼 면접을 보러 가실까요?”

그때 한영복이 일어서며 말했다. 칭다오 본 공장에 데려갈 여직원 면접이다. 이곳에서도 도시에 대한 기대가 많아서 40명 모집에 배가 넘는 100명이 지원을 했다는 것이다. 하긴 기숙사비가 무료인데다 월급이 이곳보다 20%나 높은 터라 그럴 만도 했다. 그날 저녁 면접을 마친 셋은 공장의 식당에서 늦은 저녁 식사를 한다. 오후 7시 반이 되어가고 있다.

식당 주방장이 특별히 만들어낸 돼지고기 튀김을 먹으면서 서동수가 불쑥 생각난 것처럼 묻는다.

"가족은 한국에 계십니까?"

한영복에 대해서 아는 척을 했던 이인섭도 가정사는 모르고 있었던 것이다. 서동수의 시선을 받은 한영복이 빙긋 웃었다.

"큰놈은 서울에서 통신회사에 다닙니다."

한 모금 국을 삼킨 한영복이 말을 잇는다.

"딸은 대학 4학년으로 서울에서 제 엄마하고 같이 있지요."

"서울에는 자주 가십니까?"

"아니, 2년 동안 못 갔습니다."

"그럼 사모님이 오시겠네요."

"이혼한 지 10년 되었습니다."

그것으로 대화가 딱 단절되었다. 서동수는 서둘러 돼지고기를 집어 입에 넣었고 이인섭은 외면했다. 그때 밥을 떠 넣은 한영복이 씹으면서 말했다.

"뭐, 애들 교육비, 생활비는 꼬박꼬박 보냈습니다."

"……."

"내가 사업에 정신이 빠져서 20년이 넘도록 중국에만 있으니 배겨나지 못한 것이지요."

"……."

"양쪽 다 맞추고 살기가 힘들었습니다."

"저도 이혼했습니다."

서동수가 말하자 한영복이 퍼뜩 시선을 들었다가 곧 머리만 끄덕였다.

그러고는 다시 고기를 집어 씹는다. 잠깐 기다리던 서동수가 소리 죽여 숨을 뱉었다. 옆쪽의 이인섭만 잔뜩 긴장하고 있다.

'영복섬유' 에서 돌아온 다음 날 오전, 서동수에게 다가온 화란이 말했다.

"동북건설에서 이번 달 자금결제를 해달라는데요."

결재서류는 서동수가 출장 가기 전에 올라와 있었다.

"아 내가 좀 검토할 부분이 있어서."

서동수가 앞에 선 화란을 똑바로 보았다.

"며칠 기다리라고 해."

"무슨 일 있나요?"

"없어."

"적당한 이유가 있어야 납득을 할 텐데요. 나흘이나 늦었거든요."

"내가 내부 감사를 받는다고 해."

눈만 크게 뜬 화란에게 서동수가 말을 잇는다.

"서울에서의 전력도 있고 해서 감사를 받는다면 금방 이해할 거야."

"알겠습니다."

하면서 화란이 몸을 돌렸지만 납득한 것 같지가 않았다. 그래서 점심시간에 만난 이인섭에게 물었다.

"과장 감사받아요?"

"그게 무슨 말이야?"

밥을 씹던 이인섭이 이맛살을 찌푸리며 화란을 흘겨보았다. 둘은 식당의 테이블에 나란히 앉아 있다. 화란이 정색하고 말을 잇는다.

"동북건설 결제를 보류시킨 이유를 물었더니 과장이 내부 감사를 받기 때문이라고 해서요."

"그런 말 못 들었는데?"

"전력도 있기 때문에 감사를 받는다는 이유를 대고 늦추라고 했어요."

"그럴 리가."

"내 생각에도 다른 이유가 있는 것 같았어요. 물론 과장이 감사받는다면 동북건설 홍 사장은 좋아하겠지만."

"그럴까?"

"홍 사장은 건들지 못하고 과장이나 잘리겠죠. 홍 사장은 좀 다루기 거북한 서 과장이 잘리니까 좋아할 것이고."

"이건 특급 비밀인데."

수저를 내려놓은 이인섭이 주위를 둘러보는 시늉을 했다.

"내가 어제부터 입이 근질근질했는데……."

"뭐가요?"

"과장이 이혼했다는군."

"누가요?"

눈을 크게 뜬 화란이 바짝 몸을 붙였다.

"누가 그래요?"

"과장이 제 입으로 말했어. 그제 영복섬유 박 사장한테."

"……."

"그래서 지금까지 서울에 한 번도 다녀오지 않은 거야."

"……."

"전자에서 잘리고 이혼까지 한 것 같아."

"……."

"그래서 집 이야기를 안 한 거야."

"그만합시다."

하면서 화란이 상반신을 세웠으므로 이인섭이 입맛을 다셨다.

"지가 먼저 과장 이야기를 꺼내놓고 그만하자고?"

"동북건설 이야기였지 뭐."

먹다 만 식판을 든 화란이 자리에서 일어섰다. 그러자 화란의 뒷모습에 대고 이인섭이 이제는 크게 말했다.

"조심해. 인마."

주위의 시선이 모여졌고 화란의 귀가 빨개졌다.

"아무래도 저 자식이 과장한테 마음이 있는 것 같아."

이인섭이 혼잣소리를 했다가 제 말에 제가 끌려들었다.

"맞아, 전부터 좀 이상했어. 자꾸 과장에 대해서 물어보고 말이야."

그러고는 입을 다물었다. 그렇게 되었을 때의 타산을 따져보는 것이다.

오늘은 일찍 집에 들어온 서동수가 창문을 활짝 열고 청소를 했다. 오후 7시 반이 되어가는 중이다. 그러나 응접실 청소를 반도 하지 않았을 때 현관의 벨이 울렸다. 입맛을 다신 서동수가 문을 열었다.

"실례합니다."

시선이 마주치자 머리부터 숙여 인사를 한 여자가 조금 상기된 얼굴로 묻는다.

"서 선생님 댁입니까?"

물론 한국말이다.

"아, 전화 주셨던 조은희 씨세요?"

서동수가 묻자 여자는 다시 머리를 숙였다가 든다. 화장기가 없는 얼굴은 윤곽이 섬세한 미인형이었지만 그늘이 짙다. 긴 머리를 뒤로 묶었는데 얇은 분홍색 스웨터 위에 검은색 점퍼를 걸쳤고 바지 차림이다.

"들어오시죠."

옆으로 비켜선 서동수의 앞으로 지나는 여자한테서 옅은 비누향이 났다.

"이거, 청소하다 말아서."

청소기를 옆으로 치운 서동수가 혼잣말처럼 말하고는 여자에게 소파를 가리켰다.

"앉으시죠, 집 안이 어수선해요."

여자는 잠자코 소파에 앉아 두 손을 무릎 위에 얹는다. 나이는 물어보지 않았지만 40대쯤 된 것 같다. 앞쪽에 앉은 서동수가 조은희를 보았다. 조은희는 우명호가 소개시켜준 가정부다. 아니, 아직 결정하지 않았으니 후보라는 표현이 맞다. 서동수가 가정부를 구해야겠다고 했더니 우명호가 대번에 소개시켜준 것이다. 전임 차장이 떠나면서 가정부 조은희의 취업을 부탁했기 때문이다. 앞쪽에 앉은 서동수가 물었다.

"옌지에서 중학교 교사를 하셨다구요?"

"예, 여기."

하면서 조은희가 점퍼 가슴에서 접힌 서류를 꺼내 탁자 위에 놓았다.

"대학졸업증명서, 교원자격증, 재직증명서, 이력서까지 가져왔습니다."

"아아."

제법 두툼한 서류를 집어든 서동수가 보지도 않고 다시 묻는다.

"칭다오에는 언제 오셨지요?"

"작년에 취업하러 왔습니다."

똑바로 서동수를 응시한 채 조은희가 말을 이었다.

"서울은행 박정수 차장님 댁에서 가정부로 일하기 위해서였죠."

"가족은 어디 있습니까?"

"딸이 칭다오에 있습니다."

그때서야 조은희가 시선을 내렸으므로 서동수가 서류를 펼쳤다. 그런데 이력서에는 가족관계가 적혀 있지 않다. 그때 머리를 든 조은희가 말했다.

"남편은 5년 전에 차 사고로 죽었습니다. 그래서 딸하고 둘이 삽니다."

"아아."

딸이 있다는 말은 우명호한테서도 듣지 않았으므로 서동수는 잠깐 생각했다. 지금 자신은 입주 가정부를 구하려는 것이다. 그리고 또 있다. 중국어 가정교사가 필요하다. 우명호한테서 조은희가 교사 출신이라는 말을 듣고 바로 면접을 보겠다고 한 이유가 그것이다. 이윽고 머리를 든 서동수가 물었다.

"난 입주 가정부를 원하는데, 딸은 어떻게 하실 겁니까?"

"딸은 친척집에 두겠습니다."

다시 시선을 내린 조은희의 곧은 콧등만 보였다.

"지난번에도 그랬거든요."

서동수는 소파에 등을 붙이고는 길게 숨을 뱉는다. 입주 가정부를 두려는 또 다른 이유는 문란한 사생활 정리다. 최소한 집 안에는 여자를 들이지 않겠다는 의도였다. 이윽고 서동수가 말했다.

"그럼 월급은 얼마로 하지요?"

인사발령이 났다. 업무1과장 박항석 과장이 본사 의류사업본부 기획조정실 소속으로 발령이 났는데 직책은 '대기'다. 대기발령인 것이다. 박항석은 기획조정실에서 운용하는 대기사원용 사무실에서 보직 받기를 기다려야만 한다. 잘될 수도 있고 안 될 수도 있다. 잘되면 본사 기조실 소속의 '파워맨'도 되지만 안 되면 한 달쯤 대기실에서 기다리다가 사표를 내야만 한다. 수모를 견딜 수 없기 때문이다. 그리고 안명규 부장 치하에서 한때 총무과장 물망까지 올랐던 유성호 대리는 공장장 직권으로 제2의류공장에서 보직 해임되었다. 유성호의 책상은 총무과 구석 쪽에 마련되었는데 직책이 없으니 출퇴근만 체크하면 되었다. 산동실업이 총무과 소관으로 넘어간 직후에 일어난 인사여서 공장의 미싱사도 내막을 안다. 유성호는 박항석과 달리 며칠 배겨나지 못할 것이었다.

"평이 어떠냐?"

그날 오후, 공장장실로 불려 들어간 서동수에게 윤명기가 물었다.

"산동실업 건을 모두 알고 있는 터라 당연한 일로 생각할 것입니다."

서동수가 앞에 앉은 윤명기를 정색하고 보았다.

"물론 총무과장인 제가 고자질을 해서 그렇게 되었다고 알겠지요."

"네가 따돌림을 받을까?"

"아닙니다. 슬슬 접촉을 해올 것입니다. 제가 공장장님과 가까운 사이로 보였을 테니까요."

"그런가?"

"아니꼽더라도 잘 보이려고 할 것입니다."

"네가 호가호위할 수도 있겠다."

"그렇습니다. 하지만……,"

"하지만 뭐냐?"

"그러면 얼마 못 갑니다. 대번에 투서나 진정이 들어올 테니까요."

그러자 쓴웃음을 지은 윤명기가 소파에 등을 붙이고 묻는다.

"회사에 부정을 없앨 방법이 있을까?"

순간 머리를 든 서동수가 윤명기를 보았다. 윤명기와 시선이 부딪쳤고 떼어지지 않는다. 이윽고 서동수가 어깨를 늘어뜨리면서 시선도 내렸다.

"조직이 침체되면 부정도 많이 일어나는 것 같았습니다. 썩은 물에서 병균이 번식하는 것처럼 말씀입니다."

"네 경험이냐?"

"예, 그렇습니다. 윗물이 맑으면 아래쪽도 무서워서 일을 벌이지 못했습니다."

"내 경우는 네가 오염시킨 것 같은데……."

"죄송합니다."

그러자 윤명기가 다시 쓴웃음을 짓는다.

"아니, 내가 썩었으니까 먹은 거다. 나도 그놈들이 해 처먹고 있는 것을 짐작하고 있었던 거야, 그리고 그것이 욕심도 났던 것 같다."

"공장장님은 지금 정화 작업을 하고 계시는 겁니다."

정색한 서동수가 말하자 윤명기는 시선만 주었다. 서동수가 말을 이었다.

"제가 다 정리를 하겠습니다. 제 책임하에 오픈시키지요. 그럼 부정한 세균도 햇볕에 드러나 거름이 될 것입니다."

"흐음, 말은 그럴 듯하다."

그러나 윤명기가 웃지도 않고 말을 잇는다.

"나도 그 동안 네 놈에 대해서 이곳저곳에 대고 조사를 했다."

"……."

"윗사람을 배신하지 않았더구먼, 같이 나눠 먹은 것은 분명한데도 혼자 다 뒤집어쓰고 나왔더군."

그러고는 눈을 가늘게 뜨고 서동수를 보았다.

"그래서 나도 너한테 오픈시킨 거다."

윤명기의 정보망은 서동수와는 비교도 되지 않을 것이었다.

"좀 이따 다시 전화할게."

하면서 서둘러 핸드폰을 귀에서 뗀 조은희가 서동수를 보았다. 귀가 또 조금 붉어져 있다. 조은희가 가정부로 온 지 오늘이 닷새째가 되는 날 저녁, 오늘은 토요일이다. 소파에 앉은 서동수가 중국어 회화책을 펼치면서 물었다.

"딸한테 전화하신 겁니까?"

"네."

앞에 앉은 조은희가 조심스러운 표정으로 서동수를 보았다. 지금부터 회화 공부시간이다. 하루에 한 시간씩 시간이 날 때마다 중국어 공부를 하기로 계약이 되었고 오늘은 지금부터다. 그리고 공부가 끝나면 조은희는 딸한테로 갔다가 월요일 오전에 돌아오는 것이다. 서동수가 다시 묻는다.

"딸이 중학교 1학년이라고 했지요?"

"네."

책을 펴던 조은희가 다시 시선을 들었다. 닷새 동안에 조은희는 달라졌다. 피부에 윤기가 더 나는 것 같고 얼굴의 그늘도 조금 가셔졌다. 문간방을 사용하고 있어서 이틀 전에 그 방에다 TV를 한 대 사서 붙여 주었더니 웃기까지 했다.

"학교가 여기서 멉니까?"

"여기서는 더 가까워요. 지금 사는 친척집에선 버스로 한 시간 거리지만 여기서는……."

말을 그친 조은희가 서동수를 보았다. 바로 앞쪽이어서 속눈썹 끝이 희미하게 흔들리고 있다. 그때 서동수가 말했다.

"딸 여기로 데려 오시죠."

"네?"

조은희의 목소리가 떨렸다. 이제는 귀뿐만이 아니라 눈 밑까지 붉어졌다.

"하지만 선생님, 선생님 사모님께서……."

"내 와이프가 왜요?"

"곧 여기로 오실 것 아닌가요?"

"난 이혼했어요."

그 순간 조은희의 얼굴이 하얗게 굳어졌다. 서동수가 말을 잇는다.

"아무래도 딸이 오는 게 낫겠습니다. 딸 이름이 누구라고 했지요?"

"백미현입니다."

다시 시선을 내린 조은희의 콧등을 보면서 서동수가 심호흡을 했다. 가슴이 뜨거워졌고 머리에 피가 몰리는 느낌이 든다. 성욕이다. 조은희는 41세의 한창 나이이다. 극(極)은 극(極)으로 깨뜨린다.

“이렇게 둘이만 있는 것이 위험하다는 생각이 들어서 말입니다.”

조은희의 머리가 더 숙여졌고 서동수는 말을 잇는다.

“그렇지 않아요? 내가 조은희 씨를 보고 성욕을 느끼지 않는다면 정상이 아닐 겁니다. 조은희 씨도 이해하실 거고.”

“…….”

“그러니까 미현이를 데려옵시다. 그럼 미현이도 좋고, 조은희 씨도 좋고, 나한테도 불미스러운 일이 일어날 가능성이 적어질 테니까 좋은 일이지요.”

거침없이 말을 끝냈지만 서동수의 가슴이 일단 개운하지 않고 허전하다. 가능성을 미리 잘랐다는 느낌 때문이다. 그러나 그것이 곧 오히려 가능성을 일깨워 주었다는 메시지 역할도 될 것이다. 양다리를 걸친 발언이다. 그때 조은희가 머리를 들었다. 예상대로 이제는 얼굴 전체가 붉게 달아올라 있다.

“고맙습니다.”

조은희가 가능성을 미리 자른 서동수의 처사에 대한 인사를 했다.

“제가 그럼 데려올게요. 대신 미현이 숙식비로 가정부 급료는 적게 받을게요.”

이건 생각해보지도 않은 계산이다.

일요일이어서 아파트 주변은 주민이 많다. 아이를 데리고 나온 부부들이어서 떠들썩한 소음이 덮여 있다. 오전 11시 반, 서동수는 칭다오 바닷가 쪽 캐슬 아파트 안에 서 있다. 이곳이 아성의 마담 장연지가 사는 곳이다. 오늘 오후에 장연지하고 집에서 만나기로 했지만 이제는 안 된다. 왜냐하면 조은희가 오후에 딸을 데리고 집으로 이사를 올 예정이기 때문이다. 집까지 여자를 끌어들이지 않으려고 조은희한테 딸을 데려 오라고 했지만 이렇게 나와 보니 불편하다. 하나 어쩌랴? 앞으로 감수해야 할 것이다. 이제는 중심을 잡아야 한다. C동 옆쪽으로 다가가던 서동수가 문득 걸음을 멈추고는 주머니에서 핸드폰을 꺼내 들었다. 개도 한번 두들겨 맞은 사람은 기억해내는 것이다.

핸드폰의 버튼을 누르면서 힐끗 302호를 올려다본 서동수가 정지 버튼을 눌렀다. 302호 베란다에서 웬 놈이 담배를 피우고 있었기 때문이다. 건장한 체격의 사내다. 짧은 머리에 러닝셔츠 차림이었는데 배가 나왔다. 40대쯤 되었을까? 사내가 힐끗 서동수를 내려다보더니 구름 같은 담배 연기를 내뿜었다. 302호는 바로 장연지의 아파트다. 정은지의 오피스텔에서도 이런 경우가 두 번이나 있었지만 사내놈과 시선까지 마주친 것은 처음이다. 다행히 놈은 서동수를 모른다. 심호흡을 한 서동수가 그냥 사내의 밑을 지나 아파트 옆으로 꺾어지고 나서 길게 숨을 뱉는다. 걸음을 멈춘 서동수가 주머니에 넣었던 핸드폰을 다시 꺼냈다. 버튼을 누르자 신호음 세 번이 울리더니 곧 장연지가 받는다.

"응, 자기야?"

거침없이 밝고 큰 장연지의 목소리에 서동수는 심장이 떨어지는 것 같은 충격을 받았다. 옆에 놈이 있는데도 그렇게 말하다니, 순간 밝아졌던 서동수의 가슴이 곧 무거워졌다. 놈은 한국말을 알아듣지 못하는 것이다. 장연지가 밝게 말한다.

"자기야, 내가 한 시쯤 갈게. 기다려."

"아니, 나, 밖에 나와 있는데."

서동수가 차분하게 말을 잇는다.

"오후에 가정부가 딸을 데리고 온다고 해서 말야."

장연지는 서동수가 가정부를 둔 것도 안다. 토요일 오후에 집에 갔다가 월요일에 돌아온다는 것도 다 말해주었다. 서동수가 아파트의 벽에 등을 붙이고 말했다.

"그래서 내가 네 집에 가야겠는데, 언제쯤 좋을까?"

"가만, 나도 지금 밖에 있거든?"

"어딘데?"

"목욕탕이야."

그때 옆에서 사내 목소리가 들렸다. 중국어다. 그놈, 담배 피우던 놈.

"누구야?"

이제 그쯤은 서동수도 알아듣는다. 그러자 장연지가 사내에게 말했다.

"아성 조선족 보이야."

그것도 중국어였지만 서동수는 알아들었다. 졸지에 아성 웨이터가 된 서동수는 잠자코 기다렸고 다시 장연지가 나긋나긋한 한국어로 말했다.

"자기야, 오후 2시쯤 와. 그때까지 집에 돌아갈 테니까."

"알았어. 그런데,"

심호흡을 한 서동수도 물었다.

"옆에서 남자 목소리가 들렸는데 누구야?"

"응, 목욕탕 보이야."

"알았어."

저절로 얼굴에 웃음이 떠오른 서동수가 밝은 목소리로 말했다.

"그럼 이따 봐."

핸드폰을 주머니에 넣은 서동수가 다시 발을 떼면서 혼잣소리를 했다.

"목욕탕 보이보다는 낫다."

'다시 집에 들어갔다가 나와야겠다.'

아파트 문이 닫혔을 때 장연지가 서동수의 목을 두 팔로 감고 매달리듯 안겼다. 그러고는 입술을 내밀고 눈을 감는다. 서동수는 장연지의 허리를 당겨 안았다. 머리를 숙이자 곧 입술이 닿으면서 장연지의 입이 열렸다.

"아응."

낮게 가르릉대는 탄성과 함께 덥고, 말랑말랑하며 탄력 있게 꿈틀거리는 혀가 입 안으로 들어왔다. 서동수는 장연지를 안고 응접실 소파에 함께 쓰러지듯 앉는다.

"지금 해?"

장연지가 몸 안에서 몸부림을 치듯이 꿈틀거리면서 묻는다. 은빛 실크 가운은 흐트러져서 팬티만 걸친 알몸이 다 드러나 있다.

"좀 쉬었다가."

소파에 등을 붙이면서 서동수가 말하자 장연지가 순순히 몸을 떼었다.

"응, 그래, 천천히."

장연지가 서동수의 저고리를 벗기면서 말을 잇는다.

"오늘 가정부가 딸 데려온다고 했어? 무슨 일인데?"

"앞으로 같이 살 거야."

잠깐 움직임을 멈췄던 장연지가 이제는 서동수의 바지 혁대를 풀면서 다시 묻는다.

"하긴 떨어져 산다니까 안됐다고 생각했어. 그러면 나 앞으로 집에 못 가겠네?"

"내가 여기 오면 되지 뭐."

"하긴 그래."

"왜? 불편한 일 있니?"

"오빤 무슨 말을."

눈을 흘긴 장연지가 이제 팬티만 입은 서동수의 물건을 가볍게 눌렀다가 떼었다. 방으로 들어간 장연지가 파자마 바지를 가져왔으므로 서동수는 숨을 들이켰다. 담배 피우던 놈이 입던 파자마다. 파란색 바탕에 흰 무늬가 있는 파자마.

장연지가 서동수 발밑에 한쪽 무릎을 꿇고 앉더니 파자마 바지에 발을 넣는다. 서동수는 장연지의 머리와 단단하게 솟아난 젖가슴을 내려다보면서 소리 죽여 숨을 뱉었다.

"요즘 일 잘되는 거냐?"

저도 모르게 그렇게 말이 나왔다. 머리를 든 장연지가 일어서며 대답한다.

"별로야, 조그만 카페라도 할까봐."

"이젠 카페가 대세인가?"

서동수가 가운 밑의 알몸을 당겨 안으면서 물었다.

"응, 요즘은 대형 룸살롱 인기가 식어 가고 있어."

다시 서동수의 무릎 위에 앉은 장연지가 빈틈없이 안겼다. 입술이 부딪치면서 이제는 서로의 혀가 엉켜 붙는다. 곧 집 안은 거친 숨소리와 탄성으로 덮여졌다. 서동수가 벗겨내던 장연지의 가운을 찢어버렸다.

거칠게 벗겼기 때문이다. 장연지의 움직임도 거칠어졌다. 소파 위에서 바닥으로 굴러떨어진 두 몸이 탁자를 옆으로 밀치고는 양탄자 위에서 자세를 잡는다.

"앗!"

장연지의 비명 같은 외침이 집 안을 울렸다. 오늘은 거칠다. 마치 폭풍이 휘몰아치는 것 같다. 나뭇가지가 부러지고 지붕의 슬레이트가 날아간다.

"아앗!"

이제는 마당에 세워둔 사과상자가 날아간다. 사과가 사방으로 흩어지면서 마치 폭탄처럼 집 안으로 쏟아졌다.

"아아악!"

장연지가 비명을 지르는 바람에 서동수가 폭풍 속에서 정신을 차렸다. 어느덧 자신의 몸은 땀으로 흠뻑 젖었고, 빈틈없이 엉켜진 장연지가 울부짖었다. 장연지의 반응은 격렬했다. 오늘은 서동수가 전혀 다르게 느껴졌기 때문인 것 같다.

전 선생의 전화가 왔을 때는 오전 11시쯤 되었다. 서동수는 총무과장 자리에서 전화를 받는다.

"아이구, 오랜만입니다."

전 선생과는 영어로 대화를 한다. 서동수가 반갑게 인사를 하자 전 선생이 차분한 목소리로 말했다.

"어젯밤에 홍경일을 체포했습니다."

놀란 서동수가 숨을 죽였고 전 선생의 말이 이어졌다.

"한국 정부의 협조 요청서가 배포된 후여서 내가 공을 세웠습니다."

"잘 되셨네요."

홍경일이 칭다오에 있다는 것은 피해자 측에 말해주지 않은 것이다. 고향인 길림성에서 횡행하고 있는 것 같다고만 했다. 그래야 전 선생의 공이 돋보일 것이었다. 그때 전 선생이 생각난 듯 말했다.

"홍경일은 그 후로도 여러 가지 범죄행위를 했습니다. 외화 밀반출, 탈세, 횡령 등 자백한 것만 네 가지가 됩니다."

"수고하셨습니다."

통화를 끝낸 서동수가 자리에서 일어섰다. 윤명기는 공장장실에서 생산부장과 회의 중이었는데 비서를 통해 연락을 했더니 바로 불러들였다. 방으로 들어선 서동수에게 윤명기가 묻는다.

"무슨 일이야?"

그러자 서동수는 생산부장이 앉아 있었지만 바로 대답했다.

"어젯밤에 홍경일 씨가 공안에 체포되었습니다."

"으음."

신음 같은 탄성을 뱉은 윤명기가 힐끗 생산부장에게 시선을 주더니 머리를 끄덕였다. 계속하라는 표시다.

"공안은 홍경일로부터 외화 밀반출, 탈세, 횡령 등의 추가 범죄 사실에 대한 자백도 받았다고 합니다."

"으음."

"저희들로서는 홍경일 씨의 구속에 의한 피해가 거의 없습니다. 그리고 나머지 공사는 타업체에 맡기면 됩니다."

그러자 윤명기가 웃음 띤 얼굴로 머리를 끄덕였다.

“수고했어.”

서동수가 몸을 돌렸을 때 뒤에서 생산부장의 목소리가 들렸다.

“홍경일 씨라면 동북건설 사장이 아닙니까?”

문을 닫아서 윤명기의 대답 소리는 들리지 않는다. 총무과로 돌아온 서동수가 회의실로 이인섭과 화란을 불렀다. 셋이 둘러앉았을 때 서동수가 둘을 번갈아 보면서 말했다. 물론 영어다.

“홍경일이 어젯밤 공안에 체포되었어.”

놀란 화란은 숨까지 멈췄고 이인섭도 눈을 치켜떴다. 서동수가 말을 잇는다.

“죄목이 여러 개고 자백까지 했다니까 이제 동북건설은 끝난 거야.”

“그, 그렇다면…….”

더듬거리던 이인섭의 말을 서동수가 잘랐다.

“지금까지 보류시킨 지난달 공사비로 동북건설과 결산처리를 하면 될 거야.”

“그럼 손해 볼 것 없습니다.”

화란 대신 이인섭이 대답했다. 이제 화란은 눈동자만 굴리고 있다. 서동수가 머리를 돌려 이인섭을 보았다.

“지난번 화란 씨가 홍경일한테서 받은 3만 위안을 보관하고 있지?”

“예, 과장님.”

“이젠 돌려줄 수도 없게 되었으니까 그거 화란 씨한테 줘.”

“예, 과장님.”

그때 화란의 얼굴이 빨갛게 달아올랐지만 서동수가 말을 잇는다.

“안 받는다면 쓰레기통에 내버리거나 불에 태워도 돼. 이 대리가 가져도 되고."

그러고는 서동수가 자리에서 일어나며 말했다.

"임자 없는 돈이니까 먹는 놈이 임자다."

식탁에는 넷이 둘러앉았는데 상석이 화석영, 할아버지다. 올해로 92세지만 정정하다. 다만 귀에 보청기를 끼고 있을 뿐이다. 그다음이 화준보, 아버지다. 올해 58세, 칭다오의 동성의료원 행정주임, 그리고 어머니 양주는 53세로 역시 동성의료원 간호주임, 안쪽 자리에 화란이 앉았으니 이 네 식구가 3대(代)다. 오늘은 화란이 일찍 퇴근해서 모처럼 3대가 같이 식사를 한다. 집은 칭다오 교외의 80평형 아파트, 부부와 화란이 수입이 있는데다 할아버지 화석영은 모 주석과 함께 대장정을 한 군(軍) 원로다. 비록 장군은 못되었지만 유공자여서 연금이 나오는 것이다. 넷이 식사를 거의 마쳤을 때다. 화란이 갑자기 돼지고기 그릇 옆에다 만 위안 권 뭉치 세 개를 놓았으므로 모두의 시선이 모여졌다.

"뭐냐?"

어머니가 먼저 물었다. 아버지는 잠자코 시선을 든 채 물을 삼켰고 할아버지는 장개석 군(軍)을 본 것처럼 눈을 가늘게 뜨고 노려보았다.

"이거, 과장한테서 받았어요."

화란이 돈을 흘겨보며 말했다.

"과장이 왜?"

또 어머니. 그래서 화란이 자초지종을 설명한다. 맨 마지막으로 과장이 임자 없는 돈이니까 먹는 게 임자라는 말을 했다는 것으로 이야기를 끝냈을 때 식탁 주위로 잠깐 정적이 덮였다. 그러나 모두의 시선은 돈뭉치에 박혀 있다. 그때 먼저 정적을 깨뜨린 사람은 집안 어른인 할아버지다.

"나쁜 놈이군."

할아버지가 말하자 착한 아버지가 금방 맞장구를 쳤다.

"맞습니다. 과장 그놈, 질이 좋지 않은 놈입니다. 이놈이 화란이를 감염시키고 있습니다. 이 돈은……."

"아니"

하고 할아버지가 손을 들어 아버지의 말을 막았다.

"그, 홍 아무개라는 건설업자 말이다."

"아아, 예."

"나쁜 놈이다."

"맞습니다, 중국인 얼굴에 똥칠을 한 놈이……."

"아니죠."

이번에는 어머니가 아버지 말을 막았다.

"홍 아무개는 조선족이라지 않아요? 중국인이 아니라구요."

"아니, 왜 아냐? 조선족도 중국인이야. 무슨 소리를 하고 있어? 그 사람들이 들으면 싸우려고……."

"가만."

다시 할아버지가 손을 들어 말을 막고는 화란에게 묻는다.

"과장은 한 푼도 안 먹고 다 너를 준 것이란 말이냐?"

"네. 할아버지."

"그놈은 홍 아무개한테서 직접 받은 것도 없고?"

"없어요. 할아버지."

"그리고 저 돈을 다 네가 가지라고 했단 말이지?"

"네. 하지만……."
"기분이 언짢냐?"
"네. 할아버지."
"왜?"
"저를, 아니, 중국인을 우습게 보는 것 같아서요."
"그건 아닌 것 같다"
하고 할아버지가 말했을 때 어머니가 거들었다.
"맞습니다. 아버님. 아닌 것 같네요."
"그럼 뭣이란 말이냐?"
할아버지가 묻자 어머니는 당황했다.
"그냥 아닌 것 같습니다."
화란은 심호흡을 했다. 괜히 말을 꺼냈다.

집에 돌아왔을 때는 오후 9시쯤 되었다. 오늘도 거래처와 저녁을 먹고 반주로 마신 소주가 한 병쯤 되었다.
"식사하셨어요?"
문을 열어준 조은희가 묻는다. 저녁은 밖에서 먹고 오겠다고 했는데도 집에만 오면 꼭 이렇게 묻는다.
"아, 먹었어요."
건성으로 대답한 서동수는 방에서 나오는 백미현을 본다.
"다녀오셨어요?"
두 손을 앞으로 모은 미현이 머리를 숙여 인사를 한다. 항상 이렇다.
"어, 그래."

손까지 들어 보인 서동수는 저절로 숨을 들이켰다. 바로 이것이 가정이란 것이다. 이제는 혼자 안방으로 들어선 서동수가 저고리를 벗으면서 진짜 마누라라면 안방까지 따라올 것이라는 생각을 한다. 바지 주머니에 아파트 열쇠가 있으면서도 벨을 누르는 것은 왔다는 신호를 보내 안에서 준비를 하라는 의도가 아니다. 와이프가 문을 열어주는 풍경이 보고 싶었기 때문이다. 서울에서 박서현과 살 때 그런 경험을 한 적이 없다. 성격 탓도 있겠지만 밤늦게 오는 경우가 많았고 또 오피스텔 같은 경우는 불쑥 따고 들어갔다가 벌거벗고 엉킨 연놈을 만날까 봐서 벨도 못 누르고 전화질부터 했다.

옷을 갈아입고 거실 소파로 나와 앉았더니 주방에 있던 조은희가 꿀물을 타서 앞에 놓는다. 꿀물잔을 든 서동수가 조은희에게 앞쪽을 가리키며 말했다.

"거기 앉으세요."

조은희가 다소곳이 앞쪽에 앉는다. 오늘은 원피스 차림이어서 미끈한 무릎과 맨다리가 드러났다. 몸매가 날씬하다. 입안에 고인 침을 삼킨 서동수가 입을 열었다.

"저기, 문간방 말이에요."

조은희는 정색하고 듣는다. 아파트의 방은 4개다. 안쪽에 방이 좌우로 있고 현관 쪽에 두 개, 그쪽 손님방을 조은희 모녀가 썼고 문간방은 비워둔 상태다. 서동수가 말을 잇는다.

"그 방을 미현이 공부방으로 하십시다. 내일 조 여사가 책상과 침대, 이불 같은 걸 사다 놓으세요."

서동수가 주머니에서 고무줄로 묶은 돈뭉치를 꺼내 탁자 위에 놓았다.

"만 위안인데 그걸로 사 보세요."

"아니, 전……."

겨우 입을 연 조은희가 양쪽 뺨을 손바닥으로 감싼 것이 꼭 금방 양쪽 귀뺨을 맞은 것 같다. 흰 손등 사이로 보인 얼굴이 온통 빨갛다.

"내가 요즘 해장국을 잘 먹어서 그런지 체중이 늘었어요."

트림하는 시늉을 하면서 서동수가 자리에서 일어섰을 때 따라 일어선 조은희가 머리를 숙였다.

"고맙습니다."

서동수는 몸을 돌렸기 때문에 조은희의 표정은 못 보았다. 1주일밖에 안 되었지만 집안은 마치 리모델링을 한 것처럼 분위기가 바뀌었다. 전에는 호텔방 같던 것이 지금은 진짜 가정집 같다. 집에서 아침밥 한 끼 먹는 것만으로도 몸에 살이 찌는 기분이 드는 것이다. 방으로 들어서는 서동수의 등에 대고 조은희가 말했다.

"조금 있다 방에 꿀물 주전자 갖다 놓을게요."

"어."

하고 머리도 돌리지 않은 채 대답했지만 서동수는 조은희의 조심성 있는 처신에 또 감탄한다. 꿀물을 갖다 놓으려고 들어갈 테니까 오해하지 말라는 것이다. 불쑥 들어서면 오해했다가 실망할 경우에 대비해서 저런다. 방으로 들어선 서동수는 문득 방이 너무 넓다고 느껴졌다.

아침 6시가 되었을 때 서동수는 눈을 떴다. 이제는 저절로 이 시간에 눈이 떠진다. 얼굴만 건성으로 씻고 응접실로 나왔더니 조은희가 소파에 앉아 기다리고 있다. 탁자에는 중국어 교재가 놓여 있고 김이 오르는 커피잔까지 보이므로 서동수의 얼굴에 웃음이 떠올랐다.

"내가 호강하면서 공부를 하는구먼."

앞쪽에 앉은 서동수가 중국어로 말하자 조은희도 따라 웃는다.

"공부는 억지로 시키면 안 되더군요. 미현이 가르치면서 깨달았어요."

"미현이나 나나 좋은 선생을 만났군."

한 모금 커피를 삼킨 서동수가 교재를 폈다. 중국어는 한자에 대한 지식이 있으면 배우는 데 약간의 이점은 있다. 그러나 서동수는 아예 처음부터 시작했다. 한 번 몰두하면 한눈을 팔지 않는 서동수다. 매일 한 시간씩 공부하기로 했지만 시간만 나면 예습을 했고 선생이 바로 옆에 있는 터라 말도 안 되는 중국어로 이야기를 해 쌓는 통에 조은희와 백미현이 항상 깔깔대고 웃었다. 며칠 전부터 집 안에서는 중국어로만 대화를 하기로 했기 때문에 서동수는 손짓 발짓까지 섞어야 했다. 공부를 마쳤을 때는 오전 7시가 조금 넘었다. 서동수가 리모컨으로 TV를 켰을 때 미현이 방에서 나와 중국어로 인사를 한다.

"안녕히 주무셨어요?"

"응, 잘 잤니?"

"네, 아저씨."

조은희는 아침을 준비하느라고 주방에서 뒷모습을 보이고 서 있다. 두 모녀와 함께 생활한 지도 한 달이 되어 간다. 이제는 서로 익숙해져서 어색하지가 않다. 등교 준비를 하느라고 미현이 서둘고 있다. 미현은 서동수보다 30분쯤 빨리 나가야 한다. 그래서 아침밥도 먼저 먹을 때가 많다.

"난 오늘은 우유 한 잔만."

TV를 보면서 서동수가 말했다.

"미현이만 아침 든든히 먹여서 보내요."

"괜찮겠어요?"

조은희가 묻더니 몸을 이쪽으로 돌렸다.

"해장국 끓이려고 하는데."

물론 둘은 중국어로 말하고 있다.

"아니, 오늘은 우유만 먹을래."

"서 선생님 중국어 실력 늘었어요."

웃음 띤 얼굴로 조은희가 말하자 식탁에 앉으면서 백미현이 거들었다.

"그래요. 지금은 잘 하세요."

"정말이라면 두 분 선생 덕분이지."

다시 TV로 시선을 돌린 서동수가 길게 숨을 뱉는다. 이제는 알 만큼은 알 나이가 되었다. 서울에서 오피스텔을 얻어주었던 정은지에 이어서 이곳의 장연지에 이르기까지 계속 쉼표(,)만 찍고 온 덕분으로 상처를 받지 않았다. 쉼표란 그냥 쉬고 간다는 의미가 되겠다. 다 쏟아 붓지 않고 또한 다 바라지 않는다. 너한테는 쉬고 떠날 뿐이다. 그렇게 해야 피차 손해가 적은 것이다. 그렇다. 상처가 곧 손해다. 서동수의 시선이 다시 힐끗 조은희의 뒷모습을 스치고 지나갔다. 날씬하면서도 엉덩이가 그야말로 육감적, 나이가 마흔하나이니 서동수보다 일곱 살 연상이지만 그것은 전혀 부담이 되지 않는다. 오늘밤이라도 당장 조은희를 방으로 부르면 틀림없이 올 것이다. 그 동안 조은희와 수백 번 마주친 눈빛이 그것을 보증해주고 있다. TV에 시선을 둔 채로 서동수는 조은희의 풍만한 알몸을 떠올린다. 그리고 조은희의 꿈틀거리는 몸, 딱 벌린 입과 초점을 잃은 눈, 터져나오는 신음을 상상했다. 내가 초인이냐? 서동수가 제 자신에게 물었다. 내가 도닦냐? 위선 부리지 말고, 참을 이유도 없다. 당장에 시작해, 저쪽도 기다리고 있어.

그러나 서동수는 우유만 마시고 출근했다. 공장에서 근무한 지 벌써 3개월이 지났다는 것을 출근하면서 깨달았다.

"과장님, 드릴 말씀이 있습니다."

서동수가 자리에 앉은 지 얼마 되지 않았을 때 화란이 다가와 말했다. 화란은 지금도 영어를 쓴다. 영어를 모르는 현지인 사원을 대할 때는 옆에 통역이 있어 줘야 한다. 서동수의 시선을 받은 화란이 말을 잇는다.

"회의실에 가 있겠습니다."

그러고는 몸을 돌렸으므로 서동수는 화란의 뒷모습을 보았다. 위로 솟은 단단한 엉덩이가 걸음에 따라 흔들리고 있다. 저 엉덩이는 쉼표도 아니고 마침표는 더욱 아니다. 자리에서 일어선 서동수가 회의실로 따라 들어선다. 옆쪽에서 이인섭의 시선이 느껴졌지만 부담이 되지는 않는다. 서동수가 테이블 건너편에 앉았을 때 화란이 조금 굳어진 얼굴로 물었다.

"저기, 과장님, 내일 시간 있으세요?"

"무슨 시간?"

서동수가 영어로 물었더니 화란의 눈동자가 흔들렸다.

"퇴근 후에요."

"공적인 일인가?"

"아닙니다. 사적인 일인데요."

이제는 화란이 똑바로 서동수를 보았다.

"같이 저녁 식사나 했으면 좋겠습니다. 물론 과장님하고 저하고 둘이서요."

"그것도 사적으로 말이지?"

"그렇습니다."

"화란 씨는 지금 그 말이 무엇을 의미하는지 알고 있지?"

"압니다."

여기까지 둘의 문답은 거침없이 진행되었다. 화란이 재깍재깍 대답했기 때문이다. 이제는 서동수가 말문이 막혔다. 화란에게 3만 위안을 준 것이 한 달 전이다.

한국식으로 계산하면 그 돈은 다 똥이 되어서 버려진 지 오래다. 어깨를 부풀렸다가 내리면서 서동수가 과장되게 심호흡을 했다.

"좋아, 그럼 만나기로 하지. 시간과 장소를 정해."

"네, 감사합니다. 과장님."

"감사하다니 그게 무슨 말야?"

이맛살을 찌푸린 서동수가 지그시 화란을 보았다.

"화란 씨는 한국 스타일을 잘 알고 있겠지만 내가 다시 설명을 하지."

이제 화란은 시선만 주었고 서동수가 말을 잇는다.

"이렇게 정식으로 사적 만남이 성사되었을 때 그날 밤 둘이 호텔에 가는 것이 한국에서 전통이 된 지 오래되었어."

"……."

"6·25 알지? 한국전쟁, 그, 중국군도 북한군 도우려고 무더기로 한반도에 투입된 전쟁 말야."

화란의 눈이 조금 커졌고 서동수의 목소리에 열기가 더해졌다.

"북한이 남침한 전쟁인데 그 전쟁 이후로 생긴 전통이야. 정식으로 만나면 그날 밤 호텔에 가는 것이 말이야. 전쟁으로 수백만이 죽었기 때문에 2세를 생산하려고 그런 전통이 생겼던 것 같다."

"저, 그럼."

그때 화란이 정색한 채로 자리에서 일어섰으므로 서동수가 입을 다물었다. 화란이 머리를 숙였다 들면서 말했다.

"내일 시간과 장소를 말씀드리겠습니다."

이제는 서동수가 머리만 끄덕였고 화란은 방을 나갔다. 그러자 의자에 등을 붙인 서동수가 손끝으로 테이블을 두드렸다. 손톱이 테이블에 닿는 소리가 회의실을 울리고 있다. 지난번에 준 3만 위안 때문인 것 같다. 아직 소화를 시키지 못한 모양이다. 그래서 짜증이 난 김에 호텔 이야기를 늘어놓았지만 눈치를 보니 속으로 콧방귀를 뀌고 있는 것이 분명했다.

"그 돈 문제는 아닐 겁니다."

서동수의 이야기를 들은 이인섭이 말했다. 오후 12시 반, 둘은 청양 시내의 한식당에서 낚지볶음 정식으로 점심을 먹는다. 중국의 한식당은 한국의 식당보다 더 맛있는 곳이 많다. 사람이 많아 소란스러웠으므로 이인섭이 목소리를 높여 말을 이었다.

"제가 화란한테 들은 이야기도 있거든요. 아마 다른 일 때문인 것 같습니다."

"그럼 무슨 일인 것 같나?"

물잔을 들면서 서동수가 물었다. 이인섭은 이제 심복이다. 그러나 전자팀에서처럼 다 오픈시키지는 않았다. 코를 펠 만큼만 오픈시켰다. 머리를 기울였던 이인섭이 서동수를 보았다.

"화란은 영리하고 이해심도 많은 성품이지만 과장님에 대한 감정은 별로 좋지 않은 것 같습니다."

"그거야 당연하지."

정색한 서동수가 말을 잇는다.

"내가 존경받을 인물이냐? 리베이트 먹고 잘린 놈이다."

"하지만 배울 점이 많습니다."

"넌 존경한다고 하려는 것 같은데, 그만둬."

"화란한테 결혼하라고 가족이 압력을 넣는다는 말을 들었습니다."

서동수는 이제 입을 다물었고 이인섭의 말이 이어졌다.

"베이징에서 큰 사업체를 가진 사람이라는데요. 저도 제 와이프한테서 들었습니다. 와이프하고 화란이 가끔 통화를 하거든요."

"그럼 그놈 때문에 나하고 만나는 거야?"

"결혼하면 회사를 그만둬야 하니까요."

"그건 회사에서 이야기할 수도 있어."

"그 일로 상의할 수도 있지요."

"상의는 무슨."

입맛을 다신 서동수가 의자에 등을 붙였다. 물론 이인섭에게 한국식 사적 만남의 전통 따위에 대해서 말했다고는 하지 않았다. 20여 년 전만 해도 외국에 나가는 상사원에게 너희들은 '국가의 얼굴' 또는 '대표'라면서 일거수일투족을 주의해야 된다고 교육을 시켰다. 지금도 입장이야 같지만 한 해에 수백 만 명이 해외를 들락거리는 상황이 되다 보니

국경이 없어진 느낌도 든다. 그러나 이곳이 외국이라는 현실을 서동수는 다시 한 번 느낀다. 그때 이인섭이 말했다.

"화란 할아버지는 90세가 넘었는데 군 원로입니다. 아직도 정정하시지요."

"들은 것 같다."

"그 할아버지가 과장님이 주신 돈을 고향의 학교 증축 자금으로 기부하셨다고 합니다."

"무엇이?"

놀란 서동수가 눈을 둥그렇게 떴다. 그럼 그 돈을 놓고 가족회의를 했단 말인가? 서동수의 눈앞에 수만 명의 대의원이 모여 있고, 후진타오, 시진핑이 둘러앉은 테이블이 떠올랐다. 테이블 위에는 3만 위안이 놓여 있다. 그때 이인섭이 말을 잇는다.

"할아버지가 그러셨답니다. 통이 큰 놈이라고. 중국 발전을 위해서는 그런 놈이 필요하다고 하셨다는군요."

"뭐라고? 놈?"

"죄송합니다."

인섭이 손으로 뒤통수를 만졌다. 그러나 얼굴은 멀쩡하다. 웃지도 않는다.

"화란이 말한 대로 전해드리다 보니까 그렇게 되었습니다."

"화란이 나더러 놈이라고 했단 말이지?"

"할아버님이 하신 말을 그대로 전한 것이지요."

그때 손목시계를 본 서동수가 자리에서 일어섰다. 1시가 되어가고 있다.

"시간 다 되었다. 가라."

근처에서 동북건설을 대신해서 공사를 맡을 건설회사 사장을 만나기로 한 것이다.

성화공사(成化公社) 사장 동관은 50대쯤의 건장한 체격으로 배가 나왔다. 서동수가 중국 생활을 하면서 느낀 점은 남자들이 배가 나와도 전혀 개의치 않는다는 점이다. 오히려 내밀고 다니는 것 같다.

가끔 그림이나 조각상으로 본 배가 나온 승려의 호탕한 모습도 그럴 듯했기 때문에 이곳에서는 '배 문화'가 다른 것 같다고 이해를 했다. 하긴 르네상스 시대의 그림을 보면 풍만한 여자가 대세다. 그때는 여자의 배에 최소한 삼겹살은 붙어야 미인 취급을 받았다는 것이다.

"말씀 많이 들었습니다."

인사를 마치고 호텔 커피숍에 마주 앉았을 때 동관이 말했다. 물론 중국어였고 서동수는 이제 다 알아들었지만 모른 척한다. 동관이 영어를 못하기 때문에 이인섭이 통역을 한다.

"제 소문이 나쁘게 난 모양이지요?"

하고 서동수가 물었더니 이인섭이 통역했다.

"저에 대해서 들으셨습니까?"

서동수는 숨을 들이켰다. 다른 분위기로 통역이 된 것이다. 조은희 덕분에 귀가 뚫린 것을 이인섭이 모르고 있다. 그때 동관이 대답하는 것을 서동수가 직접 들었다.

"동양공장을 들락거리는 업자들이 수십 명이거든요. 그들한테서 들었는데 영향력이 가장 강한 총무과장이 오셨다고 했습니다."

그러자 이인섭이 통역한다.

"지나는 소문을 들었을 뿐입니다. 업자들, 그리고 공원들한테서요. 총무과장님 평이 좋았습니다. 그래서 만나 뵙게 되어서 영광입니다."

서동수는 등에 찬 기운이 스치고 지나는 것을 느낀다. 이인섭에 대한 분노 때문이 아니다. 현지인과 상대할 때 통역을 잘못 쓰면 엄청난 결과를 초래할 수도 있겠다는 것을 실감했기 때문이다. 그래서 현지어는 꼭 익혀야 한다. 그러나 서동수는 내색하지 않고 머리를 끄덕였다.

"그럼 등록서류를 주시지요."

그 말은 이인섭이 그대로 통역했고 동관이 가방에서 서류봉투를 꺼내 내밀었다. 봉투를 받은 서동수가 이인섭에게 건네주고는 똑바로 동관을 보았다. 넓은 얼굴에 콧날도 두툼했고 온화한 인상이다.

"동북건설의 가격으로 나머지 공사를 받으시면 어떻게 하시겠습니까?"

이인섭이 이번에도 그대로 통역했다. 어긋나면 감당이 안 될 부분인 것이다. 동관은 이미 동북건설의 단가를 안다. 현재 동북건설을 대신하려는 건설업체가 모두 6곳, 4곳은 서류심사에서 탈락시켰고 나머지 두 곳 중에서 성화공사를 처음 만나는 것이다. 그때 동관이 말했다.

"그럼 까놓고 말씀드려서 월 20만 위안을 드리지요. 예, 영수증도 필요 없습니다. 매월 공사대금이 입금되는 즉시로 현금으로 드리겠습니다."

중국어를 알아듣게 된 서동수가 중요한 내용은 다 머릿속에 입력시켰다. 그때 이인섭이 한국어로 통역했다.

"솔직히 말씀드리면 단가가 좋은 편이 아닙니다. 하지만 월 15만 위안을 드리겠습니다. 영수증도 필요 없고 공사대금이 입금되는 즉시로 말입니다."

그렇다면 월 5만 위안은? 서동수는 가슴속에서 웃음이 북받쳐 오르는 느낌을 생전처음 경험했다. 그러나 웃음은 목구멍 끝에서 사그라졌고 서동수의 표정은 담담했다.

"그건 좀 곤란한데."

서동수가 동관의 머리 뒤쪽을 바라보면서 한국어로 말했고 이인섭이 통역했다.

"사장님 좀 더 만드실 수 없습니까?"

"월 22만까지는, 그것이 최선입니다."

"월 18만까지는 만들 수 있다고 하는데요."

서동수는 심호흡을 했다. 내가 이인섭을 이렇게 만들었을까? 전에 이렇게 통 큰 사업을 했을 리가 없으니 원인은 나다.

5장
# 대륙

다음 날 저녁, 서동수가 칭다오 시내의 해산물식당 '청해'의 방으로 들어서자 기다리고 있던 화란이 일어섰다.

"음, 혼자 기다린 거야?"

하고 영어로 물었더니 화란이 가지런한 이를 드러내며 웃었다. 그 순간 서동수의 심장 박동이 빨라지면서 머리가 뜨거워졌고 목구멍이 갑자기 말라 위축되는 느낌을 받는다. 감동(感動) 또는 성적(性的) 충동을 느꼈을 때의 현상이다. 화란은 아름답다. 진홍색 원피스는 어깨와 허리, 그리고 엉덩이의 곡선을 그대로 드러냈고 미끈한 두 다리는 무릎 밑에서부터 맨살이다. 서동수가 자리에 앉았을 때 화란이 메뉴판을 건네주며 묻는다.

"과장님 입맛에 맞는 요리를 시킬까요?"

"그래 주면 좋지."

중국 요리는 다양하고 다채롭다. 그러나 모르면 아는 사람한테 맡기는 것이 낫다. 벨을 누른 화란이 들어온 종업원에게 중국어로 요리를 시키는 모습을 서동수는 홀린 듯한 표정으로 바라보고만 있다.

"이 사람은 한국인이니까 기름을 많이 넣지 않도록 부탁해요."

그렇게 화란이 중국어로 말하는 것을 서동수가 듣는다.

"돈은 내가 내는 것이니까 비싼 것만 내놓으면 곤란하죠."

정색하고 그렇게도 말했고,

"진짜 높은 분이니까 음식 건성으로 만들지 말라고요."

그와 비슷한 내용으로 주의를 주는 것도 들었다. 이윽고 주문을 끝낸 화란이 웃음 띤 얼굴로 서동수를 보았다.

"과장님, 긴장하고 계시죠?"

하고 화란이 물었으므로 서동수가 저도 모르게 입맛을 다셨다. 예상하지 못한 분위기다. 서동수가 머리를 끄덕였다.

"응, 예상 밖이야. 나는 약간 심각한 분위기를 예상하고 있었거든."

"할아버지가 전우(戰友)의 손자분을 소개시켜 주셨어요."

불쑥 화란이 말했을 때 서동수는 숨을 들이켰다. 이인섭한테 들은 이야기다. 자, 어떻게 전개될 것인가? 그러나 서동수는 시치미를 뚝 뗀 얼굴로 시선만 준다. 화란이 여전히 가벼운 표정으로 말을 이었다.

"베이징에서 큰 사업체를 갖고 있더군요. 물론 유력자인 아버지한테서 물려받은 사업체였죠."

"……."

"두 번째 만났을 때 분명하게 말했어요. 난 내 길을 가겠다. 당신하고는 맞지 않는 것 같다. 그것이 나흘 전이에요."

그러고는 화란이 물잔을 들었으므로 서동수가 입맛을 다셨다.

"그것이 나하고 사적으로 만나자는 이유란 말인가?"

"그건 내 일상을 말씀드린 것이고요. 실은 인사를 하는 게 도리인 것 같아서요."

"무슨 인사?"

"거금 3만 위안을 주신 인사."

"그건 진즉 끝난 일이야."

"저한테는 이렇게 고맙다는 인사를 차려야 끝나는 것이라고요."

"앞으로는 안 해도 돼."

그때 방으로 요리 접시를 든 종업원이 들어섰지만 서동수가 말을 잇는다.

"난 네가 이따위 인사치레, 일상 보고를 할 줄도 약간 예상은 했지만 내 식으로 주머니에 콘돔을 넣고 왔다는 것을 기억해 두었으면 좋겠다."

콘돔 소리에 여종업원이 힐끗 시선을 들었다가 내렸다. 그러자 화란이 손바닥으로 입을 가리고는 소리 내어 웃었다. 얼굴이 조금 붉어졌고 반짝이던 두 눈이 가늘어졌다. 입을 막은 손가락이 미끈했다. 이윽고 손바닥 사이로 화란이 말했다.

"그래요, 난 과장님을 떠올리면서 그렇게 자신 있게 거절할 수가 있었다고요."

서동수는 잠자코 화란을 보았다. 이제 화란은 젓가락으로 요리를 깔짝거리고 있었는데 차분한 표정이다. 이것은 과연 어떤 의미인가? 중국식 프러포즈인가? 어쨌든 오해할 가능성이 많은 대사다. 이윽고 서동수가 말했다.

"그렇지. 화란도 잘 알다시피 난 부패한 직장인의 모델 같은 인간이지. 룸살롱에서 여자를 고르는 것이 유일한 취미기도 하고……."

화란이 머리를 들었으나 입을 열지는 않는다.

"따라서 날 떠올리면 남자에 대한 환멸이 일어날 거야. 그렇지?"

그렇게 물었을 때 화란이 "아닙니다" 하고 대답해야 정상적인 분위기가 될 것이었다.

그러나 화란은 소리 없이 웃기만 했고 종업원들이 다른 요리를 가져왔다. 해삼과 새우, 생선조림이 먹음직스럽게 보였다. 서동수는 젓가락을 들고 해삼을 집는다.

그때 화란이 물었다.

"산동실업 문제는 결정하셨어요?"

그 순간 서동수의 가슴이 철렁 내려앉는다. 이것 때문인가? 화란은 지금까지 산동실업에서 두 번 리베이트를 받아왔다. 합계 12만 위안. 아직 사용 용도를 결정하지 않아서 이인섭이 보관하고 있다. 서동수의 시선을 받은 화란이 말을 이었다.

"제 생각에는 그 돈을 시골의 학교 건물을 증축하고 보수하는 비용으로 전달한다면 회사 이미지는 물론 한국의 국격도 높아질 텐데요."

서동수는 숨을 죽였지만 표정은 변하지 않았다. 지금까지 거짓말을 많이 해온 터라 표정관리는 자신이 있다. 그러나 가슴이 세차게 뛰었다. 이것이다. 어제 이인섭이 말해주었다. 지난번 화란에게 준 3만 위안을 할아버지가 고향의 학교 증축 자금으로 던져주었다는 것이다. 그 학교에 다시 쏟아 부으려고 하는구나.

"화란이 한국의 국격까지 생각해줄 줄은 몰랐는데, 어쨌든 감동했다."

해삼을 입에 넣고 씹으면서 서동수가 화란을 향해 눈웃음을 쳤다. 속으로 욕지거리가 솟아올랐다. 망할 년, 여우 같은 년 같으니라고. 씹던 것을 삼킨 서동수가 말을 잇는다.

"좋아. 검토해보기로 하자. 그렇게 된다면 공장장한테도 보고를 해야 될 테니까 말야."

"지금까지 산동실업에서 리베이트를 받아먹은 인간들은 모두 처벌받은 셈이 되었으니까 명분이 섭니다. 그리고……"

화란이 생기 띤 눈으로 서동수를 보았다.

"그 인간들이 우리들의 리베이트 사용 건을 문제 삼을 수도 있습니다. 뻔히 알고 있으니까요."

과연 그렇다. 그래서 서동수는 선뜻 분배하지도 못하고 있었던 것이다. 뒤탈이 날 가능성이 많은 돈이다. 화란의 시선을 받은 서동수가 머리를 끄덕였다.

"참고하지. 그런데 어느 시골의 학교인지 정해놓은 곳이 있나?"

네 할아버지가 도와준 시골학교가 어디냐고 묻고 싶었지만 또 참는다. 그러자 화란이 대답했다.

"산둥성 내륙 깊숙한 오지예요. 결정만 되면 그쪽은 현령부터 반길 것입니다."

현령은 한국식으로 말하면 군수쯤 된다. 임명제지만 현령의 권한은 막중하다. 현의 면적이 커서 한국의 도(道)만 한 현도 많은 것이다.

"알았어. 요리나 먹자고."

다시 젓가락을 들면서 서동수가 말했다. 갑자기 뒤통수를 맞은 기분도 들었지만 시간이 지나자 화장실에서 나온 것처럼 개운해졌다. 주춤거리던 화란을 같은 편으로 끌어들인 것이나 마찬가지다. 리베이트를 어떻게 쓰든 간에 이제 화란은 당당하게 받아낼 것이다. 그것을 본인은 아직 모르고 있는 것 같다.

"그래? 좋은 생각이다."

서동수의 보고를 들은 윤명기가 눈을 가늘게 뜨고 말했다. 윤명기쯤 되는 위치면 결단이 느린 것이 정상이다. 위로 올라갈수록 결단에 걸리는 시간이 길어지는 것이다. 경솔하게 결정했다가는 회사 존립에 영향을 줄 수도 있기 때문이다. 그래서 서동수는 보고할 때 사건 내용은 짧게 요약한 반면 대책은 될 수 있는 한 여러 가지를 내놓았다. 그것도 짧게, 그래서 윤명기는 보고가 끝났을 때 바로 결정을 할 수가 있었다.

윤명기가 머리를 끄덕였다.

"그럼 화란한테 이야기하겠습니다."

"아니, 내가 먼저 본사에 보고를 하는 것이 순서다."

"알겠습니다."

"네 보고를 들으면서 본사에 있는 그대로 보고를 해야겠다는 결심이 섰다. 다 네 덕분이다."

당황한 서동수가 시선을 내렸다. 그러나 서동수의 행동이 계기가 된 것은 분명했다. 영리한 인간은 반면교사(反面敎師)가 되기 전부터 계시를 받는다. 타인의 긍정적인 부분에서도 새로운 아이디어를 얻어내는 것이다. 윤명기의 입장이 그렇다.

서동수의 생각에 새 아이디어를 추가시킨다. 이것이 시너지 효과이고 호흡이 맞는 상하관계다.

"이것을 계기로 현지공장의 위상을 업그레이드시켜야겠다. 그 전체적인 계획을 세우도록 하자."

윤명기가 손을 권총처럼 만들더니 서동수를 겨누었다.

"네가 실무를 맡아, 본사에 그렇게 보고할 테니까, 투자 및 홍보계획 말이다."

"알겠습니다."

"회장님도 분명 받아들이실 거야, 중국 공장을 세우신 분이 바로 회장님이셨거든."

자리에서 일어선 서동수가 두 눈을 번들거리는 윤명기를 향해 머리를 숙여 보이고는 방을 나온다. 절정에 올랐을 때 쑥 빼는 것이 중요하다. 오래 박고 있으면 양쪽 다 무안해진다. 사무실로 돌아온 서동수가 회의실로 이인섭과 화란을 불렀다. 둘이 앞쪽에 앉았을 때 서동수가 영어로 말했다.

"산동실업 리베이트는 중국 복지를 위해 투자하기로 공장장이 결정했어."

화란의 두 눈에 생기가 띠어졌지만 경솔하게 나대지는 않는다. 이인섭은 잠자코 시선만 주었고 서동수가 말을 이었다.

"공장장이 본사에 보고를 한다고 했으니까 우린 기다리면 돼."

"알겠습니다."

대답은 이인섭이 했다. 그러고는 이인섭이 화제를 돌린다. 지금 이인섭도 화란이 듣도록 영어로 말하고 있다.

"동북건설을 대체할 건설회사 말씀인데요, 성화건설에서 조금 전에 저한테 연락이 왔습니다."

"나머지 한 곳이 어디라고 했지?"

불쑥 서동수가 묻자 이인섭의 눈동자가 흔들렸다. 그쪽은 아직 연락도 안 한 것이다. 그리고 그쪽도 적극적이지 않은 것 같다. 연락이 오지도 않았다.

"예, 국제공사인데요."

이인섭이 노트를 펼치면서 말을 잇는다.

"연락을 해볼까요?"

"성화건설하고 경쟁을 시켜야지."

정색한 서동수가 말을 잇는다.

"그래야 정상 아닌가?"

애초부터 믿지는 않았다. 같은 실수를 두 번 되풀이하면 직장생활인 자격이 없다!

장연지의 전화가 왔을 때는 퇴근 무렵인 오후 5시 반이 넘었을 때다.

"오빠, 요즘 바빴어?"

코가 막힌 목소리로 장연지가 묻자 서동수의 얼굴에 저절로 웃음이 떠올랐다.

자신이 가게 종업원 취급을 받았을 때가 떠오른 것이다. 그것뿐이다. 돈 아깝다는 생각도 배신감도 들지 않는다. 준 만큼은 받았기 때문이다.

"아니 별로, 그나저나 오랜만이다."

하고 인사를 하였을 때 장연지가 말했다.

"나 오늘은 가게 안 나가고 쉬어. 오늘 바빠?"

그 순간 서동수의 눈앞에 장연지의 아파트 베란다에 서있던 사내의 모습이 떠올랐다.

"응, 오늘 약속이 있어."

"그럼 할 수 없지 뭐, 우리 집에서 한잔 마시려고 했는데."

"다음에 가지."

이제는 장연지의 집에 가지 못할 것 같다는 생각이 떠올랐다. 전화기를 내려놓은 서동수가 물끄러미 앞쪽을 보았다. 이인섭은 열심히 전화를 하는 중이었고 화란은 컴퓨터 자판을 두드리고 있다. 퇴근 무렵이어서 자다 깬 사람들처럼 활기가 일어나는 분위기였다. 서동수는 다시 전화기를 들고는 버튼을 눌렀다. 그러자 신호음이 세 번 울리더니 곧 응답소리가 울렸다.

"여보세요."

우명호다.

"나다. 오늘 좋은 건수 없냐?"

대뜸 서동수가 묻자 우명호는 큭큭 웃고 나서 대답했다.

"조 사장한테 만들어보라고 하지."

"그럼 몇 시에 볼까?"

"거추장스러우니까 아예 밥 먹고 8시에 블루에서."

그렇게 약속이 잡혀졌다. 그리고 8시에 둘은 '블루' 카페의 밀실에서 마주 앉아 있다. 우선 칭다오의 유명한 맥주로 입가심을 하면서 우명호가 말했다.

"조 사장이 특별 서비스를 한다고 했는데 뭔지 모르겠군."

"베이징에서 공수해오는 거냐?"

시큰둥한 표정으로 서동수가 물었을 때 문이 열리더니 조 사장과 두 여자가 들어섰다. 그 순간 서동수는 숨을 들이켰다. 시선이 여자들에게 박힌 채 떼어지지 않는다. 우명호도 마찬가지다. 몸을 굳힌 채 눈을 치켜뜬 표정이다. 여자들의 용모는 평범했다. 몸매도 보통이다. 차림새도 수수했다. 길가는 여자를 그냥 끌고 들어온 것 같다. 두 여자 모두 죄를 짓고 잡혀온 것처럼 시선을 내린 채 서 있었는데 서동수는 여자들을 본 순간부터 느끼고 있었다. 북한 여자다. 탈북자, 그때 조 사장이 말했다. 긴 시간 같았지만 3초 정도밖에 지나지 않았다.

"예, 탈북자들이십니다."

조 사장의 뒤쪽 경어가 묘하게 거슬렸지만 서동수는 잠자코 여자들에게 시선을 준 채 듣는다. 우명호도 마찬가지다. 이런 일은 처음 겪는 것 같다. 조 사장이 말을 이었다.

"부담 갖지 마시구요. 다른 여자들하고 똑같이 비즈니스로 상대하시면 됩니다. 이분들도 그러시려고 오신 것이니까요."

"아, 씨발."

마침내 우명호가 입을 열었다. 얼굴이 굳어져 있다.

"말만 들었다가 놀랐잖아? 이러다가 나도 북한으로 끌려가는 거 아냐?"

"그런 일 없습니다."

쓴웃음을 지은 조 사장이 손까지 저었다.

"우선 이분들이 자원해서 오신 것이니까요. 거북하시면 모시고 나갈까요?"

그때 서동수가 말했다.

"그냥 두쇼. 먼길을 오셨는데, 자 앉으시죠."

"김옥분입니다."

하고 옆에 앉은 여자가 인사를 한 순간 서동수는 감동한다. 요즘은 예쁘고 세련된 이름이 지천으로 널려 있다. 그래서인지 김옥분의 이름을 듣는 순간 랩과 온갖 신(新)음악의 소음 속에서 갑자기 '국악' 한 자락이 울린 것 같은 느낌을 받은 것이다. 화장기가 없지만 여자의 피부는 맑다. 맑은 눈이 서동수를 응시한 채 떼어지지 않는다. 앞쪽에서는 우명호가 여자한테 열심히 수군대는 중이다. 이제 우명호도 노력하고 있다. 그때 여자가 말을 이었다.

"자강도 강계에서 탈북한 지 두 달 되었습니다."

자강도라면 토끼 머리 꼭대기 지역이다. 그 옆쪽 푹 파인 곳에서 귀밑부분이 양강도, 그쯤은 안다. 입맛을 다신 서동수가 물었다.

"이런 곳에서 돈 벌어서 뭐 하려고 그럽니까?"

"남한으로 가려구요."

거침없이 말한 여자가 길게 숨을 뱉는다.

"북한에서 나올 때 브로커한테 돈을 빌렸어요. 그 돈을 갚아야 합니다."

"얼마나?"

"중국 돈 3만 위안."

"그럼 그 브로커가 이곳을 소개시켜준 겁니까?"

"맞습니다."

그때 술과 안주가 놓였고 종업원을 따라 들어온 조 사장이 방안 눈치를 보더니 슬그머니 나갔다. 서동수가 제 잔에 양주를 따르면서 김옥분에게 다시 묻는다.

"지금까지 손님 몇 명이나 받았습니까?"

"안 받았습니다."

얼굴이 붉어진 김옥분이 머리를 저었다.

시선이 옆으로 돌려졌고 스커트 귀퉁이로 옮겨진 손에 힘이 쥐어졌다.

“선생님이 처음입니다.”

“그럼 가족은?”

“부모님은 다 돌아가시고 여동생이 하나 있었는데 지금 살았는지 죽었는지 모릅니다.”

김옥분이 다시 머리를 숙였으므로 서동수는 심호흡을 했다. 그때 앞쪽 우명호가 서동수에게 물었다.

“야, 위층으로 가서 이야기하자.”

위층이 바로 모텔이다. 이곳도 서울식으로 원스톱 시스템이 돼 있는 것이다.

서동수의 시선이 테이블로 옮겨졌다. 양주병은 삼분지 일쯤 비워졌을 뿐이다. 그러나 누가 이곳으로 양주 마시러 왔단 말인가? 서동수가 우명호에게 말했다.

“계산서 하고 방 키 가져오라고 해.”

그리고 10분 후에 서동수와 김옥분은 위층 방에 들어와 있다. 밤 9시밖에 되지 않았으니 서동수는 일찍 2차를 시작한 신기록을 뽑았다. 어깨를 편 서동수가 저고리를 벗어 던지면서 말했다.

“자, 벗고 뛉시다.”

이렇게 나오는 이유가 있다. 분위기를 가볍게 만들려는 것이다. 마치 독일군 앞에 선 유대인 수용소원처럼 김옥분이 굳어져 있기 때문이다. 서동수가 바지까지 벗어 던졌을 때 김옥분이 주춤거리며 묻는다. 기를 쓰고 시선이 올라갔다가 곧 내려진다.

"저기, 선생님, 돈은."

"아, 돈."

커다랗게 말한 서동수가 팬티 바람으로 바지에서 지갑을 꺼내 100위안 권을 집어 내어 김옥분에게 내밀었다.

"가진 게 이것뿐이오. 4,000위안쯤 될 겁니다. 됐어요?"

차비 100위안만 빼놓고 다 준 것이다.

그러자 김옥분이 두 손으로 돈을 받더니 싸구려 비닐 가방에 넣었다. 그러고는 스커트부터 벗었는데 드러난 하체가 풍만했다. 서동수는 어느새 입 안에 고인 침을 삼킨다.

뜨거운 뱀이다. 검은 뱀, 뱀은 거대한 몸통으로 서동수를 휘감고 있다. 열기 속의 비린내, 서동수는 하체가 용암 속에 빠진 것 같다. 방의 불은 김옥분이 다 꺼놓아서 엉킨 몸의 격한 탄성과 숨소리, 그리고 골짜기에서 솟아오른 비린 용암 냄새만 어둠 속을 뒤덮고 있다. 다시 김옥분이 탄성을 뱉으면서 하반신을 솟구쳤으므로 서동수는 이를 악물었다. 이제 두 다리가 서동수의 허리를 휘감고 있다. 강하다, 지독한 쾌감이 휘몰려온 순간 서동수는 김옥분의 입술에 키스했다. 김옥분이 받아들이면서 혀로 감싸주기까지 한다.

"으음."

서동수는 신음했다. 자신의 하체가 불타고 있다. 아니, 용암 속으로 녹아들고 있다. 그 순간 김옥분이 두 손으로 서동수의 엉덩이를 움켜쥐었으므로 화산이 폭발했다. 기다리고 있었다는 듯이 용암도 솟아오른다. 서동수는 자신의 몸이 하늘 높이 솟아오르는 느낌을 받는다. 몸에 엉킨 뜨거운 뱀과 함께, 행복하다. 감동으로 벅찬 서동수는 이 순간이 정지하기를 소망한다.

"저 갈게요."

김옥분의 목소리가 들린 순간 서동수는 눈을 떴다. 어느덧 옷을 다 차려입은 김옥분이 위에서 내려다보고 있다.

"고맙습니다, 선생님."

정색한 김옥분이 머리를 숙여 절을 했다.

"잊지 않을게요."

"잠깐만."

상반신을 일으킨 서동수가 김옥분을 보았다. 깜빡 잠이 들었다.

"연락처는?"

"가게 조 사장님한테 말씀하시면 됩니다."

"아아."

"그럼 선생님 안녕히."

다시 절을 한 김옥분이 몸을 돌리더니 방을 나간다. 문이 닫혔을 때 서동수는 문득 시선을 내려 자신의 알몸을 내려다보았다. 아직 씻지 않아서 하반신은 젖었다. 왠지 씻기가 싫은 것이다. 이런 기분은 처음이다. 탈북녀, 브로커 비용을 갚으려는 탈북녀와의 섹스, 내가 나쁜 놈이다. 머리를 젓고 난 서동수가 그대로 옷을 입는다.

모텔 복도로 나왔을 때는 10시 10분, 아주 어중간한 시간이다. 엘리베이터에 오른 서동수가 버튼을 노려보다가 바로 아래층의 버튼을 눌렀다. 블루카페다. 조 사장을 만나 김옥분과의 다음 만남을 약속 받으려는 것이다. 브로커 비용을 더 내줄 용의도 있다. 엘리베이터에서 내린 서동수가 블루카페 입구 바로 옆의 화장실로 들어섰다. 갑자기 배 속이 거북했기 때문이다. 화장실 안쪽의 문을 열고 들어가 양변기 위에 앉았을 때 안으로 들어서는 인기척이 들렸다. 두런거리는 목소리가 조선족 종업원들이다. 둘 다 소변기 앞에 섰는지 한 놈이 말했다.

"미나가 4,000위안 벌었다는데."

"4,000위안?"

하고 다른 목소리가 물었다.

"진짜야?"

"응, 사장 앞에서 돈 내놓고 이야기하는 거 들었어."

그때부터 서동수가 이맛살을 찌푸렸고 종업원의 말이 이어졌다.

"아이디어가 좋아. 못생긴 년을 탈북자로 바꿔치기 한 것 말야."

"그게 사장 아이디어지? 과연."

"미나 그년은 계속 안 팔리다가 탈북자 행세를 하고 나서 요즘 몇 만 위안 챙겼어."

"미나 그년 이름을 뭘로 바꿨지?"

"옥분이."

그러자 둘은 소리 내서 웃었다. 둘이 화장실을 나가자 서동수가 변기에 앉은 채 길게 숨을 뱉는다. 그러자 온몸이 근질거렸고 씻지 않은 몸에서 악취가 솟아나는 느낌이 들었다. 서동수는 어금니를 물었다.

국제공사 사장 유원은 영어에 유창했다. 40대 중반쯤의 나이에 옷차림도 세련되었고 행동도 자연스러웠다. 회사의 회의실 안이다.

"저한테까지 순서가 오리라고는 예상하지 못했습니다."

인사를 마치고 앉았을 때 유원이 웃음 띤 얼굴로 말했다. 물론 영어로 말하고 있다. 이인섭은 굳어진 표정이었고 유원이 말을 잇는다.

"경쟁상대들이 모두 막강해서요."

"전(前) 거래처였던 동북건설은 어떻게 생각합니까?"

서동수가 묻자 유원은 정색했다.

"훌륭한 회사지요. 자금력도 있고 첫째 사장의 관리능력이 뛰어났습니다."

"어떤 관리능력 말입니까?"

"건설회사는 공정 관리가 생명입니다. 홍 사장은 그런 면에서 빈틈이 없었지요"

"홍 사장을 잘 아십니까?"

"만난 적은 없지만 같은 지방의 경쟁업체여서 자연스럽게 알게 된 겁니다."

둘의 이야기는 거침없이 진행되었고 무안해진 이인섭이 일이 있는 것처럼 회의실을 나갔다. 그때 서동수가 물었다.

"동북건설의 수주단가를 알고 계시지요?"

"알고 있습니다."

"그 단가로 드릴 경우에 우리한테 리베이트로 얼마 주실 수 있습니까?"

"총액으로 계산해서 말씀입니까?"

"월별로 결제가 될 테니까 월별로."

"25만 위안."

거침없이 말한 유원이 힐끗 문 쪽에 시선을 주었다.

"과장님 하고만 거래하는 것입니까?"

"그래야지요."

그러자 유원이 머리를 끄덕였다.

"이런 일은 아는 사람이 적을수록 좋습니다."

"경험이 많으신 것 같은데요."

서동수가 웃음 띤 얼굴로 물었지만 유원은 정색하고 머리를 젓는다.

"이런 일은 처음입니다."

그때 이인섭이 커피를 가져왔으므로 서동수가 의자에 등을 붙이고 말했다.

"국제공사의 견적을 받아."

"예, 과장님."

"내일까지 견적 받고 모레는 공사업체를 결정해야 될 테니까."

"알겠습니다."

여기까지 한국말로 지시한 서동수가 다시 영어로 유원에게 말한다.

"견적서류를 내일까지 내 주십시오. 무슨 일 있으면 저한테 직접 연락을 주시구요."

"알겠습니다."

머리를 끄덕이는 유원과 서동수의 시선이 잠깐 마주쳤다가 비켜났다. 유원을 배웅하고 자리에 앉았을 때 이인섭이 책상 앞으로 다가와 섰다. 조금 굳어진 얼굴이다.

"과장님, 성화공사에서 월 20만 위안까지 낼 수 있다고 하는데요."

"리베이트는 없어."

불쑥 말한 서동수가 정색한 얼굴로 이인섭을 보았다.

"문제가 생길 가능성이 많아, 지금 구속된 홍경일이 눈치를 채고 고발을 할 수도 있고."

이인섭은 눈만 껌벅였고 서동수가 말을 잇는다.

"일단 리베이트를 받으면 끌려가게 돼, 그럼 우리가 홍경일이 전철을 밟을 수도 있단 말야. 안그래?"

"그건 그렇습니다."

"구속되어서 처자식 울게 만들 거야?"

"과장님, 무슨 말씀을……."

"성화공사에는 리베이트를 포함한 가격으로 견적을 내라고 해."

서동수는 심호흡을 했다. 이제 이인섭은 배제되었다.

이인섭은 직장인뿐만이 아니라 인간이 갖춰야 할 기본 도리(道理)를 어겼다. 그것은 신의(信義)다. 믿고 맡겼던 서동수의 면전에서 가볍게 배신하는 모습을 보인 것이다. 서동수는 이인섭의 행태에 화를 내지도, 실망하지도 않았다. 다만 가차 없이 자신의 머릿속에서 이인섭의 이름을 붉은 줄로 그었을 뿐이다. 이미 서울에서 한번 겪었던 터라 방어벽이 쳐진 상태이기도 하다. 다 오픈시키지 않은 것이다. 최악의 경우에 이인섭이 덤벼들 가능성도 없다. 이미 오염시켜놓았기 때문이다. 다음 날 오후, 서동수가 결재서류를 들고 공장장실로 들어선다. 기다리고 있던 공장장 앞에 서류를 펴놓은 서동수가 보고했다.

"두 곳 견적을 받았는데 국제공사를 선택하는 것이 나을 것 같습니다."

윤명기는 건성으로 서류만 보았고 서동수의 말이 이어졌다.

"성화공사와 가격, 조건이 비슷하지만 경영자가 믿음성이 갑니다."

그러자 윤명기가 천천히 머리를 끄덕였다. 말뜻을 알아들은 것이다.

심호흡을 한 서동수가 정색하고 윤명기를 보았다.

"그리고 성화공사를 통하려면 담당 대리까지 오픈시켜야 됩니다. 중국어 통역을 해야 되기 때문이죠."

"그렇군."

"국제공사는 저하고 영어로 직접 연결이 됩니다."

"알겠어."

"동북건설하고 같은 가격으로 공사를 진행하되 매월 25만 위안씩 리베이트를 내기로 했습니다."

"25만 위안이나?"

눈이 둥그레진 윤명기가 서동수를 보았다. 눈동자의 초점이 먼 것을 보면 머릿속이 분주한 것 같다. 이윽고 윤명기가 묻는다.

"그럼 총액이 얼마냐?"

"앞으로 공사가 6개월쯤 남았으니까 150만 위안은 리베이트로 거둘 수 있다고 보시면 됩니다."

"이런 빌어먹을."

윤명기가 이 사이로 말했다. 그도 그럴 것이 동북건설은 1년 가깝게 공사를 진행해 왔다. 그 동안 동북건설 사장 홍경일이 온갖 생색을 다 내면서 회사 로비 활동을 해줬다고는 해도 정상 가격보다 250만 위안은 더 지급해온 것이다. 머리를 든 윤명기가 물었다. 두 눈이 번들거리고 있다.

"그래, 네 생각은 어떠냐?"

리베이트는 내가 도사니까 방법을 말해보라는 것이었다. 서동수가 어깨를 펴고 윤명기를 보았다.

"지금까지 홍경일의 로비 활동으로 회사가 득을 본 것도 많습니다. 그 내용을 본사 경영진도 알고 계시지요."

윤명기는 이맛살을 모았고 서동수의 말이 이어졌다.

"따라서 지금까지 가격이 높았던 것을 충분히 이해하실 것입니다. 공장과 전혀 리베이트 관계가 없었다는 것도 알고 계실 것입니다."

"도대체 무슨 말을 하고 있는 거야?"

마침내 윤명기가 짜증난 표정으로 물었을 때 서동수가 대답했다.

"한 달 25만 위안씩 리베이트를 준다고 했다고 본사에 보고하시지요. 그럼 본사에서 결정할 것입니다."

"으음."

윤명기의 목구멍에서 신음이 울렸다. 그러고는 눈을 가늘게 뜬 윤명기가 서동수를 5초 동안쯤 노려보더니 천천히 머리를 끄덕였다.

"그렇지, 그런 방법도 있었어."

윤명기의 표정을 본 서동수가 길게 숨을 뱉는다. 본사에서는 싫어할 이유가 없다. 이제 본사까지 오염시키게 되었다.

과욕(過慾)은 금물이다. 지나친 것은 없는 것보다 못하다. 과식, 과음, 또는 과로, 직장인뿐만 아니라 인간 모두에게 과(過)한 것은 위험하다. 그러나 누구나 절제할 수가 있겠는가? 그날 밤 서동수는 떠나보낸 거금에 대한 아쉬움을 달래려고 술을 마신다. 술 상대는 우명호, 저녁에 청양의 한국식당에서 만나 낚지볶음에 소주를 두 병쯤 마셨더니 우명호가 발동(?)이 걸렸다.

"야, 조 사장한테 가자."

술기운으로 벌개진 우명호가 서동수를 보았다.

"그, 탈북자 말야, 내가 오늘 너하고 간다고 연락했으니까 지금쯤 가게에 와있을 거다."

그날 밤 이후로 우명호를 처음 만나는 것이다. 그날 화장실에서 들은 이야기를 우명호에게 전해주지 않았다. 잊어버리는 것이 가장 낫다. 길길이 뛰어봤자 나만 손해다. 그리고 우명호한테 소식을 전해줄 필요도 없는 것이다. 이놈도 탈북자를 가장한 년을 껴안고 감동을 했겠지만 앞으로 실컷 당했으면 하는 것이 서동수의 본심이다. 조 사장 가게를 소개시켜 준 것이 이놈이기 때문이다. 술잔을 든 서동수가 지그시 우명호를 보았다.

"그, 네 파트너 탈북자 말이다."

탈북자를 한 번 강조한 후에 서동수가 말을 잇는다.

"좀 불쌍하게 보이던데, 얼마 주었냐?"

"응, 1만 위안쯤 주었나?" 하더니, 우명호는 평소에 인색했던 것이 떠올랐는지 헛기침을 하고 나서 말을 잇는다.

"동생하고 같이 탈북했는데 동생이 장을 떼어내는 수술을 한다는 거다."

"……."

"두만강을 넘다가 떨어져 다쳤다는 거다. 그래서 돈 좀 썼다."

"……."

"이것도 애국하는 것 아니냐?" 하고 우명호가 웃지도 않고 물었으므로 서동수는 심호흡을 했다. 콧구멍이 벌렁대는 느낌이 든 서동수가 어금니를 물고 나서 말했다.

"오늘은 놔두고 다른 곳 알아 봐."

"왜? 네 파트너도 너 만나기를 기다린다고 하던데…… 금순이가 그랬어."

그러고 보니 우명호의 파트너 이름이 금순이다. 와락 부아가 치밀어 오른 서동수가 다시 심호흡을 했다. 옥분이와 금순이, 오랜만에 듣는 '한국식 이름', 그 이름을 들은 순간 어지러운 서양음악 속에서 홀연히 들려온 '국악' 소리 같은 느낌이 들었지 않았던가? 서동수가 눈을 치켜뜨고 우명호를 노려보았다.

"이 새끼야, 갠 너무 커."

"응? 누가?" 했다가 곧 우명호가 정정했다.

"뭐가?"

"구멍이."

이제는 우명호가 눈만 껌벅였고 서동수가 말을 잇는다.

"갠 105밀리 대포야, 난 기관총탄이고, 알아들어?"

"히이, 그렇게나 커?"

입 안의 침을 삼킨 우명호가 눈을 둥그렇게 떴다.

"네 것도 대단한데 그럼 내 건 소총탄이 되겠다야."

화제가 금방 바뀌어졌으므로 서동수가 한 모금에 소주를 삼켰다. 그대로 믿는 우명호를 보자 다 말해주고 싶은 충동이 일어났지만 다시 참는다. 조금 더 뜸겨봐야 한다. 그날, 화장실 변기에 앉아 온몸에 벌레가 기어가는 느낌을 받던 순간이 지금도 생생하다. 집에 돌아와 샤워기 밑에서 30분은 서 있었을 것이다. 그때 우명호가 말했다.

"그럼 다른 곳을 가보자구."

우명호가 데려간 곳은 청양 변두리의 2층 카페다. 말이 카페지 간판도 없고 세탁소 안쪽 계단으로 올라가는 바람에 세탁소로 들어가는 줄 알았다. 카페는 20평쯤 되었고 옆쪽은 바, 안쪽에 룸이 두 개, 홀에는 테이블이 세 개 놓였는데 밤 9시가 되었는데도 텅 비었다. 헐레벌떡 달려온 여자가 사장인 것 같다.

"어서 오세요."

하고 한국말을 했는데 어색했다. 조선족 말투가 아니다. 여자의 안내로 안쪽 방에 들어가 앉았더니 우명호가 먼저 서동수를 소개했다.

"서 사장이야. 빅 바이어니까 잘 모셔."

"알겠습니다."

이러면서 여자가 서동수에게 머리를 숙여 절을 했다. 두 손이 차렷 자세로 내려져 있어서 또 이상했다. 여자가 머리를 들었을 때 서동수가 참지 못하고 물었다.

"중국인이시죠?"

"네, 맞습니다."

"양주, 그리고 마른안주."

그때 우명호가 그렇게 말하는 바람에 여자가 서둘러 방을 나갔다. 방은 룸살롱 방답지 않게 밝다. 너무 환해서 술이 다 깨는 것 같고 그것도 우스웠다.

"이거 뭐야? 주인이나 가게나 영 어울리지 않구먼 그래."

서동수가 방안을 훑어보는 시늉을 하면서 비죽거렸더니 우명호가 웃었다.

"그렇지? 어색하지?"

"세탁소 2층인 것도 그렇고, 손님은커녕 여자도 한 명 없잖아, 인마."

"이상하지?"

"혹시 여기 약 먹는 데 아니냐?"

"큰일 날 소리."

정색한 우명호가 머리까지 저었다.

"중국에선 죽어, 인마. 진짜 사형이야."

"그럼 뭐냐?"

이맛살을 찌푸린 서동수가 목소리를 높였다.

"여기가 뭐냐고? 인마?"

"곧 두 명이 온다고 했다."

"누가?"

놀란 서동수가 허리를 폈다. 금순이와 옥분이를 떠올린 것이다. 그때 서동수의 표정을 본 우명호가 쓴웃음을 지었다.

"걔들 아녀. 다른 여자들이야."

"누군데?"

"마침 연락이 온 여자들이 있대."

"글쎄 누구냔 말야?"

그때 문에서 노크소리가 들리더니 주인 여자가 들어섰고 뒤를 두 여자가 따른다. 그 순간 서동수가 숨을 들이켰다. 여자들은 점퍼에 바지 차림이다. 그리고 골프화를 신었다. 40대 중반쯤 되었을까? 이쪽을 훑어보는 시선이 도도하다. 마치 물건을 고르는 것 같다. 옆에 선 주인여자가 말했다.

"인사하세요. 여긴 김 여사님, 오 여사님."

“어서 오십셔.”

하면서 우명호가 벌떡 일어섰으므로 서동수도 엉거주춤 엉덩이를 들었다. 그때였다. 오 여사라고 불린 여자가 거침없이 다가오더니 서동수 옆에 앉는다. 그러자 다른 여자가 싱긋 웃더니 우명호의 옆으로 다가갔다. 서동수가 다시 주춤거리면서 자리에 앉았을 때 오 여사가 주인여자에게 물었다.

“술 시켰죠?”

“예, 사모님.”

두 손을 모은 주인여자가 공손한 표정으로 오 여사를 보았다. 그러자 오 여사가 거침없이 말을 잇는다.

“술은 손렌타인 18년으로 가져와요. 안주는 땅콩. 그리고 칭다오 맥주.”

“예, 사모님.”

머리를 숙여 보인 주인여자가 방을 나갔을 때 오 여사가 그때서야 서동수의 얼굴을 똑바로 보았다. 오 여사 눈가에 잔주름이 많다. 40대가 넘은 것 같다.

“직장이 여기야?”

오 여사가 물었다. 미인형의 얼굴이다. 눈매가 곱고 볼도 팽팽하다. 입술이 너무 도톰해서 오히려 균형이 깨졌지만 공을 들인 티가 역력했고 그것이 귀부인의 척도가 될 터였다. 서동수가 소리 죽여 숨을 뱉는다. 감 잡았다. 그러나 대답은 공손하게 했다.

“예, 그렇습니다.”

“자영업자는 아니고?”

했다가 다시 부연 설명을 한다.

"그러니까 여기서 사업체를 운영하고 있는 건 아니지?"

"예, 그렇습니다."

오 여사는 거침없이 반말을 썼는데 그것이 자연스럽다. 존댓말을 쓴다면 어머니가 제 새끼한테 그러는 것처럼 어색하게 보일 터였다.

"고생하네. 외국 나와서……."

대번에 서동수의 환경을 정의한 오 여사가 지그시 시선을 주었다. 오 여사한테서 향수 냄새가 맡아졌다. 이제는 서동수도 오 여사의 정체를 파악한 상태다. 이른바 골프관광을 나오신 사모님. 저녁에 남자들이 룸살롱 관광을 가는 것처럼 사모님들도 이곳을 찾은 것이다. 그때 오 여사의 손바닥이 서동수의 허벅지 위에 올려졌다. 앞쪽 우명호는 뭔가 열심히 이야기를 하는 중이었는데 마치 은행장한테 보고하는 것 같다. 오 여사의 손바닥이 슬슬 허벅지를 쓸어 올리더니 서동수의 사타구니에 닿았다.

"어유."

오 여사가 눈가에 잔주름을 만들며 웃었다.

"섰네."

"예, 사모님."

정색한 서동수가 예의상 아랫배에 한번 힘을 주었다. 그러자 단단해져 있던 남성이 반동을 받아 꿈틀거렸다.

"오마나."

낮게 탄성을 뱉은 오 여사의 두 눈이 번들거리고 있다.

"이봐, 이름이 뭐라고 했지?"

"예, 서인섭이올시다."

"무슨 회사야?"

"조그만 봉제품 공장입니다."

그러는 동안 이제 오 여사는 노골적으로 서동수의 남성을 주물럭거리고 있다. 물론 바지 위에서 주무른다. 오 여사가 더욱 번들거리는 눈으로 서동수를 보았다.

"우리 옆방으로 갈까?"

"예? 옆방요?"

"이 방은 쟤들한테 주고."

"하지만 사모님."

"여기 첨이지?"

"예, 사모님."

이제는 더 거칠게 사타구니를 주물럭거리던 오 여사의 얼굴이 달아올라 있다. 그때 주인 여자가 손렌타인을 가져오지 않았다면 서동수는 끌려 일어날 뻔했다.

"어유, 왜 이제 가져와?"

이맛살을 찌푸린 오 여사가 몸을 세우면서 투덜거렸고 우명호 팀은 바로 앉는다. 그쪽은 양쪽이 주무르고 있었던 것이다. 방 안 분위기를 눈치 챈 주인 여자가 서둘러 방을 나갔을 때다. 서동수가 지그시 오 여사를 보았다.

"저기, 먼저 계산부터 해주셨으면 좋겠는데요. 사모님."

"응? 무슨 계산?"

오 여사가 정색하고 서동수를 보았다.

"술값 계산은 걱정 마. 내가 할 테니까."

"아닙니다. 제 화대 말씀입니다."

오 여사는 눈만 가늘게 떴고 앞쪽에서 침 삼키는 소리가 크게 났다. 우명호다. 다시 서동수가 말을 잇는다.

"저는 넣고 30분에 50만 원 받습니다. 한 시간이면 100만 원, 시간을 못 채우면 전액 환불해 드립니다."

서동수의 열기 띤 목소리가 방을 울렸다.

방안에 잠깐 정적이 덮였다. 이건 돌발사고다. 오 여사가 '거시기'를 주무르는 동안 서동수는 이 얄궂은 카페의 내막을 정의할 수 있었다. 이곳이 호빠는 아니다. 새로운 스타일의 중매소(仲媒所)다. 여자가 마음에 드는 남자를 만나면 술값을 내고 일을 치르는 곳이다. 눈치를 보아하니 상품으로 사용되는 남자는 현지의 한국인들, 전문가를 고용하지 않는 것 같은데 그 이유는 아직 초보 단계이기 때문인지 고객의 기호 때문인지는 모르겠다. '선수' 냄새가 나는 놈은 신선도가 떨어질 뿐만 아니라 뒤가 꺼림칙하기 때문이다.

"그으래?"

이윽고 오 여사가 놀람 반 비아냥 반을 섞은 목소리로 그렇게 물었는데 입술 한쪽 끝이 올라간 표정이다. 오 여사가 똑바로 시선을 준 채 다시 묻는다.

"만일 박고 30분 못 채우면 어떡하지? 그리고 사이즈가 규격 미달이라 넣은 것 같지도 않았을 경우에는?"

"사용부터 하고 지불하시는 겁니다. 에이에스까지야 못해 드리지만 함량에 미달됐다고 생각하시면 사용 요금을 내지 않으셔도 됩니다."

"견본은 볼 수 있어?"

"아, 그럼요."

그러면서 서동수가 거침없이 일어섰다. 아까부터 앞쪽 우명호는 '얼음' 이 돼 있었는데 서동수가 일어서자 침 넘어가는 소리가 났다. 우명호다. 일어선 서동수는 혁대를 풀더니 눈 깜박하는 사이에 바지와 팬티를 밑으로 밀어젖혔다.

"히이."

이것은 우명호의 파트너 김 여사가 숨을 들이켜는 소리다. 김 여사는 눈을 치켜떴고 입을 반쯤 벌렸는데 눈동자가 고정됐다. 초점이 서동수의 '물건' 에 박혀 있기 때문이다. 자, 보라, 서동수의 곤두선 남성이 건들거리고 있다. 검붉은 몸체에 머리는 송이버섯 같다. 굵은 핏줄이 꿈틀거리는 대물(大物)이다.

"으음."

옆에 앉은 오 여사의 목구멍 안에서도 앓는 소리가 났다.

"자, 만져도 되십니다. 탄력과 강도를 시험해 보시지요."

물건을 내밀고 선 서동수가 배에 힘을 한 번 주었더니 김 여사가 탄성을 뱉었다.

"오마나."

물건이 꿈틀거렸기 때문이다.

"넣어."

하고 오 여사가 말했으므로 서동수가 그쪽으로 몸을 돌렸다. 그러자 물건이 오 여사의 어깨를 때리고 지나갔다.

"지금 말입니까?"

"응?"

했다가 오 여사의 눈 밑이 조금 붉어졌다. 두 눈은 이미 번들거리고 있다.

"아니, 바지 입으란 말야."

"그러지요."

바지를 입은 서동수가 자리에 앉으면서 턱으로 우명호를 가리켰다.

"그럼 저놈 물건을 한번 보시지요."

"야, 야."

질색을 한 우명호가 눈을 부릅떴다. 얼굴이 하얗게 굳어져 있다.

"얌마, 왜 이래?"

"안 보여줄 거야?"

발동이 걸린 김 여사가 눈을 흘기더니 우명호의 혁대를 쥐었다. 우명호가 김 여사의 손을 막는다. 그때 오 여사가 서동수를 보았다.

"화났어?"

서동수의 시선을 받은 오 여사가 눈웃음을 쳤다.

"내가 끌고 가는 분위기에 말야, 그렇지?"

소파에 등을 붙인 서동수가 호흡을 고른다. 보통 '포스'가 아니다. 이 눈빛 좀 봐.

불은 맞불을 질러 끄는 수도 있다. 서동수의 '견본 제시'로 방안 분위기가 안정이 되었으니까. 앞쪽 우명호와 김 여사도 실랑이를 하다가 말고 제각기 시선을 비낀 채 이야기를 하고 있다. 내용이 없는 대화여서 되는 대로 말이 나간다. 그때 오 여사가 다시 말했다.

"화내지 마, 미안해."

"아니, 천만에요."

오 여사의 얼굴에 부드러운 웃음기가 펼쳐졌다.

"거짓말이지?"

"뭐가 말입니까?"

"30분당 50만 원, 시간당 100만 원."

"박고 말이지요?"

"저봐."

다시 웃는 오여사가 눈을 흘겼다.

"화가 나서 그런 거지?"

"아니, 돈이 좀 필요해서."

"그러니까 오늘 처음 그런 말 했지?"

"아니, 그게 무슨 상관이 있습니까?"

"있지."

눈을 크게 떴던 오 여사가 바짝 붙어 앉는다. 오 여사한테서 옅은 향내가 맡아졌다. 숨을 들이켠 서동수는 목구멍이 좁혀지는 느낌을 받는다. 오 여사가 말을 이었다.

"솔직히 말할게, 난 여기 두 번째야. 첫 번째는 여기서 사업하는 사람 만났어. 이름도 모르고 아무것도 모르는, 다만……."

"물건 사이즈만 아는 놈이군요."

"그래."

머리를 끄덕인 오 여사가 손을 뻗어 서동수의 손을 쥐었다. 따뜻하고 말랑한 손이다.

"여긴 그런 남자만 데려 오는 곳이야. 주인은 소개료로 1인당 1,000위안씩 받고, 그것으로 끝나는 곳이지. 물론 술은 여자들이 사고 말야."

"선수들을 데려 오면 더 즐길 수 있을 텐데요. 노시려면 화끈하게 노셔야지."

"미쳤어? 주인 여자를 보면 몰라? 중국여자야. 철저하게 비밀 유지를 해야 된다고. 잘못하다가 신세 조져."

"그럼 난 믿을 만합니까?"

"합격."

"내 거시기를 말하는 겁니까?"

"아니, 사람을."

"그럼 이제는 오 여사님도 제가 아무 곳에서나 휘두르는 인간이 아니라는 것을 아시겠네요."

서동수가 웃음 띤 얼굴로 오 여사를 보았다.

"난 아무것도 모르고 저놈한테 끌려 왔지만 여자만 보면 덤벼드는 인간이 아닙니다."

"알고 있어. 그래서 내가 마음을 먹은 거야."

"무슨 마음을요?"

"너하고 자기로."

서동수를 응시하는 오 여사의 두 눈이 다시 번들거리고 있다. 그 시선을 받은 서동수가 천천히 머리를 저었다.

"난 안 합니다."

오 여사는 시선만 주었고 서동수의 말이 이어졌다.

"난 내가 리드하는 스타일입니다. 여자가 끌고 가는 건 싫어요."

"그럼 끌고 가."

다시 오 여사의 손바닥이 서동수의 허벅지 위에 놓여졌다.

"나도 남자가 끌고 가는 걸 좋아해."

"체위나 섹스 분위기를 말하는 건 아닌데."
"알아."
입안의 침을 삼킨 오 여사가 똑바로 서동수를 보았다.
"내 분위기, 내 생활이 그래서 그래. 버릇이 붙어서."
"……."
"방에서는 암말 안 하고 시키는 대로만 할게. 응?"
여자는 이렇게 변한다. 이래서 아름답다.
"갑시다."
서동수가 말하자 오 여사는 활짝 웃었다. 고른 치아가 다 드러났고 전혀 다른 모습이 되었다.
"잠깐 기다려, 응?"
자리에서 일어선 오 여사가 말하더니 서둘러 방을 나간다. 앞에 앉은 우명호가 묻는 듯한 얼굴로 바라보았지만 서동수는 외면했다. 다시 둘의 손은 상대방의 하체로 옮겨져 있다. 5분도 안 돼서 오 여사가 들어섰는데 자리에 앉지도 않고 김 여사에게 말한다.
"나, 먼저 갈게."
"응. 그래."
건성으로 대답하는 김 여사 손 하나가 우명호 바지의 열려진 지퍼 안으로 들어가 있다. 머리를 돌린 오 여사가 서동수를 보았다. 그러고는 눈으로 문을 가리킨다. 서동수는 우명호와 눈을 맞추지도 않고 방을 나왔다. 밖에서 기다리던 주인여자가 그들을 보더니 앞장을 섰고 오 여사, 서동수의 순으로 카페를 나온다. 카페 안은 텅 비었다. 손님도 종업원도 없다. 그들뿐인 것이다. 계단을 내려와 세탁소 안쪽으로 다가간 주인여자가 손으로 벽 쪽에 붙은 문을 가리켰다.

"들어가시지요."

머리를 끄덕인 오 여사가 문으로 다가갔다. 내실 같다. 예상했던 대로 주인여자는 세탁소도 같이 운영하고 있었던 것이다. 오 여사를 따라 방으로 들어선 서동수가 소리 죽여 숨을 뱉는다. 긴장하고 있었기 때문이다. 방은 넓고 깨끗했다. 벽 쪽에 붙여진 커다란 침대도 잘 정돈되었다. 옆쪽 벽에 가족사진이 어지럽게 걸려 있는 것이 오히려 분위기를 안정시켰다. 벽시계가 밤 10시 20분을 가리키고 있다. 침대 앞으로 다가간 오 여사가 머리를 돌려 서동수를 보았다.

"저쪽이 화장실인 모양인데, 씻을 테야?"

"양치질이나 하죠."

저고리를 벗어 의자에 걸쳐놓은 서동수가 오 여사를 보았다.

"같이 씻을까요?"

"싫어."

오 여사가 눈을 흘겼다.

"난 볼 것 없어."

"누가 보려고 그럽니까? 내가 입으로 애무할 텐데 씻는 게 낫지 않아요?"

그러자 오 여사가 2초쯤 가만있다가 말뜻을 알아차린 것 같다. 얼굴이 금방 붉어졌다.

"말하는 것 좀 봐."

"콘돔 안 껴도 되겠지요?"

"그게 무슨 말야?"

했다가 다시 말뜻을 알아차린 오 여사가 눈을 흘겼다.

"까불지 마."

그 사이에 서동수가 셔츠만 벗는다는 것이 저도 모르게 바지와 양말까지 벗고 팬티 차림이 되었다. 어느새 팬티 밑에서 남성이 곤두서 있었으므로 텐트가 만들어졌다. 서동수가 팬티까지 벗고 나서 오 여사에게 다가갔다. 오 여사의 눈동자가 흔들렸다. 얼굴이 아직도 붉다.

"내가 벗겨드릴까?"

"놔."

어깨에 얹힌 서동수의 손을 떨어내던 오 여사가 혼잣소리처럼 말한다.

"내가 미쳤지."

그러나 다시 서동수가 점퍼를 벗기자 어깨를 들어 벗겨지는 것을 돕는다. 이어서 셔츠가 벗겨졌고 바지가 밑으로 내려졌다. 이제 오 여사는 브래지어와 팬티 차림이 되었다. 서동수가 뒤쪽에 붙은 브래지어 훅을 풀었을 때 오 여사가 두 손으로 남성을 움켜쥐었다.

"나, 아까 운동 끝나고 씻고 왔어."

오 여사의 더운 숨결이 가슴에 닿는다. 서동수는 잠자코 오 여사의 팬티를 끌어내렸다.

오 여사의 체격은 아담하다. 1미터 60쯤 되었을까? 가냘픈 어깨, 작은 가슴, 납작한 배, 그러나 허벅지 안쪽 살이 단단했고 엉덩이는 잘 받쳐졌다. 몸매를 보면 30대라고 해도 속을 거 같다. 물론 옷을 벗기면서 하나씩 머릿속에 박힌 영상을 조합한 것이어서 저만큼 세워놓고 아직 전체를 보지는 못했다. 자, 이제 오 여사와 서동수는 다 벗고 서 있다. 막 '벗김' 을 끝낸 터라 서동수의 한쪽 손이 오 여사의 어깨를 짚은 엉거

주춤한 자세, 오 여사는 반듯이 섰지만 두 손으로 서동수의 물건을 소방 호스처럼 쥐고 서 있다. 마치 물 뿌리는 자세 같아서 그런다. 그때 서동수가 두 손으로 오 여사의 허리를 감싸 안았다. 그리고 머리를 숙였더니 오 여사가 주춤거리면서 아쉬운 듯 남성을 쥔 손을 떼고 서동수의 목을 감아 안았다. 키스를 위한 완벽한 자세가 갖춰졌다. 서동수는 양치질하는 것도 잊고 오 여사의 입술을 빤다. 오 여사는 하반신을 딱 붙이면서 입을 벌리고 혀를 내민다. 키스가 사랑의 엔진 점화기 역할을 하게 된 것은 인류의 문명화(文明化) 이후일 것 같다. 키스는 언어다. 그것도 심오한 언어다. 키스만큼 밀도 깊은 사랑의 언어가 없다. 입놀림, 혀 놀림, 그리고 혀의 상호 교환은 수만 마디 언어보다 더 절실하며 풍부한 느낌을 전달해 주는 것이다. 물론 문명화 이전에는 이러다가 서로 뜯어먹었을 것이다.

"아아."

키스를 하는 동안에 두 쌍의 손이 서로의 몸을 구석구석 애무하고 있다. 특히 서동수의 손놀림은 정성스럽다. 오 여사의 엉덩이 뒤쪽을 훑어 앞으로 미끄러져 나오는 애무를 서너 번 했더니 격한 반응이 왔다. 오 여사가 하반신을 비틀면서 엉켜온 것이다.

"아유, 나 죽겠어."

오 여사가 입으로 쇳소리 같은 숨결을 품어오면서 말했다. 서동수의 손은 흠뻑 젖었고 이제는 키스의 호흡이 맞지 않아 이가 부딪쳤다. 다급해진 오 여사가 리듬을 깬 것이다.

"자기야, 빨리, 응?"

하고 오 여사가 서동수의 허리를 잡아당겼다. 침대로 가자는 것이다.

서동수가 침대로 끌려가자 오 여사는 먼저 반듯이 눕는다. 그러고는 헐떡이며 말했다.

"나, 가만있을게."

맡긴다는 말이었는데 이 와중에도 카페에서 서동수가 한 말을 기억하고 있는 것이다. 서동수는 서두르지 않았다. 오 여사의 몸 위에 오르고는 먼저 입술로 키스부터 한다. 그러고는 천천히 오 여사의 작은 몸을 애무하기 시작했다. 서동수가 20대에 기억해둔 말이 있다. 30년 결혼생활을 한 자칭 성생활의 도사로부터 들은 말이다. 그는 30년을 같이 잔 마누라가 밤마다 새롭다고 했다. 할 때마다 새롭다는 것이다. 그때 서동수의 친구 한 놈은 그 도사가 미쳤다고 했다. 어떻게 같은 '구멍'이 30년 동안 새로울 수가 있느냐는 것이다. 이제 서동수는 그 친구 놈이 미친놈이라고 생각한다. 아니, 그놈은 짐승이다. 생각이 없는 짐승이기 때문에 구멍을 규격으로만 본 것이다.

"아이구."

서동수의 입술이 오 여사의 꽃잎을 건드리자 환성이 터졌다. 오 여사의 몸은 불빛을 받아 찬란하게 빛나고 있다. 땀에 젖어 반들거리고 있는 것이다. 이윽고 서동수가 몸 위로 오르자 오 여사는 흐느껴 울면서 맞는다. 이미 한번 터졌기 때문이다. 감동이 터진 것이다. 서동수는 오 여사와 몸을 합쳤다. 오 여사의 사슴 같은 두 다리가 번쩍 치켜 올라가더니 힘차게 허공을 찼고 이어서 방안이 터질 것 같은 탄성이 일어났다. 거침없다. 세탁소가 들썩인다.

늘어졌다. 성(性)의 쾌락은 인간이 누릴 수 있는 가장 큰 축복이다. 그것은 호의 또는 합의에 의해서 이뤄지는 남녀 간 사랑의 행위를 말하는 것이다. 폭풍이 지난 것 같은 방 안에서 둘이 늘어져 있다. 아직도 둘의 숨결은 가빴으며 방 안의 열기는 식지 않았다. 비린 정액의 냄새가 향기처럼 맡아진다. 둘은 이제 나란히 누워 있는데 서동수의 한쪽 팔을 오 여사가 베고 있다. 오 여사의 이마에 젖은 머리칼이 붙어 있다.

"정말이네."

오 여사가 가쁜 숨을 뱉으며 말했다.

"47분이야."

그러더니 손을 뻗쳐 서동수의 남성을 만졌다.

"오마나."

놀란 오 여사가 머리를 조금 들어 아래쪽을 보더니 곧 서동수의 팔 위로 다시 눕는다.

"아직도 섰어."

서동수의 남성을 말하는 것이다.

"난 두 번이나 했는데."

그때 서동수가 상반신을 일으켜 오 여사를 내려다보았다.

"나, 다시 해도 되죠?"

"으응?"

놀란 듯 오 여사가 눈을 크게 뜨더니 두 손으로 서동수의 어깨를 잡는다.

"또 해?"

"난 아직 안 했어요."

"오마나, 나 좀 봐."

다시 오 여사의 얼굴이 붉어졌다.

"내가 정신없어서 안 했는지도 몰랐네."

"해요?"

"난 괜찮아."

다리를 벌리면서 오 여사가 두 손으로 서동수의 어깨를 움켜쥐었다. 두 눈이 번들거리고 있다.

"자기야, 빨리 해, 응?"

목소리가 나긋나긋해졌지만 전혀 어색하지가 않다. 그 순간 서동수는 온몸이 미끄러운 동굴 안으로 빨려 들어가는 느낌을 받는다. 뜨겁고 좁으며 한없이 긴 동굴이다. 그때 오 여사의 입에서 탄성이 터져 나왔다. 다시 새롭다. 10분 전에 오 여사는 다른 노래를 불렀다. 인간의 몸은 얼마나 신비로운가? 서동수는 감동으로 가슴이 뛴다. 머리를 숙여 오 여사의 입을 맞췄더니 바로 혀가 맞는다. 두 쌍의 팔다리가 엉키면서 리듬을 타고 흔들렸다. 다시 오 여사가 절정에 오르면서 몸놀림이 빨라졌다. 서동수는 적절하게 허리를 틀어 자세를 바꾼다. 이제 서로의 몸에 익숙해진 터라 한 치의 빈틈도 없고 한순간의 행동의 낭비도 없이 자세가 바뀌었다.

"여보."

감동에 벅찬 오 여사가 단 한마디의 제대로 된 단어를 뱉는다. 높고 크게, 그것은 어떤 의미인가? 남편을 부르는 호칭이다. 가장 가깝고 믿으며 의지하는 존재, 그때 서동수는 미끄러져 들어가던 동굴이 막히면서 폭발하는 느낌을 받는다.

"여보!"

오 여사가 방안이 터질 것 같은 목소리로 다시 소리쳤다. 그 순간 서동수도 온몸이 분해되는 것 같은 느낌을 받으면서 신음했다. 온몸이 허공으로 솟아오르고 있다. 공기가 되었는지 가뿐하다. 서동수는 오 여사의 몸 위에 엎드렸다. 빈틈없이 서동수의 몸을 감은 오 여사의 입에서 신음이 이어지고 있다. 행복하다. 서동수는 오 여사의 몸을 힘주어 안는다. 아직도 두 몸은 빈틈없이 붙어 있다. 그때 오 여사가 신음과 함께 말했다.

"자기야, 나, 행복해."

서동수는 잠자코 오 여사의 이마에 입술을 붙였다가 떼었다. 이것은 존경심의 표시다. 그것을 느꼈는지 오 여사가 서동수를 안은 팔에 힘을 주었다.

"국제공사로 결정되었어."

회의 도중에 서동수가 불쑥 말하자 이인섭은 눈만 껌벅였다. 회의실 안에는 둘뿐이다. 오후 2시 반이 되어 가고 있다. 의자에 등을 붙인 서동수가 말을 잇는다.

"가격은 동북건설 계약 가격하고 똑같이 하는 거야. 알겠지?"

"예."

하고 대답했지만 이인섭은 서동수와 시선을 마주치지 않았다. 그런 이인섭의 콧등을 3초쯤 바라보던 서동수는 심호흡을 했다. 본사에서 전자팀장으로 근무하면서 리베이트를 수없이 챙겼던 서동수다. 그러나 그 과정에서 부하가 이인섭처럼 대놓고 제 주머니를 챙기는 꼴은 겪은 적이 없다. 이인섭의 행태는 마치 눈 뜬 놈 코를 베어가는 수작이나 같다. 생각할수록 어이가 없어져 웃음이 실실 나오는 장면이었다. 서동수가 조은희 모녀로부터 중국어를 급속으로 배우지 않았다면 진짜 코를 떼일 뻔했다. 서동수가 담배를 꺼내 입에 물었다. 본사는 이미 사내 금연을 시행하고 있지만 중국 공장은 아직 아니다. 라이터를 켜 한 모금을 깊게 빨아들인 서동수가 테이블 건너편의 이인섭을 향해 길게 내뿜었다. 그때 이인섭이 시선을 들고 서동수를 보았다.

"과장님, 오늘 간부 회식이 있는데요."

"참 그렇지."

이제는 서동수가 외면했고 이인섭이 말을 잇는다.

"주임급 이상으로 12명이나 됩니다. 장소는 어느 곳이 좋을까요?"

"간부급들이 좋아하는 곳이 어디야?"

"해산물 식당입니다."

"그럼 그곳으로. 이왕이면 고급 식당으로."

"알겠습니다."

그러고는 이인섭이 자리에서 일어섰으므로 서동수가 담배 연기를 내뿜고 나서 말했다.

"화란을 들어오라고 해."

이인섭이 회의실을 나가자 서동수가 담배를 재떨이에 비벼 껐다. 담배는 고3 때부터 피웠으니 15년쯤 된다. 그러나 한 갑을 한 달 동안 갖고 다닐 때도 있고 하루에 다 피울 때도 있다. 요컨대 담배 중독이 아닌 것이다. 버릇처럼 담배를 찾지 않는다. 술도 마찬가지, 마시지 말아야겠다고 생각하면 한 달도 끊는다. 서동수에게 금연 · 금주 소동은 이해가 가지 않는 것이다. 화란이 들어섰으므로 서동수가 머리를 들었다. 공기가 움직이면서 맑은 향기가 맡아졌다. 이른 아침에 꽃이 피어 있는 산속

공기 같은 냄새다. 시선이 마주치자 화란은 희미하게 눈웃음만 보였는데 그것도 신선하다. 화란은 연두색 회사 점퍼에 바지 차림이다. 그러나 서동수의 머릿속에는 화란의 알몸이 그려진다.

이것은 어쩔 수 없다. 적당한 크기의 가슴, 둥근 어깨, 유두는 콩알만 할 것이다. 그때 앞쪽 자리에 앉은 화란이 묻는다.

"부르셨어요?"

물론 영어다. 머리를 끄덕인 서동수가 상반신을 세웠다.

"본사에서 승인이 났어. 매달 산동실업에서 들어오는 리베이트를 후원금으로 사용할 수 있게 되었어."

그 순간 화란이 활짝 웃었다. 눈이 가늘어지면서 얼굴을 펴고 소리 없이 웃는 웃음이다.

"정말이세요? 기뻐요."

두 손을 모은 화란의 목소리가 떨렸고 얼굴은 상기되었다.

"지방정부에서 굉장히 기뻐할 거예요."

"그 후원 대상을 검토해보자고."

화란에게 시선을 떼지 않은 채 서동수가 말했다. 아름답다. 누가 그랬던가? 웃을 때 아름다운 여자가 진정 아름다운 여자라고.

회식장소는 칭다오 바닷가의 해산물 식당 '청해', 총무과의 간부사원 12명이 모두 모였다. 사무실, 경비실, 전기기계실, 식당, 청소업무의 간부들이다. 조선족은 이인섭 하나였고 모두 중국계여서 둥근 원탁 주위는 중국어가 난무했다. 밝은 분위기의 중국어는 높고 빠르다. 전에는 그것이 소음으로만 울렸었는데 지금은 서동수의 귀에 '언어'로 들리고 있다. 그것을 아직 아무도 눈치 채지 못하고 있는 터라 서동수는 자신이 투명인간처럼 느껴졌다. 모두 자신을 없는 사람처럼 치부하고 지껄이기 때문이다.

"과장 권세가 공장장 다음이더구만, 힘센 과장을 만나면 여러 가지 좋은 점이 많아."

50대 중반인 청소주임 위 선생이 점잖게 말했더니 경비주임 곽 선생이 말을 받는다.

"내가 듣기로는 동북건설 홍 사장도 우리 과장한테 건방지게 굴다가 혼이 났다는군, 과장의 배경이 베이징에 있다는 소문이 있어."

그러자 식당주임 맹 여사가 끼어들었다.

"맞아, 과장이 시내에서 베이징에서 온 사람들하고 만나는 걸 본 사람도 있대."

"자, 쓸데없는 소리 그만합시다."

하고 이인섭이 나섰지만 기계실 주임 후 선생이 나무랐다. 후 선생도 50대다.

"자넨 그러면 못써."

"아니, 왜 그러십니까?"

"자네가 과장 위세 믿고 호가호위하는 건 봐주겠어. 이해한다고."

"그런데요?"

"그런데 요즘 왜 과장 욕을 하고 다니나? 호가호위하는 걸 감추려는 수작이야?"

"아니, 내가 언제요?"

금방 얼굴이 굳어진 이인섭이 되물었을 때 옆에 앉은 화란이 서동수에게 웃음 띤 얼굴로 말을 걸었다. 서동수가 눈만 껌벅이고 테이블 주위를 둘러보는 시늉을 했기 때문이다.

"과장님, 오랜만에 모이니까 서로 할 이야기가 많은가 봐요."

화란이 영어로 말하자 서동수가 웃었다.

"그런 것 같군, 그런데 후 선생하고 이 대리는 다투는 거야?"

"네, 기계 부속 때문에요."

서동수는 화란의 눈동자가 조금 흔들리는 것으로 자위했다. 어쩔 수 없는 일이다.

서동수가 화란하고 이야기하는 동안 주춤했던 후 선생이 말을 잇는다.

"내 귀에 다 들려, 과장이 비자금을 챙기는 것 같다느니, 유흥가에 자주 간다느니, 어디 마담한테 살림을 차려 주었다느니 하는 소문이 다 자네한테서 나온 것 같단 말야."

"오해하지 마십시오."

이제는 이인섭이 웃음 띤 얼굴로 말했다. 시선이 서동수를 스치고 지나갔는데 수습하려는 것 같다. 그때 다시 화란이 다가섰다. 주위를 둘러보면서 화란이 말했다.

"저기, 잡담 그만하시구요. 모처럼의 과 간부 회식이니까 분위기를 밝고 건전하게 만드십시다."

"맞는 말이야."

식당의 맹 여사가 맞장구를 치더니 후 선생과 이인섭을 흘겨보았다.

"당신들은 입 닥쳐."

이곳은 여성 파워가 세다. 전혀 남자 직원에게 위축되지 않는다. 실제로 서동수도 길가에서 남자 귀싸대기를 치는 아줌마를 보았다. 남편을

패는 것이다. 맞을 죄를 저질렀겠지만 그것이 일상인 나라다. 남녀평등은 한국보다 낫다는 생각이 드는 것이다. 술과 요리가 날라져 왔으므로 분위기가 더 밝아졌고 '언어' 가 더 많아졌다.

"화란, 너, 과장 조심해. 과장이 여자를 무지 밝힌다는 거다."

또 누가 서동수를 투명인간 취급을 했다.

회식을 마쳤을 때는 오후 9시 반쯤 되었다. 직원들과 헤어져 택시에 탄 서동수가 집으로 가는 도중에 전화를 받는다. 발신자를 보았더니 화란이다.

"웬일이야?"

핸드폰을 귀에 붙인 서동수가 밝은 목소리로 묻는다. 그러자 화란이 되물었다.

"지금 택시 안이시죠?"

"그래."

"청양의 칭다오 비어 아시죠?"

서동수 아파트 근처에 있는 유명한 맥줏집이다. 서동수가 숨을 들이켰다. 좋은 일이 생길 것 같은 예감이 든 것이다.

"물론이지."

"저도 지금 그쪽으로 가고 있으니까 거기서 만나요."

그러고는 전화가 끊겼다. 화란은 택시를 돌려 이쪽으로 오는 것이다. 간부 전체가 모인 회식은 분위기 파악에 도움이 되었다. 이인섭은 지금까지 호가호위를 해왔는지 모르지만 오늘 분위기를 보면 세력이 약했다. 갑자기 과장의 통역을 맡은 측근이 되고 나서 주변의 견제를 받은 것 같다. 그리고 새로운 사실이 확인되었다. 내 험담을 하고 다녔던 것이다. 얼굴을 굳힌 서동수가 쓴웃음을 지었다. 이인섭은 직장인으로서 가장 치명적인 결함을 두 개나 보유한 셈이었다. '더러운 돈 관계' 그리고 '가벼운 입' 이다. '더러운 돈 관계' 의 반대말은 '돈 관계' 다. '깨끗한 돈 관계' 가 아니다. 칭다오 비어는 맥줏집이지만 룸에서는 양주도 판다. 룸으로 들어간 서동수가 양주를 시켜놓고 기다린 지 10분도 안 되어서 화란이 들어섰다. 화란은 회식 때 백주(白酒) 서너 잔을 마셨기 때문에 얼굴이 조금 상기되었다. 밝은 표정으로 들어선 화란이 앞쪽 자리에 앉더니 불쑥 묻는다.

"궁금하세요?"

"아니, 별로."

정색한 서동수가 머리를 저었다.

"난 그저 고마울 뿐이지, 네가 이렇게 만나자고 해준 것이 말이다."

"보스는 술 많이 마시지도 않았잖아요?"

눈썹을 좁힌 화란이 서동수를 유심히 보았다. 화란은 서동수를 보스라고 부른 지 꽤 오래되었다.

"그런데 왜 헛소리를 하세요?"

"널 보면 술이 취하지 않아도 헛소리가 나와, 마치 꿈속 같단다."

"오 마이 갓"

하더니 화란이 제 잔에 위스키를 따르고는 말을 잇는다. 여전히 웃지도 않는다.

"이젠 보스 성격 아니까 그런 말에 넘어가지 않아요."

"한번 시험해보지 그러나?"

"요즘 이 대리하고 무슨 일 있으세요?"

술잔을 든 화란이 물었으므로 서동수는 소리 죽여 숨을 뱉었다. 이것 때문이다. 그러나 천천히 머리를 젓고 나서 말했다.

"아니, 별일 없는데?"

"위험해요."

불쑥 말한 화란이 한 모금에 술을 삼키더니 서동수를 응시했다. 두 눈이 번들거리고 있다. 물기에 젖은 입술 윤곽은 더욱 선명해졌다. 화란이 말을 잇는다.

"나하고는 집안끼리도 잘 아는 사이였고 선배로 많은 도움을 받기도 했는데 정말 왜 이렇게 되었는지 모르겠어요."

"……."

"이번 국제공사로 거래처가 선정이 된 것에 대해서 이 대리가 불평을 하고 있어요. 보스가 리베이트를 챙긴다구요."

"……."

"저한테도 이야기를 했으니까 이 소문이 퍼졌겠죠. 소문을 내려고 한 짓일 테니까요."

그러더니 화란이 길게 숨을 뱉는다.

"슬퍼요. 이런 이야기를 하는 것이."

서동수는 가슴이 메었다. 하나를 잃고 다른 하나를 얻었다.

"술 많이 드셨어요?"

문을 연 조은희가 중국어로 물은 순간 서동수는 가슴에 시원한 바람이 스치고 지나는 느낌을 받는다. 밖은 후덥지근한 날씨다. 조은희의 옆을 지나 집 안으로 들어서면서 서동수가 숨을 들이켰다. 그러자 조은희의 체취가 맡아졌다. 비누 냄새가 약간 섞인 체취다. 서동수가 중국어로 대답했다.

"당신한테 중국어를 배운 덕분에 내 업무에 얼마나 도움이 되는지 몰라."

"정말요?"

방으로 따라 들어온 조은희가 서동수의 뒤에 서서 옷을 벗긴다. 저고리를 뒤에서 당겨 벗기는 조은희에게 서동수가 말을 이었다.

"내가 중국어를 알아듣지 못한 척하고 가만있으면 이것들이 별 이야기를 다 하거든. 내 욕도 한다니까."

"누가 나쁜 사람인지 알 수 있겠네."

바지를 벗으면서 서동수가 대답한다.

"그래서 한 놈이 내 앞에서 돈을 횡령하려는 것도 발각되었다니까."

"그런 일도 있었어요?"

바지를 받은 조은희의 시선이 힐끗 서동수의 팬티로 내려졌다. 왜냐하면 서동수가 일부러 몸을 틀었기 때문이다. 그러자 무섭게 솟아오른 팬티가 보였다. 서동수는 조은희의 시선이 3초쯤 그곳에 박혀졌다가 올라오는 것을 보았다. 조은희가 서동수의 시선을 받은 채 말했다.

"언제든지 필요하면 부르세요."

조은희의 얼굴이 조금 상기되었고 말끝이 떨렸다. 그 자세에서 조은희의 말이 이어졌다. 물론 중국어다.

"그런다고 주인 행세를 하지도 않을 것이고 대가를 바라지도 않을 테니까요."

이제 몸을 완전히 돌린 서동수가 똑바로 조은희를 보았다. 그래서 창이 똑바로 조은희를 겨눈 채 건들거리고 있다. 그 동안 조은희가 생각을 많이 한 증거가 드러났다. 서동수가 접근하지 않은 이유에 대한 생각이다. 이윽고 서동수가 천천히 머리를 끄덕였다.

"내 아래를 보시면 알겠지만 지금 당장이라도 당신을 넘어뜨리고 싶어서 눈이 뒤집힐 지경이야."

"그럼 해요."

그 순간 서동수가 숨을 들이켰다. 조은희가 한국어로 말했기 때문이다. 그래서 몸이 와락 뜨거워진 느낌을 받는다. 불 위에 기름을 쏟은 것 같다. 그때 바짝 다가선 조은희가 다시 한국어로 말을 잇는다.

"저, 벗을까요? 미현이는 신경 쓰지 않아도 돼요. 오히려 좋아할걸요."

"……."

"저도 지금 달아올라 있어요."

조은희가 번들거리는 눈으로 서동수를 보았다. 뜨거운 숨결이 서동수의 목덜미에 닿는다.

"애무도 필요 없어요. 그냥 넣어주기만 하면 돼요."

평소에는 그야말로 요조숙녀 같았던 조은희다. 그러나 보라, 두 눈은 번들거렸고 얼굴은 붉게 상기되었다. 요염하다. 아니, 색욕으로 눈이 뒤집힌 고양이다. 서동수는 입 안에 고인 침을 삼킨다. 머리가 띵해지면서 정신이 하나도 없다. 오직 손을 뻗쳐 조은희를 넘어뜨리고 싶은 욕망뿐이다. 그때 조은희가 와락 두 손을 뻗쳐 서동수의 남성을 움켜쥐었다. 팬티 위로 잡은 것이다.

"넣어줘요."

이제는 바짝 붙어선 조은희의 뜨거운 숨결이 얼굴에 닿는다. 남성을 쥔 손에 힘이 실려졌고 이제는 가슴까지 딱 붙었다. 조은희가 서동수를 올려다보면서 다시 말했다.

"나, 미치겠어요. 지금 흘러요."

그때 서동수가 조은희의 어깨를 두 손으로 움켜쥐었다. 조은희의 두 눈이 더 번들거린다. 반쯤 벌려진 입 안이 보인다.

자, 이때 당기느냐 미느냐로 상황이 결정되는 것이다. 그 순간 서동수가 움켜쥔 손에 힘을 주었다.

"미현 엄마, 고마워. 나한테 희망을 줘서."

이제는 서동수도 한국어를 쓴다. 놀란 듯 조은희가 눈은 크게 떴을 때 서동수가 말을 잇는다.

"언제든지 미현 엄마를 안을 수 있다는 생각을 하는 것만으로도 행복하거든."

조은희는 여전히 서동수의 남성을 움켜쥔 채 시선을 준다. 그러나 눈동자가 조금 흔들렸다. 서동수가 말했다.

"하지만 오늘은 참을 거야."

"왜요?"

조은희의 목소리는 물기가 없다. 그러나 눈빛은 더욱 강해진 것 같다. 그때 서동수가 손을 뻗어 조은희의 원피스를 들쳤다. 그러고는 팬티 안으로 손을 집어넣었다. 조은희가 놀란 듯 눈을 크게 떴다가 곧 두 다리를 벌린다. 서동수는 손끝으로 조은희의 샘을 애무했다.

"이렇게 하고 나서 참는 건 힘들지."

그렇게 말했더니 눈을 가늘게 뜬 조은희가 서동수의 남성을 더 세게 움켜쥐며 말했다. 눈동자의 초점이 멀어져 있다.

"그럼 해요. 어서."

그때 서동수의 가운뎃손가락이 조은희의 샘 안으로 한마디쯤 들어갔다.

"아."

입을 딱 벌린 조은희가 신음했다. 초점 없는 눈빛이 더 강해졌고 움켜쥔 서동수의 남성을 비틀어 쥔다. 조은희의 샘은 말대로 젖어 넘치고 있다. 손가락을 타고 용암이 흘러나온다. 조은희가 몸을 딱 붙이면서 비벼대었다.

"자, 이젠 해요."

몸을 밀어붙이는 바람에 서동수의 등이 옷장에 부딪혔다. 그때 손가락을 뺀 서동수가 조은희의 어깨를 다시 움켜쥐고 말했다.

"오늘은 그만."

"싫어요."

조은희가 몸을 비벼대며 헐떡였다.

"싫어, 이렇게까지 하고 빼는 법이 어디 있어?"

"내가 시킨 대로 해."

이 한마디에 조은희가 주춤했다. 서동수가 정색하고 조은희를 보았다. 그렇다. 섹스도 담배 끊는 것처럼 한 달을 안 해도 견딘다. 중동 출장을 갔을 때 45일간을 마스터베이션도 하지 않고 지냈던 때도 있었다. 참을 수 있다. 참는 건 자신이 있다. 그래서 오 여사한테서 시간당 100만 원을 받은 적도 있었지 않은가? 일이 끝났을 때 오 여사가 100만 원을 줬던 것이다. 넣고 한 시간으로 계산을 해준 셈이다. 서동수가 말을 잇는다.

"나, 당신하고 하고 싶지만 참는 거야. 이유는 묻지 마."

"알았어요."

조은희가 선선히 머리를 끄덕였지만 표정을 바꾸진 못했다. 눈빛이 약해지면서 입술 끝이 내려간다. 어느새 움켜쥐고 있던 남성에서 손도 떼었다. 그때 서동수가 다시 조은희의 치마를 걷고는 팬티 안에 손을 넣었다. 이번에는 조은희가 가만있는다. 적극적인 반응을 하지 않는 것이다. 마치 약을 올리는 것 같았지만 서동수는 다시 가운뎃손가락을 조은희의 동굴에 넣었다 빼고 말했다.

"오늘은 이 정도로."

"알았어요."

"오늘밤에 세상이 끝나는 것도 아니니까."

이제 다시 서동수는 중국어를 썼다. 왜 서운하지 않겠는가? 하지만 집안 질서가 무너지면 안 된다. 잘못하면 개판이 된다.

6장

# 중추절

이틀 후가 중국의 중추절이 되어서 공장 분위기는 들떠있다. 중추절은 음력 8월 15일로 한국의 추석과 같은 명절인 것이다. 양력 10월 1일인 국경절까지 끼어서 이번에는 8일간의 연휴가 된다. 점심 식사가 끝난 오후 1시 반경에 서동수가 공장장실로 들어섰다. 이제는 사전에 면담 신청부터 할 필요가 없다. 공장장 비서에게 지금 뵈러 가겠다고 연락만 하면 특별한 경우를 제외하고 바로 통과다.

"어, 무슨 일이냐?"

앞쪽 소파에 앉는 서동수에게 윤명기가 묻는다. 깐깐하며 권위적인 윤명기가 이렇게 탁 트고 대하는 직원은 서동수 하나뿐이다. 지금까지 내재한 채 분출하지 못했던 윤명기의 성품 한 자락이 서동수에 의해 터져 나왔다고 볼 수도 있다. 비서가 음료수를 가져왔으므로 잠자코 기다렸던 서동수가 방에 다시 둘이 되었을 때 입을 열었다.

"모레 아침에 귀국하시면 서울에 계실 겁니까?"

"이틀간은 일을 하고 고향에 가 봐야지, 그런데 왜?"

"그럼 서울에서 뵈어야겠습니다."

"글쎄, 무슨 일이야?"

"오랜만에 귀국하시는데 선물값 좀 드리려고 합니다."

"네가 무슨 돈이 있어?"

둘의 대화는 거침이 없다. 윤명기의 시선을 받은 서동수가 말을 잇는다.

"안 부장한테서 받은 부동산 정리를 끝냈습니다. 거기서 나온 위안화를 제 친구 통해서 한국에서 현금으로 받기로 했습니다."

이제 윤명기는 듣기만 했고 서동수가 말을 잇는다.

"현금으로 3,000 가져가겠습니다. 모레 밤에 제가 서울 댁으로 찾아뵐까요?"

"그래라."

머리를 끄덕인 윤명기가 길게 숨을 뱉고 나서 웃었다.

"너, 전자 있을 때도 이런 식이었냐?"

"그건 말씀드릴 수 없지만 제가 책임을 다 짊어지고 나왔습니다."

이제는 머리만 끄덕이는 윤명기를 향해 서동수가 정색하고 말했다.

"공장장님은 제가 존경하고 있습니다. 절대로 누를 끼치지는 않겠습니다."

서동수가 자리에서 일어섰을 때 윤명기가 뱉듯이 말한다.

"나는 너한테만 뒤집어씌우는 성격이 아니야, 나도 책임을 진다."

서동수가 시선을 들었지만 윤명기는 외면했다. 그렇다. 윤명기는 다를 것이었다. 그러나 마지막 순간 기로에 섰을 때는 그때 가봐야 안다.

서동수는 한번 겪은 터라 두 번 다시 실수를 반복하지 않을 작정이었다. 경험은 어떤 지식보다 낫다.

사무실로 돌아온 서동수가 화란과 이인섭을 회의실로 불렀다. 화란은 사흘 전 회식하던 날 밤에 만난 후부터 시선을 마주치지 않는다. 둘이 앞쪽에 나란히 앉았을 때 서동수가 먼저 이인섭에게 묻는다.

"중추절 때 고향에 갈 건가?"

화란도 있었기 때문에 영어를 쓴다. 그러자 이인섭이 서동수를 보았다.

"예, 버스표 끊어놓았습니다."

"나도 한국에 다녀올 거야."

이인섭이 잠자코 머리만 끄덕였다. 이틀 전부터 국제공사의 작업이 시작되었는데 이인섭은 불편한 기색이 역력했다. 담당 대리인데도 공사 현장에 나가 보지도 않아서 공사 측 실무자가 사무실로 자주 찾아왔다. 그것이 서동수의 눈에도 보였으니 시위성 반항이다. 서동수 얼굴에 저절로 쓴웃음이 일어났다. 경력이 짧아서가 아니라 직장 문화가 조성되지 않은 때문이다. 한국에서는 이러지 못한다.

그때 서동수가 다시 말했다.

"중추절 끝나면 총무과 내부 인사이동이 있을 거야. 업무가 많아져서 충원도 되어야 할 것이고 그러다 보면 전출도 있어야겠지."

그 순간 이인섭은 물론 화란도 놀란 표정으로 서동수를 보았다. 금시초문인 것이다. 서동수는 소리 죽여 숨을 뱉는다. 과장은 인사권이 있다. 더구나 자신은 공장장의 절대적인 신임을 받고 있는 상황이다. 그것을 둘도 알고 있는 것이다.

서동수가 말을 이었다.

"참고로 말하는데 혹시 전출가고 싶은 부서가 있으면 말해. 직원들한테도 물어보고, 발령이 나기 전에 말해줘야 해."

"알았습니다."

하고 화란이 머리를 끄덕였지만 이인섭은 굳어진 얼굴로 시선만 주었다. 이인섭의 시선을 받은 서동수가 말했다.

"이 대리는 옌지공장 관리부로 발령을 내려고 해. 고향이니까 괜찮겠지?"

그 순간 이인섭이 몸을 굳히고는 시선만 주었다. 그런데 눈동자의 초점이 맞지 않는다. 서동수가 똑바로 시선을 받으면서 말을 이었다.

"회사에 대한 불만사항이 있거나 무슨 비리를 안다면 오늘이라도 성(省) 정부나 공안에 신고하도록 해. 옌지로 가게 되면 그럴 여유가 없을 테니까."

이인섭은 눈을 치켜떴지만 입을 열지는 않았다. 대신 눈 주위가 빨갛게 상기되었고 입술 끝에 경련이 일어났다.

"보스."

입을 연 것은 화란이다. 화란이 서동수를 쏘아보며 물었다.

"그게 무슨 말씀이죠?"

서동수가 화란의 시선을 볼에 받으면서 이인섭에게 말했다.

"성화공사 사람이 22만 위안을 리베이트로 낸다는 것을 나한테 18만 위안으로 보고를 했더구만."

"했더구만"이 아니라 "하더구만"으로 표현해야 맞았지만 지금도 중국어를 모르는 시늉을 하는 터라 표현에 신경을 쓴다. 서동수의 말에 이인섭이 숨을 들이켜는 것까지 보였다. 놀란 것이다. 화란은 놀라 입을 딱 벌렸고 서동수의 말이 이어졌다.

"성화공사 사장을 불러 대질시킬 필요는 없겠지?"

그 순간 이인섭이 어깨를 늘어뜨리면서 시선도 내렸다. 전의를 상실한 것이다. 그러나 서동수가 똑바로 이인섭을 보았다.

"내가 국제공사로 계약을 하니까 리베이트를 나 혼자 독식하는 줄로 알고 업무에 비협조적이었지?"

"과, 과장님."

했지만 이인섭은 목이 멘 듯 헛기침을 하고는 시선을 돌렸다. 이마에 땀방울이 돋아나 있다.

"그 리베이트는 성(省) 정부와 협의해서 복지활동에 투자하기로 본사의 결재까지 받았다. 넌 신의를 배신한 사람이야."

이제 이인섭은 머리만 숙인 채 어금니를 물고 있다. 의자에 등을 붙인 서동수의 얼굴에 웃음이 떠올랐다.

"내가 약점이 잡힐 사람 같더냐? 난 너한테 기회를 주었지만 넌 배신으로 갚았어. 욕심을 억제할 수 없었기 때문이지. 다 너 스스로가 망쳐놓은 일이다."

화란이 알아듣도록 영어로 또박또박 말해준 서동수가 자리에서 일어섰다. 그러고는 먼저 방을 나왔다. 험담을 퍼뜨리고 다닌다는 후 주임이나 화란의 말을 들었을 때까지는 다른 방법으로라도 수습을 해보려고 했다. 그러나 국제공사의 일에 비협조적으로 나오는 것을 보고 마음을 굳힌 것이다. 이인섭에게는 국제공사에서 나온 리베이트가 복지자금으로 쓰인다는 말이 치명적이었을 것이다. 마치 벼락을 맞은 셈이었다. 손에 쥔 패가 없어졌으니까.

퇴근 무렵이 되었을 때 핸드폰이 진동을 했다. 발신자 번호를 보았더니 화란이다. 화란은 이인섭과 함께 사무실을 나간 후에 아직 돌아오지 않았다. 핸드폰을 귀에 붙인 서동수가 대답했다.

"응, 무슨 일이야?"

"아까 말씀하신 것이 사실이더군요."

화란의 목소리는 차분했다. 이인섭에게 확인한 것이다. 서동수가 잠자코 있었더니 화란이 말을 잇는다.

"지금까지 이 대리하고 같이 있었어요. 이 대리는 할 말이 없다고 했습니다."

"……."

"옌지 공장으로 가겠다고 합니다."

서동수는 핸드폰만 귀에 바꿔 붙였다. 이인섭이 발령받은 공장은 옌지에 위치한 부속용 레이스 공장이다. 본 공장은 18개의 보조공장을 운용하고 있었는데 관리자는 과장급이 파견되었다. 이인섭은 옌지의 제13공장 소속의 업무과 대리로 가게 된다. 근로자 140명에 관리 인원이 5명뿐인 곳이다. 그곳에는 대리급 보직도 없어서 주임이 맡았던 일을 맡게 된다. 다시 화란이 말을 잇는다.

"말은 그랬지만 어려울 것 같아요. 이곳에다 집도 사놓고 가족도 옮겨갈 것 같지 않아요. 제가 이 대리 와이프를 좀 알거든요."

"……."

"회사를 그만둘 것 같습니다."

"그건 내가 상관할 일이 아니지."

"압니다."

하더니 수화구에서 긴 숨소리가 났다.

"보스, 오늘밤 술 한잔 사주실래요?"

"약속이 있어."

"절 피하시는 거죠?"

"이봐."

서동수의 목소리가 굳어졌다.

"너하고 이런 이야기할 상황이 아니야."

"미안합니다. 보스."

화란의 목소리도 선명해졌다.

"보스도 답답하실 것 같아서 그랬습니다. 하지만 이건 업무적으로 처리해야 된다는 것을 잊었습니다."

서동수는 잠자코 핸드폰을 귀에서 떼었다. 이인섭과 화란을 좌우로 삼아 총무과를 이끌어 가려고 작정했던 서동수다. 그것을 이인섭도, 화란도 알고 있는 것이다. 이 시점에서 되돌릴 수도 없고, 그럴 마음도 없다. 심호흡을 한 서동수가 핸드폰의 버튼을 누른다. 그러자 귀에 붙인 핸드폰에서 신호음이 두 번 울리더니 곧 목소리가 울렸다.

"예, '청양세탁소' 입니다."

그곳이다. 오 여사를 만난 얄궂은 카페, 전화는 세탁소로 받는구나.

"나, 서 사장이요."

그러자 여자는 반색을 했다. 메이 사장이라고 했던가?

"아유, 마침 잘 되었습니다. 제가 우 사장님한테 연락을 하려고 했는데요."

우 사장이란 우명호, 여기서는 다 사장이다. 여자가 말을 이었다.

"서울에서 손님 셋이 오셨어요. 모두 30대로 미인입니다. 30대요."

여자는 30대를 두 번이나 강조했다. 30대 골퍼들이란 말인가?

"돈 많은 사람들이오?"

불쑥 심술이 난 서동수가 그렇게 물었더니 여자의 목소리에 열기가 더해졌다.

"난 돈 없는 여자, 손님으로 안 받습니다. 그럼 내 손님 다 나갑니다."

내 손님이란 이곳의 남자들이란 말이었다. 어깨를 편 서동수가 마음을 굳혔다. 꿀꿀한 기분이었는데 불감청(不敢請)이언정 고소원(固所願)이다. 화란에게 약속이 있다는 말은 거짓말이었다.

"좋아, 우 사장한테 연락해요. 오늘 저녁에 갈 테니까."

잘 하면 시간당 100만 원을 또 받을지 모른다.

서동수가 이름도 없는 세탁소 2층 카페로 들어섰을 때는 오후 8시 10분이다. 오늘도 카페는 텅 비었지만 방 안에 손님이 하나 있었다. 우명호가 먼저 와 기다리고 있는 것이다.

"밥도 안 먹고 왔다."

긴장한 우명호의 얼굴이 마치 결사대로 자원한 신병(新兵) 같았다.

"허기져서 뛸 수 있겠냐?"

그렇게 말을 받는 서동수 또한 가망 없는 마라톤 대회에 나온 선수 같다. 케냐놈들이 집단 배탈이나 걸리면 기회를 얻을 것이고 안 되면 그만이라는 표정을 짓고 앉아 있다. 그런데 주인여자 메이가 술과 안주를 갖다놓은 지 10분도 안 되어서 여자들이 들이닥쳤다. 셋이다. 그런데 웬일, 다 쭉쭉빵빵인 데다 미모다. 이런 행운이 어디 있겠는가? 우명호는 덤벙거리느라고 인사도 제대로 못했기 때문에 서동수가 수습했다. 이곳은 메이가 여자만 집어넣고 가는 터라 누군가 분위기를 잡아야 한다.

"자, 먼저 그냥 앉으시지요."

서동수가 셋에게 자리를 가리키며 말했다.

"어차피 쪽수가 맞지 않으니까 먼저 앉으시고 나서 협상을 하십시다."

그러자 여자 둘은 키드득 웃었는데 하나가 눈썹을 치켜세웠다.

"뭐? 협상?"

그러면서 앉기는 한다. 셋이 안쪽에 나란히 앉는 바람에 서동수와 우명호는 좌우 끝으로 배치되었다. 그때 눈썹을 올렸던 여자가 서동수에게 다시 묻는다.

"아까 협상이라고 했죠? 어떻게 하는 건데요?"

"가위바위보를 하든지 심지 뽑기, 또는 퀴즈 맞히기도 있겠습니다."

그러는 와중에도 서동수는 셋을 살폈다. 활짝 피어난 미인들이었지만 자세히 보면 다 다르다. 특징이 있고 분위기가 다른 것이다. 30대는 맞는 것 같다. 30대 후반쯤이고 이 정도로 제각기 여유를 부릴 정도면 시간과 돈을 엄청 투자해야 될 것이었다. 이 나이면 아이가 초등학생쯤 될 텐데 오죽 손이 많이 가는 시기인가? 학원, 개인교습에다 한 반에 30여 명뿐이라 반장, 부반장, 회장, 부회장에 걸리면 학부모 모임에 쫓아다녀야 한다. 골프채 들고 날아와 국산 고추맛 볼 여유가 없는 것이다. 이것이 보통 30대 한국 여자의 인생이다. 그때 서동수 옆에 앉은 쇼트커트한 머리가 입을 열었다.

"그런데 말이죠. 내가 알기로는 우리가 우선권이 있는 것 아닌가요? 그러니까 협상이 아니라 선택권이 있는 거죠."

서동수는 여자의 나긋나긋한 목소리를 들으면서 심호흡을 했다. 맞다. 호빠 스타일로 알고 찾아온 것이다. 이쪽 남자는 선택권이 없다. 그러자 가운데 앉은 여자가 다시 나섰다.

"맞아, 이 사람이 나서는 바람에 잠깐 헷갈렸어. 우리가 우선권이 있어."

서동수의 시선이 우명호를 스치고 지나갔다. 우명호는 멍한 얼굴이다. 다 듣기는 할 테니 누가 주도권을 쥐건 간에 내 고추가 굴 속에 들어가면 된다는 심보인지 편안하게 늘어져 있다. 서동수가 술잔을 쥐었다. 그러고는 한 모금에 삼키고 나서 말했다. 좋아. 굽히기로 하자.

"뭐, 아까운 시간 소모하지 마십시다. 누가 날 잡아드실 겁니까?"

"나."

하고 나선 것이 서동수 옆에 앉은 쇼트커트 머리다. 시선이 마주치자 여자가 키드득 웃었다.

"탁탁 내던지는 말투가 맘에 들었어."

"나두."

가운데 여자가 말했으므로 서동수는 숨을 들이켰다. 둘 다 마음에 들었기 때문이다. 과연 겸손한 자에게 복이 있나니.

위스키 두 잔을 마시고 아래층 세탁소 방으로 들어왔다. 상대는 나긋나긋한 쇼트커트. 아직 성도 모른다. 그쪽 또한 서동수 이름도 묻지 않았으므로 피장파장이다. 가운데 여자는 방에 혼자 남았고 우명호는 제 옆에 앉았던 여자하고 옆방으로 갔다. 만난 지 20분도 안 되어서 이렇게 된 것이다.

"씻을래?"

하고 여자가 불쑥 물었으므로 서동수가 시선을 들었다. 방에 들어와서 첫말이 반말인 것이다. 그래서 머리를 끄덕이며 대답했다.

"그래, 같이 씻자."

"싫어. 너 먼저 씻어."

여자가 턱으로 욕실을 가리키며 말을 잇는다.

"난 운동하고 씻었어. 손만 닦을래."

"나도 사우나하고 왔으니까 손만 씻고 나오지."

그러고는 서동수가 손만 씻고 나왔더니 방안의 불이 다 꺼져 있었다. 그때 침대 위에서 여자가 물었다.

"콘돔 가져왔지?"

서동수가 잠자코 침대 끝에 앉았더니 여자가 말을 잇는다.

"글고 내 가슴 만지지마, 키스해도 안 돼, 코 건드리지 말고."

"……."

"거기 넣을 때 살살 넣어줘. 상처 나면 안 돼."

"……."

"네 거, 커? 너무 크면 곤란한데, 크면 늘어나는 것 같더라니까?"

"……."

"지금 옷 벗는 거야?"

"……."

"그리고 될 수 있으면 후배위로 해줘."

여자의 나긋나긋한 말이 끝났을 때 서동수가 침대에서 일어나 벽에 붙은 전등 스위치를 켰다. 침대에 누운 여자가 눈이 부신 듯 눈썹을 찌푸렸다.

"불 꺼."

"나 갈게."

쓴웃음을 지은 서동수가 여자를 내려다보았다.

"네 말을 듣다가 식어버렸어."

서동수가 눈으로 제 다리 사이를 가리키고 나서 다시 웃었다.

"나, 이런 경우 처음야. 어지간한 여자 앞에서는 다 섰거든? 그런데 네 앞에선 안 돼. 항복이야."

두 손을 들어 보인 서동수가 몸을 돌리면서 말을 잇는다.

"충고할게. 소시지 대자로 하나 사서 포장지 뜯지 말고 엎드려서 거기다 박아. 너한테는 그게 맞아."

방을 나올 때까지 여자가 말대답을 안 한 것은 벗고 있었기 때문일 것 같다. 그것도 위는 셔츠 차림이었으니 아래만 벗었을 테니 미친년이 아닌 이상 그 꼴로 일어나 화를 내기는 힘들었을 것이다. 방을 나온 서동수는 아예 세탁소 밖으로 나와버렸다. 2층 룸에서는 가운데 여자가 기다릴 테지만 서동수는 지나는 택시를 세웠다. 앞으로 메이는 두 번 다시 불러주지 않을 것이지만 조금도 아깝지가 않다. 중국은 대륙이다. 지금까지 보지도 겪지도 못한 일들이 수없이 일어나게 될 것이었다. 택시 차창 밖으로 보름달 가깝게 된 달이 둥실 떠 있는 것이 보였다. 한국도 추석이 가까워온다. 의자에 등을 붙인 서동수가 눈을 감았다. 그러자 딸 미혜의 얼굴이 가장 먼저 떠올랐다. 헤어진 지 벌써 다섯 달이 지났다. 그 동안 일주일에 한 번씩 전화를 했다가 그것을 열흘에 한 번, 보름에 한 번으로 미뤘더니 이젠 미혜가 별로 찾지 않는다고 했다. 다 전처 박서현의 작품이다.

다음날은 오전 근무만 하고 중추절 휴가가 시작된다. 상여금을 받은 직원들은 들뜬 분위기였고 공장 운동장에는 전세버스가 150여 대나 대기하고 있어서 장관을 이루었다. 각지로 떠날 버스다.

이것도 모두 총무과 업무여서 마지막 버스가 회사를 떠날 때까지 서동수는 지켜봐야만 했다. 공장장 윤명기도 운동장에 서서 마지막 버스를 향해 손을 흔들더니 서동수에게 말했다.

"지난 구정 때 귀사율(歸社率)이 83%였어. 하지만 이번에는 90% 이상이 될 것 같구먼."

근래 경기가 불황이기 때문이다. 경기가 좋으면 일자리와 임금이 올라가고 더 좋은 회사로 옮기는 비율이 높아진다. 따라서 귀사율이 낮아지는 것이다.

"자, 그럼 난 간다."

서동수의 어깨를 손으로 툭 치며 윤명기가 말했다.

"서울에서 뵙겠습니다."

윤명기만 들으라고 낮게 말한 서동수가 몸을 돌렸을 때 운동장 한쪽에 서있던 화란과 시선이 마주쳤다. 오후 2시 반쯤 되었다. 텅 빈 운동장에 휴지와 빈 캔, 플라스틱 병이 어지럽게 흩어져 있었고 역시 총무과 소속 청소 직원들이 치우는 중이다. 서동수가 다가가자 화란은 긴장한 듯 표정이 굳어졌다. 화란은 오늘 분홍색 스웨터에 바지 차림이다.

"이 대리는?"

다가선 서동수가 묻자 화란이 시선을 비키면서 대답했다.

"조금 전에 갔는데요."

"점심시간에도 보이지 않던데."

지금 이인섭을 물은 것이다. 화란이 대답하지 않았으므로 서동수가 다시 묻는다.

"현재 몇 명이 남아서 정리하고 있지?"

화란이 정리 책임자로 임명되어 있는 것이다. 기계실 직원까지 모두 나와 어지럽혀진 식당과 운동장을 정리하고 있다. 화란이 손에 든 상황판을 보더니 대답했다.

"23명요. 4시까지는 끝내고 퇴근시키겠습니다."

"좋아. 그때까지 사무실에서 기다릴게."

그러고는 서동수가 주머니에서 고무줄로 감은 100위안 권 돈뭉치를 꺼내 화란에게 내밀었다.

"이거 5,000위안이야. 1인당 200위안씩 나눠줘. 이건 마지막까지 정리한 대가라고 해."

"그럼 청소한 사람들은 보너스를 두 번 받게 되는군요."

환하게 웃는 화란이 돈뭉치를 받더니 반짝이는 눈으로 서동수를 보았다.

"모두 좋아할 거예요."

"이 돈이 어떤 돈인지 궁금해 할까?"

"그런 사람은 없습니다."

머리까지 저은 화란이 다시 웃었다.

"그런 것까지 따질 만큼 비뚤어지지 않았거든요."

"이인섭은 그만둘 모양이군."

이제는 서동수가 외면한 채 말했더니 화란은 대답하지 않았다. 긍정의 표시다.

오후 4시 10분, 사무실에 혼자 앉은 서동수가 안으로 들어서는 화란을 본다.

"다 끝났습니다."

다가온 화란한테서 옅은 향내에 섞인 풀냄새가 맡아졌다. 선선하다. 앞쪽에 선 화란이 말을 이었다.

"청소한 사람들에게 200위안씩을 봉투에 넣어서 나눠주었어요. 모두 굉장히 좋아했습니다."

머리를 끄덕인 서동수가 자리에서 일어서며 묻는다.

"어때? 오늘 나하고 술 한잔 할까?"

"그러실 줄 알았어요."

눈웃음을 친 화란이 말하자 서동수는 숨을 들이켰다. 목구멍이 좁혀지고 있다.

"미리 이야기해서 김이 빠질지 모르겠는데."

하고 서동수가 지그시 화란을 응시하며 말했다. 이곳은 칭다오 시내 중심부에 위치한 프린스호텔의 바 안이다. 오후 6시, 술 마시기에는 이른 시간이었는데도 바 안은 손님이 많다. 그런데 대부분이 외국인이다. 중추절 휴가 때문에 중국인은 거의 보이지 않는다. 위스키 잔을 든 서동수가 말을 이었다.

"넌 휴가 끝나고 나서 대리 진급이 될 거야. 화란."

그 순간 놀란 화란이 눈을 크게 떴다. 입술은 꾹 닫혀졌고 얼굴은 굳어져 있다. 화란의 표정을 본 서동수가 쓴웃음을 지었다.

"공장장한테 이 대리 이야기를 했어. 그리고 날 보좌할 대리급으로 널 추천했고 결재를 받았다."

"……."

"자, 웃어라."

술잔을 든 서동수가 말했을 때 화란이 입을 떼었다.

"그럼 제가 이 대리 업무를 맡나요?"

"그래야지."

"제 업무는요?"

"너하고 호흡이 맞는 직원이 있으면 추천해. 다른 부서에 있더라도 데려올 테니까."

"있어요."

화란의 눈이 반짝였고 목소리도 높아졌다.

"생산부에서 자재 관리를 맡고 있는 제 대학 2년 후배인데 제가 부러워 죽겠대요."

"그럼 걔한테 2만 위안쯤 받아."

"네?"

"총무과로 영전시켜 주겠다면 그쯤 받아도 될 게다. 아니 더 불러도 되지 않을까?"

화란이 눈만 껌벅였으므로 서동수가 정색했다.

"기회를 놓치면 안 돼. 검은 고양이건 흰 고양이건 쥐만 잡으면 되는 거야. 돈 버는 데 방법을 가리지 말라는 뜻이다."

"진심이세요?"

하고 화란이 얼굴을 굳힌 채 물었으므로 서동수가 천천히 머리를 끄덕이고 나서 대답했다.

"농담이야. 바보야."

그러자 눈을 치켜떴던 화란이 앞에 놓인 안주접시에서 땅콩 하나를 들더니 서동수에게 던졌다. 땅콩이 서동수의 가슴에 맞고 떨어졌다.

"보스는 어디까지가 진심인지 알 수가 없어요. 정말요."

아직도 정색한 화란이 말하자 서동수는 한 모금에 술을 삼켰다.

"이것으로 오늘밤 너하고의 달콤한 데이트는 끝났다."

"왜요?"

화란이 서동수의 빈 잔에 술을 채우며 묻는다. 잠깐 숙인 화란의 스웨터 밑쪽으로 젖가슴의 위쪽 골짜기가 보였다.

서동수가 술잔을 들고 웃었다.

"더 이상 진도가 나가면 네 진급 분위기가 흐려지니까."

"무슨 말씀이신지."

"네 진급에 대한 대가를 요구하는 것으로 비칠 우려가 있단 말이다."

한마디씩 차근차근 말했더니 화란이 머리를 저으며 웃는다. 불빛을 받은 흰 이가 반짝였다.

"복잡하군요. 보스는."

"순수하다고 봐주지 않을래?"

"조금 더 진도가 나갔어도 될 것 같은데요. 보스."

그러자 서동수가 화란의 시선을 잡은 채로 빙그레 웃었다.

"좋아. 너도 이 분위기를 즐기는 것 같구나. 화란."

"보스가 트레이닝을 시켜주고 있으니까요."

서동수는 눈을 가늘게 뜨고 화란을 본다. 언젠가는, 하는 기대가 인간에게 활력을 주는 것이다.

다음날 아침, 조은희와 딸 미현이 먼저 고향인 인제로 떠났다. 버스표는 한 달 전에 예약해놓았고 그때부터 고향 친척 선물을 하나씩 사놓더니 나갈 때 보니까 둘이 선물더미에 쌓여서 걷는다. 서동수도 집안이 허전하게 느껴져서 일찍 공항에 나왔다가 오후 2시 반 비행기로 칭다오를 떠났다. 올 때는 한 시간 비행에 한 시간을 잡아먹고 날아와서 같은 시간에 도착했지만 갈 때는 시간이 늦어져서 오후 다섯 시가 다 되었을 때 인천공항에 도착했다. 공항버스를 기다리면서 서동수가 핸드폰의 버튼을 누른다. 이미 박서현에게 오늘 귀국한다고는 연락을 했다. 중국으로 떠난 지 6개월째, 만 5개월 15일 동안 미혜의 목소리는 여덟 번 들었다. 처음에는 일주일에 한 번, 그것도 참고 참으면서 했다가 곧 열흘에 한 번씩 두 번, 그리고 마지막으로 미혜의 목소리를 들은 것이 한 달 전이다. 그것은 박서현이 얼굴 보지도 못할 거면서 아이 감질맛 나게 하지 말라고 충고했기 때문이다. 아이가 잊도록 하는 것이 최선이라고도 했다. 하긴 한 달 전에 전화를 했을 때 아빠의 목소리를 열흘 만에 듣는 미혜의 반응이 전과 다르게 느껴졌다. 핸드폰을 귀에 붙였을 때 곧 박서현의 응답소리가 들렸다.

"여보세요."

목소리가 가라앉았다. 발신자 번호를 보았기 때문이다.

"응, 나, 공항인데……."

대답이 없었으므로 서동수가 말을 잇는다.

"어때, 지금 갈까?"

"나, 지금 친정집에 있어."

이제는 서동수가 입을 다물었고 박서현의 목소리가 이어 울린다.

"그리고 참, 나 앞으로 여기서 살 거야. 어머니가 미혜 봐준다고 해서."

"……."

"미혜도 할머니 따르니까 잘됐지, 뭐, 할아버지도 좋아하시고."

"……."

"그러니까 이번에는 안 만나는 게 낫겠는데, 미혜도 찾지 않으니까 말야."

"……."

"지금 오빠 식구들이 와서 미혜가 놀고 있거든? 그럼."

하고 전화를 끊을 기색이 보였으므로 서동수가 다급하게 불렀다.

"저기, 미혜 선물은……."

서동수의 시선이 발밑에 내려놓은 선물 보따리로 옮겨졌다. 커다란 인형이 두 개, 학용품, 전자 게임기도 있다. 선물백이 두 개였고 옷가방에도 들었다. 그때 박서현이 말했다.

"거기 애들한테 줘, 여기도 많아."

거기 애들이란 형 애들을 말한다. 조카다. 그 순간 숨을 들이켰던 서동수가 말했다.

"이, 씨발년이."

그 순간 전화가 끊겼으므로 서동수는 어금니를 물었다. 눈앞이 흐려졌으므로 이것은 분했기 때문이라고 생각한다. 절대로 서러워서, 미혜가 그리워서 이러는 게 아니다. 이윽고 눈물이 흘러내리자 서동수는 얼굴을 일그러뜨리며 웃는다.

"꼴좋다. 이 새끼야."

서동수가 이 사이로 말했을 때 앞을 지나던 남녀 둘이 힐끗 시선을 주었다. 공항건물 앞에서 지저분한 얼굴로 지껄이는 사내가 이상하게 보였을 것이다. 공항버스에 오른 서동수는 5분 만에 다시 핸드폰을 꺼내 들었다. 버튼을 눌렀더니 신호음이 일곱 번이 울렸어도 전화를 받지 않는다. 핸드폰을 귀에서 뗀 서동수가 열 번째 울리기를 기다렸다가 정지 버튼을 눌렀다. 이번에는 오피스텔의 정은지다. 다섯 달 동안 연락을 안 했으니 지금 오피스텔에 사는지 어쩌는지도 모른다. 핸드폰을 내려놓은 서동수가 이제 창밖을 본다.

"그래서? 가만뒀단 말이냐?"

서동수의 이야기가 끝났을 때 강정만이 눈을 부릅뜨고 물었다. 오후 8시, 서동수는 고교 동창 강정만과 함께 소공동의 바에서 술을 마시고 있다. 바 주인 문영은은 안쪽 테이블에서 손님 술시중을 들고 있었는데 장사가 제법 되는 것 같다. 이제는 아가씨 하나를 채용해서 옆 테이블 시중을 든다. 서동수가 쓴웃음을 지었다.

"어떡하냐? 미혜 앞에서 피 튀기며 싸울 수도 없고, 씨발년, 하고 말았지."

"선물을 네 조카 주라고 했다고? 그년 진짜 씨발년이네."

"네가 욕해준 값으로 오늘 술값 내가 낼게."

"얀마, 미혜 네가 키워."

"내가 그거 변호사한테 알아봐야겠다."

정색한 서동수가 눈썹을 좁히면서 강정만을 보았다.

"그년이 지금 어떤 놈하고 깊은 사이거든? 만일 그놈하고 결혼을 하게 되면 내가 데리고 와야겠어."

"어? 어떤 놈인데?"

두 번째로 흥분한 강정만이 다시 어깨를 부풀렸다. 다른 놈이 아니라 '마리오' 다. 박서현의 홈카페에 하루에도 서너 번씩 들락이던 놈, 그놈이 미사리의 '배창수 리사이틀' 에 박서현과 다른 회원 다섯 명을 초대했던 것이다. 그러고 나서 둘은 급속도로 가까워졌다. '척' 보면 안다. '마리오' 는 미사리의 모임 이후로 홈카페에 거의 들어오지 않는다. 밖에서 만나는 것이 분명했다. 그 후로 딱 두 번 들어와 기록을 남겼는데 카페를 개조했을 때다. 그놈이 개조해준 눈치가 보인다. 시치미를 떼지만 서동수의 후각을 피할 수는 없다. 그것까지 말하기는 피곤했으므로 서동수가 술잔을 들고 대답했다.

"척 보면 알아, 내가 누구냐? 오입으로는 그년 할아비 뻘이다. 여기서도 그년 사타구니 냄새를 맡는다."

그때 옆 테이블에 있던 미스 양이 다가와 서동수의 옆에 앉는다. 손님이 준 술을 대책 없이 마신 바람에 얼굴이 붉어졌고 눈동자의 초점이 멀다. 순진하다는 증거는 될지언정 서동수 같은 프로에게는 부담이다.

"저, 한 잔 주세요."

하고 미스 양이 말했으므로 서동수가 입맛부터 다시고는 강정만을 보았다.

"여기 팁 얼마냐?"

"룸살롱도 아니니까 5만 원이면 되지, 뭐."

그랬다가 힐끗 안쪽의 문영은을 보았다.

"재는 일본 손님한테서 10만 원씩 받던데."

머리를 끄덕인 서동수가 지갑을 꺼내 5만 원 권 두 장을 미스 양에게 내밀었다.

"아나, 받아라."

눈을 둥그렇게 뜬 미스 양의 눈동자 초점이 잡혀졌다. 서동수가 미스 양의 얼굴 앞에서 돈을 흔들었다.

"어서 받아."

미스 양이 돈을 받자 서동수가 술잔을 들고 말했다.

"술 달라는 소리 마, 그러라고 팁 먼저 주는 거니까."

그러자 강정만이 투덜거렸다.

"씨발, 별놈의 팁이 다 있네."

"화장실에 가서 소변보고 나서 오바이트하고 와, 그럼 시원해질 거다."

서동수가 부드럽게 말하자 미스 양이 머리를 끄덕였다.

"네, 사장님."

"오바이트 먼저 하면 오줌까지 입으로 나온다. 그러니까 꼭 소변부터 보도록."

"네, 사장님."

얼떨떨한 표정으로 미스 양이 자리에서 일어났을 때 강정만이 정색하고 서동수를 보았다.

"안마, 정말이냐?"

서동수는 대답하지 않았다.

밤 12시 반, 바에는 셋이 남았다. 서동수, 강정만 그리고 문영은이다. 미스 양은 소변보고, 오바이트하고 나서 일찍 퇴근했기 때문이다.

"문 닫아야지?"

하고 강정만이 문영은에게 재촉하듯 물었으므로 서동수가 풀썩 웃었다. 둘은 여자의 도움을 받지 않고 양주 두 병을 마셨다. 문영은은 손님이 많아서 그들 자리에 제대로 앉지도 않았다. 문영은도 술기운으로 눈이 충혈되었지만 초점은 또렷했다. 초점을 서동수에게 옮긴 문영은이 말했다.

"나, 오늘은 안 되는데."

그러자 대답은 강정만이 했다.

"네가 해방 되는 날은 나도 알아. 월초니까 아무리 늘어진다고 해도 오늘은 아냐."

두 손을 저으면서 강정만이 열변을 토했다.

"글고 내가 너하고 그 동안 세 번 잔 것을 서동수가 꺼림칙하게 생각할 놈이 절대 아니다."

테이블을 주먹으로 한 번 친 강정만이 말을 잇는다.

"또, 서동수의 테크닉, 사이즈 그리고 야차비가 청문회에서 문제가 된 적이 없었으니까 그것도 이유가 아닐 것이다."

그러더니 강정만이 눈을 치켜뜨고 문영은을 노려보았다.

"너, 집구석에 언놈이 있지?"

"그래."

선선히 대답한 문영은이 시선을 내렸다.

"오늘밤 누가 오기로 했어."

"그, 일본 놈이냐?"

강정만이 불쑥 묻는다. 둘 사이는 이미 알건 다 아는 사이 같다. 문영은이 잠자코 머리를 끄덕이자 서동수가 말했다.

"그러면 저기,"

문영은과 강정만이 동시에 서동수를 보았다. 바 안은 조용하다. 둘의 시선을 받은 서동수가 턱으로 안쪽 테이블을 가리켰다.

"저기, 테이블을 붙여놓고 한 번 뛰고 헤어지면 안 될까?"

둘의 시선이 안쪽으로 똑같이 향했다가 서동수에게 옮겨졌다. 표정도 똑같다. 얼척이 없는 표정이다. 둘 중 먼저 정신을 차린 것이 강정만이다.

"좋지, 방석을 위에다 깔면 되겠다."

눈을 가늘게 뜨고 테이블을 노려본 강정만이 말을 잇는다.

"두 개를 벽에다 붙이면 떨어질 염려도 없고."

"뭐, 한 시간이면 쌀 거야."

손목시계를 보는 시늉을 하면서 서동수가 말했을 때다.

"미안해."

문영은이 외면한 채 말했다.

"오랜만에 서울 왔는데 정말 미안해."

"그래서, 안 해주겠다는 거야? 뭐야? 이, 씨……."

눈을 부릅뜬 강정만이 빈 양주병 주둥이를 거꾸로 쥐고 일어났는데 내려칠 것 같다. 그때 서동수가 저고리를 집어들었다.

"내가 미안하지 뭐, 가자."

"야, 야."

강정만이 소리쳤지만 쇼다. 서동수의 팔에 끌려 나오면서 강정만이 안에다 대고 외쳤다.

"이년아, 나까무라상한테 안부 전해라."

바 밖으로 나온 서동수가 갑자기 덮친 냉기에 진저리를 쳤고 강정만이 코트 깃을 세우면서 물었다. 어느새 술기운이 싹 가신 얼굴이다.

"너, 정말 안에서 뛰려고 했어?"

"아니, 걍 해본 소리야."

"너, 오늘 어디서 잘래?"

"호텔방 잡아놓았어."

"벌써?"

해놓고 강정만이 길에 숨을 뱉는다. 그렇게 귀국 첫날밤이 지나고 있다.

다음날 오전 10시, 서동수는 시청 앞쪽 소공동의 지하 커피숍으로 들어섰다. 계산대 앞에서 안을 둘러보았더니 기둥 옆에 혼자 앉아 있던 여자가 손을 들었다. 젊고 괜찮은 용모의 여자였으므로 서동수의 가슴이 뛰었다. 다가간 서동수가 겨드랑이에 말아서 끼우고 있던 신문을 빼어 탁자 위에 놓았다. 이것이 알아보는 표시였던 것이다. 자리에 마주 보고 앉았을 때 여자가 물었다.

"서 선생님 맞으시죠?"

"예, 오정미 씨군요."

서동수가 주머니에서 명함을 꺼내 건네자 머리를 숙여 보인 여자도 명함을 내밀었다. 여자는 강정만이 소개시켜준 정보회사 과장이다. 강정만이 다니는 건설회사가 주 고객이라는 것이다. 서동수가 제 또래의 여자를 우두커니 보았다. 막상 말을 꺼내려니 어색했기 때문이다. 그때 여자가 웃음 띤 얼굴로 말했다.

"집안일이라고 하셨죠? 제가 여자라서 좀 어색하신가 봐요."

여자의 시선을 받은 서동수가 어깨를 폈다.

"내 전처 뒷조사를 하려구요."

이제는 여자가 머리만 끄덕였고 서동수가 말을 잇는다.

"그 여자가 지금 남자를 만나고 있는 것 같은데 그 남자놈에 대해서 알아야겠습니다. 그 여자하고의 관계도 말이지요."

한번 입이 터지니까 술술 나오면서 열기가 띠어졌다.

"왜냐하면 그 여자가 내 딸, 여섯 살짜리 딸을 데리고 산단 말입니다. 이제 친정집에 들어가 살 모양인데 딸을 친정 부모한테 맡기고 놀아날 가능성이 많습니다. 그런 여자니까요."

"……."

"여기 그 여자 전화번호, 친정집 주소하고 전화번호도 적어 놓았습니다."

서동수가 여자 앞에 접혀진 쪽지를 내려놓고 말을 잇는다.

"그리고 거기 그 여자 '카페' 도 적어 놓았습니다. 거기 가입하시면 회원인 '마리오' 란 놈을 찾을 수 있을 겁니다. 바로 그놈이 그 여자하고 깊은 관계인 것 같아요."

그러자 여자가 머리를 끄덕이며 쪽지를 집어 들었다.

"알겠습니다. 언제까지 알아봐 드릴까요?"

"내 휴가가 일주일간이니까 늦어도 나흘 후까지는."

"알겠습니다."

선선히 응낙한 여자가 마음에 들었으므로 서동수가 심호흡을 하고 나서 묻는다.

"저기, 얼마 드리면 되죠?"

"강 과장님이 지불하셨습니다."

순간 놀란 서동수가 눈만 크게 떴고 그것을 본 여자가 눈웃음을 쳤다.

"친구로서의 도리라고 하시데요. 강 과장님한테서 대충 말씀을 들었습니다."

"이런……."

"무슨 일 있으면 전화 드려도 되지요?"

"알고 계시지 않습니까? 저, 혼자올시다. 언제라도 연락하시면 됩니다."

그러자 오정미가 자리에서 일어서며 말했다.

"먼저 카페에 가입부터 해야겠네요. 그럼 다시 연락드리겠습니다."

오정미가 커피숍을 나갔을 때 서동수가 핸드폰을 집어 들었다가 다시 놓았다.

강정만에게 고맙다는 인사를 하려고 했던 것이다. 그러나 나중에 하기로 했다. 오정미에게 친구로서의 도리라고 했다는 것이 좀 우습기도 했고 서러운 느낌도 들었다. 강정만은 자기 와이프한테 현장을 들킨 놈이다. 여자하고 홀랑 벗고 레슬링을 하는 장면을 호텔 방문을 따고 들어온 와이프가 본 것이다. 그래도 지금 둘은 잘만 산다. 더구나 와이프는 박서현보다 더 미인이다. 이게 인간사다.

"어, 이 사람, 고향에는 언제 가려고."

서동수가 들어서자 윤명기는 반색을 하면서도 걱정을 해주었다.

"어서 오세요."

윤명기의 부인도 활짝 웃는 얼굴로 반긴다. 함께 귀국한 남매도 서동수에게 인사를 하고 방으로 들어갔다. 오후 5시 반, 추석 전날이다. 서동수가 들고 온 갈비세트는 부인에게 건네주었지만 헝겊가방은 들고 소파에 앉았다. 부인은 이미 오늘 서동수가 온 용건을 알고 있는 것 같다.

바로 주방으로 가더니 등을 보이며 차 준비를 하는 것을 보면 그렇다. 서동수가 꾸물거리지 않고 헝겊가방을 윤명기 앞에 놓았다.

"3,000만 원입니다."

"으음."

신음 같은 탄성을 뱉은 윤명기가 정색하고 서동수를 보았다.

"별일 없겠나?"

"다 저 혼자서 처리한 겁니다. 환전도 제 친구 시켜서 했고……. 또,"

윤명기의 시선을 받은 서동수가 쓴웃음을 지었다.

"제 친구한테도 이런 이야기는 안 합니다. 제가 공장장님께 누를 끼치면 되겠습니까?"

"그렇다고 너 혼자 책임을 지면 안 되지."

했다가 윤명기는 부인이 찻잔을 들고 다가오는 바람에 입을 다물었다. 찻잔을 내려놓은 부인이 윤명기 옆에 앉더니 묻는다.

"아이는 만나셨어요?"

미혜를 묻는 것이다. 순간 숨을 들이켰던 서동수가 웃음을 띠고 대답했다.

"예, 만났습니다."

"반가워하죠?"

"예."

둘은 서동수가 이혼한 것도 아는 것이다. 더 이상 이야기가 이어지면 곤란할 것 같았으므로 서동수가 엉거주춤 엉덩이를 들었다.

"공장장님, 차 시간 때문에 저는 이만……."

"어? 열차표 예약해놓았나?"

"예."

"그럼 가야지."

따라 일어선 윤명기가 다가와 서동수의 손을 쥐었다. 얼굴에 진심으로 고맙다는 표정이 떠올라 있다.

"이봐, 고맙다."

서동수의 손을 흔들면서 윤명기가 말했고 옆으로 다가온 부인이 말을 잇는다.

"정말 도움이 많이 되었어요, 서 과장님."

"아닙니다, 제가 더."

허리를 굽혀 보인 서동수가 이제는 정색하고 둘을 보았다.

"제가 행복합니다. 신의를 지키겠습니다."

바로 이것이다. 윤명기는 아파트 현관 밖으로 배웅 나와주었는데 손을 흔들어 주기까지 했다. 거기서 나온 서동수가 손목시계를 보았다. 아직 6시도 안 되었다. 추석 전날이어서 거리는 한산하다. 열차표는 11시 반 막차를 끊어 놓았는데 될 수 있는 한 어머니와 형 부부의 문초 시간을 줄이려는 의도였다. 서울로 돌아오는 표는 내일 오후 1시 표로 끊었다. 제사만 지내고 바로 떠날 작정이다. 서동수가 임시 숙소로 정한 인사동의 국빈 모텔로 돌아왔을 때는 8시쯤이었다. 저녁을 먹고 들어온 것이다. 아직도 시간이 꽤 남았기 때문에 샤워를 하고 침대에 누워 TV를 보던 서동수는 탁자 위의 핸드폰이 진동으로 떠는 것을 보았다. 집어 든 서동수는 발신자부터 체크했다. 모르는 번호다. 누구인가? 잠깐 동안이었지만 서동수의 눈앞으로 10여 명의 남녀 얼굴이 스치고 지나갔다. 추석 전날, 이 시간에 전화를 할 만한 인간은 없다. 그러나 서동수는 핸드폰을 귀에 붙였다.
"여보세요."
"서동수 씨?"
되묻는 여자 목소리가 귀를 울렸을 때 서동수는 머리를 기울였다. 모르겠다.
"네, 전데요. 그런데 누구신지."
"지금 어디세요?"
묻는 말에는 대답하지 않고 냅다 또 묻는 바람에 서동수는 이맛살을 찌푸렸다.
그러나 목소리가 나긋나긋했기 때문인지 불쾌하지는 않다.
"서울인데요."
그러자 여자가 "호홍" 웃었다.
"역시 오셨군요."
"글쎄, 누구신지?"
"기억 안 나시죠?"
이제는 조금 언짢아진 서동수가 가만있었고 여자가 말을 잇는다.
"저기요."
"예, 말씀하시죠."
"소시지요."
"예?"
"나한테 소시지 넣으라고 하셨잖아요. 포장지 뜯지 말고."
그 순간 서동수가 숨을 들이켰다. 세탁소의 방안, 아랫도리만 벗고 이불 속에 들어간 여자, 노키스, 젖가슴 만지지 말고, 코도 건드리면 안 되며, 콘돔 쓰고 살살 넣을 것, 너무 크면 늘어나니까 곤란하면 뒤에서 박을 것, 여자의 조건까지 순식간에 머릿속에 떠오르면서 저도 모르게 실소가 터졌다. 그래서 불쑥 묻는다.

"내가 시킨 대로 해보셨소?"

"지금 뭐 하세요?"

다시 여자가 제멋대로 물었으므로 서동수는 정신을 차렸다. 제 버릇은 개 못 준다는 말이 맞다. 여전히 제멋대로다.

"한가하게 노닥거릴 시간 없으니까 전화한 용건부터 들읍시다."

서동수가 정색하고 말하자 여자가 대답했다.

"우리 만나요."

"글쎄, 항복했다니까 그러네. 당신 앞에서는 안 서."

"우리 정식으로 해."

"이제는 당신 얼굴 보면서 정식으로 될 것 같지가 않아."

"무시해서 미안해."

그 순간 서동수가 심호흡을 했다. 이게 무슨 조화 속인가? 이 여자가 무슨 오해를 하고 있는 것이 아닐까? 하는 생각까지 들었기 때문이다. 그래서 목소리를 낮추고 묻는다.

"도대체 왜 이러는데?"

"나, 그런 일 처음이야."

"설마 소시지 넣은 건 아니겠지?"

"그렇게 굴욕적인 일은 처음이라고."

"그래서 복수를 하시겠다?"

"사과하고 정상적으로 하는 것이 그 굴욕을 상쇄시키는 방법이라고 생각했어."

"말 길구먼."

했지만 서동수의 가슴이 조금 따뜻해졌다. 이 정도로 표현할 정도면 변태는 아니다. 말이 길면 거짓말일 가능성이 많지만 그것이 헛것이건 아는 게 많다는 증거도 된다. 그때 여자가 분위기를 눈치 챈 것 같다. 조금 서두는 분위기로 말했다.

"우리 만나, 응?"

"키스하게 해줄 거야?"

"양치질만 하면."

"난 혀로 샅샅이 빠는 습성이 있어. 특히 그, 샘을 괜찮아?"

"물론이야."

"코 만져도 돼?"

"얼마든지."

"내 건 좀 커, 팍팍 넣어도 돼?"

"맘대로 해."

여자의 목소리가 공중에 뜬 느낌이 들었으므로 서동수의 얼굴에 웃음이 떠올랐다. 여자의 선입견은 이제 다 지워졌다.

자, 이쯤해서 통화를 끊는 것이 서로의 신상을 위해서 낫지 않을까?

집에 왔다. 서울에서 대전까지 KTX는 한 시간 안에 닿는다. 새벽 1시가 넘은 시간인데도 어머니는 형 내외와 함께 기다리고 있다가 서동수를 맞는다. 서동수는 어머니와 시선을 마주친 순간에 상황을 짐작했다. 들통이 났다. 형 내외도 그렇다. 둘 다 시선을 미주치려고 하지 않은 채

입으로만 반긴다. 그러니 표정이 뒤죽박죽이다. 조카는 잠이 들었으므로 유성의 본가 대청에 네 식구가 모였다. 옷을 갈아입고 대청 소파에 앉을 때까지 걸린 시간은 20분 정도, 형수 박애영은 등을 보인 채 주방에 서 있고 어머니와 형 서인수가 앞에 나란히 앉았다. 어머니의 얼굴이 굳어져 있다. 작심한 표정, 어깨를 늘어뜨린 서인수는 중재역할을 할 자세다. 그때 어머니의 일성, "그래 미혜는 만났냐?"

그 순간 각오는 했지만 서동수의 가슴이 울컥했다. 콧등이 찡해지면서 눈이 뜨거워졌다. 시선을 내렸다가 든 서동수의 눈빛이 강해졌다.

"미혜를 데려올 거야."

대번에 본론으로 파고들었다. 그러자 어머니도 눈을 치켜떴다.

"만났어, 못 만났어?"

"친정에 있다고 오지 말라고 했어"

하고 일러바쳤다. 어머니밖에 누가 있겠는가? 가슴속에 박힌 한을 그대로 털어놓았다. 그때 어머니가 이 사이로 말했다.

"이년, 나쁜 년."

"소송을 해서라도 데려올 테니까"

했더니 눈이 더 뜨거워졌으므로 서동수는 황급히 눈을 부릅떴다. 눈의 물기를 말리려는 수작이었는데 아뿔싸, 어머니와 형이 보는 앞에서 눈물이 찔끔 떨어져버렸다.

"아이구, 이 불쌍한 놈."

그 꼴을 본 어머니가 탄식하는 바람에 서동수는 어금니를 물었다. 머리를 숙였지만 손으로 눈물을 닦을까 말까 그것만 머릿속에 떠올랐다. 어머니가 서동수의 머리꼭지에 대고 넋두리를 늘어놓는다.

“이 못난 놈아, 그런다고 덜컥 이혼을 하고 미혜를 넘겨줘? 응?”

어머니는 그 동안의 사연을 ‘그런다고’ 한마디로 덮어버렸다. 다 팔은 안으로 굽는다. 어머니의 말이 이어졌다.

“그러고는 에미한테 거짓말을 하고 중국으로 가? 너, 회사에서도…….”

“어머니, 잠깐만요.”

하고 서인수가 끼어들었고 그때 박애영이 인삼차 잔을 들고 와 말했다.

“어머니, 왜 그러세요? 안 그러시기로 하셨잖아요?”

셋이 예행연습까지 했던 것 같다. 어머니가 가쁜 숨을 내쉬며 입을 다물었을 때 서동수가 쓴웃음을 지었다.

“내, 들통 날 줄 알았어.”

“이놈.”

하고 어머니가 입을 열었다가 박애영이 육중한 몸으로 옆쪽에 앉는 기세에 눌린 듯 말을 잇지 않는다. 그때 서동수가 탁자 밑에 놓았던 종이봉투를 꺼내 서인수 앞에 놓았다. 세 사람의 시선이 봉투에 모여졌고 서동수의 말이 이어졌다.

“형, 여기 3,000 가져왔어. 어머니 여행이나 시켜드리고 형 비닐하우스 고치는 데 써.”

잠깐 대청에 정적이 덮여졌다. 한 달쯤 전에 태풍으로 서인수의 비닐하우스가 피해를 입었던 것이다.

“야, 이게 무슨 돈이냐?”

하고 정색한 서인수가 물었으므로 서동수는 쓴웃음을 지었다.

“깨끗한 돈이야. 됐어? 간만에 어머니하고 형한테 생색 한번 내려는데 꼭 그렇게 물어야 돼?”

그때 어머니가 머리를 들었다. 잔소리가 시작되겠지만 돈은 받을 것이다.

다음 날 오전, 제사를 마치고 나서 서동수는 바로 떠날 준비를 한다. 옷을 갈아입는 서동수 뒤에 서서 어머니가 물었다.

"중국에서 밥은 어떻게 먹냐?"

"가정부가 아침저녁은 해줘."

"아파트에 가정부가 있어?"

"조선족 아줌만데 음식 솜씨가 좋아."

"몇 살이냐?"

"쉰 살이 훨씬 넘었을 걸? 엄니보다 몇 살 아래일 거야."

"착허냐?"

"부지런하고 깔끔해."

"가정부는 잘 만났구나."

옷을 입고 대청으로 나왔더니 서인수와 박애영이 기다리고 있다.

"아주버님, 이렇게 금방 가시면 어떡해요."

눈물이 글썽한 얼굴로 박애영이 인사를 대신한다. 형은 내성적인 데다 융통성이 없어서 농사꾼이 딱 적격이라고 어머니가 말했었다. 서동수는 형과 딴판으로 흉년에도 밥 굶지 않을 놈이라고 했다. 서동수는 그것이 칭찬인지 험담인지 아직 판단하지 못했다.

"엄니, 형, 형수, 나 갈게."

하고 셋을 향해 서동수가 건성건성 끄덕였더니 반응이 제각각이다. 어머니는 원수진 사람처럼 노려보았고, 형은 서동수의 무르팍만 보았으며, 형수는 울먹였다. 마침 조카가 끼어들어 착실하게 인사를 하는 바람에 넋은 다시 움직였다.

"전화해라. 이놈아."

하고 어머니가 서동수의 뒤에 대고 소리쳤으며

"몸조심하세요."

하면서 형수가 울먹였다. 콜택시가 대문 앞까지 와서 기다리고 있었으므로 형이 가방을 트렁크에 실어주면서 물었다.

"미혜 찾을 거냐?"

"봐서."

낮게 대답한 서동수가 형에게 손을 내밀었다. 형수는 물론 어머니가 더 이상 집안 이야기를 꺼내지 않는 것은 형이 단속을 했기 때문일 것이다.

"고마워. 형."

"기운 내라. 그리고,"

형이 두 손으로 서동수의 손을 감싸 쥐었다. 두 눈이 번들거리고 있다.

"고맙다. 돈 잘 쓸게."

택시에 탄 서동수는 뒤도 돌아보지 않았고 마을이 멀어졌다. 둘은 대문 앞에서, 형은 조금 더 앞쪽에서 택시 꽁무니를 쳐다보고 있을 것이었다. 택시가 시내로 들어섰을 때 서동수가 핸드폰을 꺼내 입력된 번호를 보더니 버튼을 눌렀다. 그러자 신호음이 세 번 울리고 나서 응답소리가 울렸다.

"응. 자기야?"

그 순간 서동수는 풀석 웃었다. 그러고는 좌석에 등을 붙였다. 바로 그 소시지, 노터치, 노키스, 후배위다. 단 한마디로 이렇게 분위기를 바꿔주다니, 그리고 이렇게 변할 수가 있단 말인가? 경이롭다.

"자기야, 기다렸어."

하고 후배위가 다시 말했을 때 서동수는 마음을 굳히고는 물었다.

"내가 지금 서울 올라갈 텐데 오늘 오후에 만날까?"

"그래, 몇 시에?"

"여섯 시쯤, 근데 오늘 추석인데 적당한 장소가 있을까?"

"호텔 있잖아?"

여자가 나긋나긋 말을 잇는다.

"8시에 한라호텔 스카이라운지에서."

"그런데 참."

핸드폰을 고쳐 쥔 서동수가 낮게 묻는다.

"자기 이름이 뭐야?"

그러자 여자가 깔깔 웃고 나서 대답했다.

"지영이다. 바보야. 윤지영."

8시 정각, 한라호텔 스카이라운지로 들어선 서동수는 창가 좌석에 앉아 있는 윤지영을 보았다. 시선이 마주치자 윤지영은 한쪽 손을 들면서 환하게 웃는다. 오늘은 그날하고 분위기가 다르다. 산뜻한 정장 투피스 차림에 귀에는 귀고리가 반짝이고 있다. 쇼트커트한 머리와 진청색 정장이 잘 어울렸다. 다가간 서동수가 앞쪽에 앉으면서 감탄했다.

"이야, 환하구나, 눈이 부시다."

라운지 손님은 외국인이 대부분이었는데 시선이 이쪽으로 집중되었다. 그만큼 윤지영이 관심을 끌고 있었다는 증거다.

"자기도 그러네, 칭다오에서 봤을 때와는 달라."

눈을 가늘게 뜬 윤지영이 서동수를 보았다.

"메이한테 들었는데 거기서 회사 운영하고 있어?"

"운영은 무슨, 메이한테는 다 사장이지."

"그럼 뭐 하는데?"

"뭐, 그런 일, 밤에 손님 만나서 세탁소 안방에 들어가는 일."

"흐흥"

짧게 웃었지만 윤지영의 눈동자가 잠깐 흔들렸다. 둘 다 저녁 생각이 없었기 때문에 둘은 그 자리에서 위스키와 스테이크 안주를 시켜놓고 술을 마신다. 추석날 저녁이어서 발밑의 거리는 차량 통행이 부쩍 줄어들었다. 서동수가 지그시 윤지영을 보았다. 정면으로 보는 것이다. 갸름한 얼굴, 쌍꺼풀이 없는 눈매는 부드럽고 눈이 맑다. 곧은 콧날 밑의 입술은 야무지게 닫혔다가 풀렸을 때 얼굴 분위기가 달라진다. 약간 비음이 섞인 밝은 목소리는 듣기만 해도 성적 자극이 온다. 서동수는 심호흡을 했다. 나이는 30대 중 · 후반쯤 되었을까? 체격은 보통, 가슴이 좀 큰 편인데 서동수는 관심이 없다. 서동수의 관심은 오로지 하체, 허벅지와 골짜기, 숲, 동굴이다. 그때 윤지영이 피식 웃었다.

"뭘 보니?"

서동수의 시선 끝을 쫓고 있었던 것이다.

"그리고 무슨 생각을 하는 거야?"

"뭐, 복잡한 것 없어."

정색한 서동수가 똑바로 윤지영을 보았다.

"추석날 갈 곳 없는 인생이 또 하나 있다는 것이 좀 신기하기도 하고 황당할 뿐이지."

"그런가?"

"이 호텔에다 방을 잡을까?"

"내가 잡아놓았어."

윤지영이 핸드백을 열더니 키를 꺼내 서동수 앞에 놓았다.

"이따 자기가 열고 들어가."

"자기를 업고?"

"여자가 문 열고 남자 데리고 들어가는 게 폼이 안 나잖아?

"그러네."

"차례는 지냈어?"

그러자 술잔을 든 서동수가 한 모금에 위스키를 삼키고는 묻는다.

"자기, 정말 뒤에서 박는 게 좋아?"

"아니, 솔직히 난 그 체위가 별로야."

정색한 윤지영이 말을 잇는다.

"그건 별로 안 해봤어. 난 꽃잎이 앞쪽이라 뒤에서는 잘 안 들어가, 자꾸 빠져."

"그런데 그때는 왜?"

"처음 만난 놈이 위에서 똑바로 쳐다보면서 하는 게 어색하잖아?"

"박는 게, 라고 말해봐, 더 자극이 와."

"박는 게."

하고 나서 윤지영이 제 잔을 한 모금 비우고는 말했다.

"아, 맛있다."

"거기가 좀 열을 받았나?"

술잔을 든 서동수가 눈으로 윤지영의 아래쪽을 가리켰다.

"딴 여자들은 이 정도면 거기가 축축해지던데."

의도적으로 시작했지만 호흡은 맞는다.

"나, 화장실."

자리에서 일어선 서동수가 말했다. 10시가 되어 가고 있다. 둘은 거의 같은 횟수로 잔을 비웠는데 1리터짜리 위스키병을 거의 비운 상태다. 라운지를 나온 서동수가 화장실을 지나 엘리베이터 옆쪽 코너로 돌아 베란다에 등을 붙이고 섰다. 그러고는 핸드폰을 꺼내 버튼을 눌렀다. 핸드폰의 전광시계가 10시 01분으로 찍혀 있다.

"여보세요."

남자 목소리가 울렸다. 우명호다. 서동수가 핸드폰을 귀에 바짝 붙이고 물었다.

"그래, 알아봤어?"

"이 자식아, 추석날까지 이게 뭐냐?"

투덜거린 우명호가 말을 잇는다.

"마침 전 선생 고향이 칭다오라 움직이지 않아서 메이한테 찾아갔어."

"내가 사례한다고 했지?"

"당근이지."

"뭐라더냐?"

"놀란 메이가 술술 불었다는군. 그날 온 세 여자 중 네가 데리고 나간 여자만 안다는구먼. 그 여자 이름이 진희명이야. 맞아?"

서동수가 숨을 들이켰지만 대답은 했다.

"맞아."

"단골이래. 지금까지 다섯 번 남자 소개시켜 주었는데 문제가 있었다고 메이가 실토했다는 거다."

"어떤 문제?"

"그중 둘이 칭다오에서 조그만 공장을 운영하고 있었는데 문을 닫았다는구먼. 메이는 자기는 전혀 관여하지 않았다고 묻지도 않았는데 전 선생한테 털어놓더라는 거야."

"……."

"그년이 대주고 협박을 한 것 같다. 그런 일은 흔하니까."

"……."

"전 선생은 메이는 별 문제가 없다고 한다. 한국 사람들끼리 문제니까 말야. 그러면서 웃더구먼. 재미있는 일이 많다고."

"……."

"그년이 언제 다시 연락하기로 했다고?"

"내일."

"휴우, 간발의 차이구먼. 하마터면 덜커덕 물릴 뻔했잖아?"

"……."

"그날 네가 건드리지 않고 나간 것도 운이 좋은 거야. 그년한테 전화하지도, 받지도 말라고."

"알았다. 고맙다."

"근데, 너, 어머님하고 같이 있냐?"

"응."

"추석 잘 보내라."

통화가 끊겼으므로 서동수는 숨을 들이켰다가 길게 뱉는다. 그러자 베란다를 통해 들어온 서늘한 대기가 폐에 들어찼다가 나가면서 갑자기 눈물이 핑 돌았다. 어제 윤지영의 전화를 받고 서동수는 서울에 와 있던 우명호에게 신분 확인을 의뢰했던 것이다. 세탁소의 뚜쟁이 메이를 소개해준 인물이 우명호다. 더구나 우명호는 공안 전 선생하고도 서동수보다는 더 친하다. 그래서 우명호의 부탁을 받은 전 선생이 메이를 찾아가 재미있는 자초지종을 들은 것이다. 핸드폰을 주머니에 넣은 서동수가 다시 라운지로 돌아와 자리에 앉았다.

"우리, 한 병 더 마시자."

종업원을 향해 손을 들어 보이면서 서동수가 말했다. 윤지영의 시선을 받은 서동수가 빙긋 웃었다.

"휴일이야. 연휴라고. 그리고 난 술을 마실수록 그놈이 세져. 감각이 무디어져서 그런가 봐."

다가온 종업원에게 술과 안주까지 시킨 서동수가 눈을 가늘게 뜨고 윤지영을 보았다. 아니. 진희명이라고 했던가?

그때 윤지영이 술잔을 들고 웃었다. 눈이 초승달 모양이 되면서 입술이 치켜 올라갔다. 흰 이가 조금 드러나더니 얼굴 전체가 환해졌다. 눈부신 모습이다. 서동수는 숨을 들이켰고 이번에는 목이 메었다. 얼마나 아름다운가? 보라, 씹어먹고 싶을 정도로 육감적인 저 자태를.

"좋아, 실컷 마시자. 밤이 새도록."

술잔을 든 윤지영이 들뜬 목소리로 말했다. 서동수는 한 모금에 술을 삼킨다.

"난데없는 행운은 조심하라고 했지?"

머릿속 어딘가에서 '복습자료' 중 한 구절이 떠올랐다가 사라졌다.

"호사다마(好事多魔)."

자료 하나가 또 떠올랐다가 지나간다.

"네가 어디 여복(女福)이 있는 놈이냐?"

언놈의 빈정거리는 소리가 들리는 것 같다.

"야, 먹고 튀어라."

머릿속 색마(色魔)가 뜨끈뜨끈한 목소리로 속삭였다.

"자기야, 뭐해?"

비음 섞인 목소리가 울렸으므로 서동수가 시선을 들었다. 빈 술잔을 든 윤지영이 눈을 흘겼다.

"자기 얼굴에 쓰인 글자 읽어줘?"

"응, 그래."

서동수는 갈라진 제 목소리를 듣고는 헛기침을 했다. 그러자 윤지영이 눈을 가늘게 뜨고 속삭이듯 말했다.

"널 갖고 싶어."

"더 세게."

"널 안고 키스할거야."

"더, 더."

"벗기고 넣을거야."

"더 무지막지하게."

"막 박을거야."

마침내 서동수가 어깨를 늘어뜨리고는 의자에 등을 붙였다. 라운지 안은 떠들썩하다. 외국인들도 술에 취했다. 연휴여서 한국인 메이커들도 다 떠난 바람에 쓸쓸해졌을 것이다. 그때 윤지영이 자리에서 일어서더니 서동수 옆자리로 옮겨 앉았다. 라운지의 조명은 어둑한 데다 아무도 창가의 구석진 이곳에 신경 쓰지 않는다. 윤지영이 거침없이 서동수의 지퍼 부분을 움켜쥐었다. 그러더니 숨을 들이켜면서 웃는다.

"섰네."

"지영아."

"으응?"

윤지영이 지퍼 부분을 조몰락거리면서 콧소리로 대답했다. 머리를 든 윤지영이 서동수를 보았다. 어느덧 얼굴의 웃음기가 가셔졌고 두 눈이 반들거리고 있다.

"자기도 내 거 만져."

윤지영이 다리를 벌려 보이면서 말했다. 이 콧소리, 그 순간 서동수가 어금니를 물었다. 치밀어 오른 성욕으로 진저리가 쳐지려고 했기 때문이다. 진저리는 막은 대신 윤지영에게 잡힌 남성이 용틀임을 했다. 놀란 윤지영이 바지 위로 쥐었던 남성을 놓치고는 말했다.

"엄마, 깜짝이야."

서동수의 손이 윤지영의 스커트를 밑에서 젖히고 팬티를 끌어내렸다. 거침없다. 그러고는 손으로 골짜기를 덮었다.

"아, 자기야."

중지가 쑤욱 동굴 안으로 들어갔을 때 윤지영이 탄성 같은 비명을 뱉는다. 동굴 안은 이미 흘러넘치고 있다. 중지가 동굴을 휘젓자 윤지영이 다리를 오므리면서 말했다.

"자기, 이젠 방에 가자."

서동수의 중지는 더 들어갔다.

"으응? 방에서 해."

윤지영이 움켜쥔 남성을 흔들었다.

"술 가지고 방으로, 응?"

그때 서동수가 동굴 속의 손가락을 빼고는 자리에서 일어섰다.

"화장실에 갔다 올게."

그로부터 35분 후, 라운지에서 서동수에게 네 번째 전화를 했던 윤지영이 응답 소리가 들리자 눈썹부터 치켜세웠다.

"도대체 어떻게 된 거야?"

그러자 수화기에서 낯선 목소리가 울렸다.

"여보세요?"

"아니, 여보세요."

정신을 차린 윤지영이 핸드폰을 귀에서 떼고 번호를 보았다. 서동수 전화번호가 맞다. 윤지영이 확인하듯 묻는다.

"거기 서동수 씨 전화 아닌가요?"

"맞는데요."

"바꿔주실 수 있으세요?"

"실례지만 누구십니까?"

사내가 물었으므로 윤지영은 짜증이 났다. 서동수가 화장실에서 돌아오지 않는다. 서동수가 화장실에서 돌아오지 않는 바람에 술이 다 깨버렸다. 그래서 쏟아 붓듯이 말했다.

"도대체 거긴 어디죠? 서동수 씨 옆에 있나요? 있으면 바꿔주세요."

"여긴 마포경찰서인데요. 형사과 박 형사라고 합니다. 그럼 그쪽이 누구신지 물어도 되겠습니까?"

그 순간 윤지영이 숨을 들이켰다. 핸드폰을 귀에서 뗀 윤지영이 더러운 물건처럼 내려다보다가 힘들게 다시 귀에 붙였다. 그리고 묻는다.

"서동수 씨는 어디 있죠?"

"지금 조사를 받고 있는데요. 그런데 누구십니까?"

"저기, 조금 아는……."

"지금 조사 중이라 바꿔드리기 곤란합니다. 이해하시죠?"

그러더니 윤지영이 가만있는 것이 미안한지 말을 이었다.

"서동수 씨가 수배 중이었는데 불심검문에 걸렸거든요."

사내의 목소리가 밝은 것이 실적을 올려서 신이 난 것도 같다.

"서동수 씨는 공갈 협박 혐의로 수배 중이었습니다. 전과 2범인데 이제 3범이 될 것 같구먼요."

"……."

"아세요?"

"아뇨, 잘……."

얼굴이 이미 굳어진 윤지영이 우물거렸더니 형사의 말이 빨라졌다. 이제 보니 고약한 사내였다. 마치 이런 놈하고 상종하지 말라고 충고를 하려는 것 같다.

"서동수 씨는 여자를 유혹, 관계를 맺고 나서 현장 사진을 찍거나 동영상 화면을 만들어서 여자들을 협박, 금품을 갈취해 왔습니다. 똑같은 범죄를 저질러서 각각 1년, 2년형을 살고 나왔는데 지난달에 다시 같은 사건을 일으켰죠. 이번에는 여자가 신고를 해서 잡을 수가 있게 된 겁니다."

그러더니 형사가 불쑥 묻는다.

"혹시 그쪽도 이런 일로 엮이신 건 아니겠지요?"

"천만에요."

해놓고 윤지영이 숨을 들이켰다가 말했다.

"전화 끊겠어요."

핸드폰의 전원을 끊은 윤지영이 어금니를 물었다. 호텔방까지 잡아놓은 것이다. 거기에다 양주를 두 병이나 시켰다. 그 시간에 서동수는 우명호로부터 핸드폰을 돌려받는다. 서울 집에 있던 우명호를 불러낸 것이다. 전화로 자초지종을 말해 주었더니 추리닝 바람으로 달려와 주었다. 우명호의 집이 호텔에서 택시로 5분 거리인 회현동이기도 했다. 둘은 남대문 근처의 호텔 커피숍에서 마주 앉아 있었는데 이곳은 손님이 그들 둘뿐이다. 새삼스럽게 주위를 둘러본 우명호가 입맛을 다시면서 말했다.

"안마, 추석날 밤에 이게 뭐냐? 너, 우리 집에 갈래?"

그러자 서동수가 질색을 하면서 일어섰다.

"내가 미쳤냐? 호텔 방 들어가서 잘란다."

서유기 - ❶ 한국인

초판 1쇄 : 2014년 8월 20일

지은이 : 이원호
펴낸이 : 박경미
펴낸곳 : 도서출판 황금물고기

등록일자 : 2003년 12월 5일
등록번호 : 제 2013-000213호
주소 : 서울시 마포구 모래내로 83, 한올빌딩 3층
전화 : 02 · 326 · 3336
팩스 : 02 · 325 · 3339
E-mail : baumbook@hanmail.net

ISBN 978 – 89 – 94154 – 29 – 9   04810
ISBN 978 – 89 – 94154 – 28 – 2   (세트)